本好きの下剋上
ハンネローレの貴族院五年生I

香月美夜
miya kazuki

TOブックス

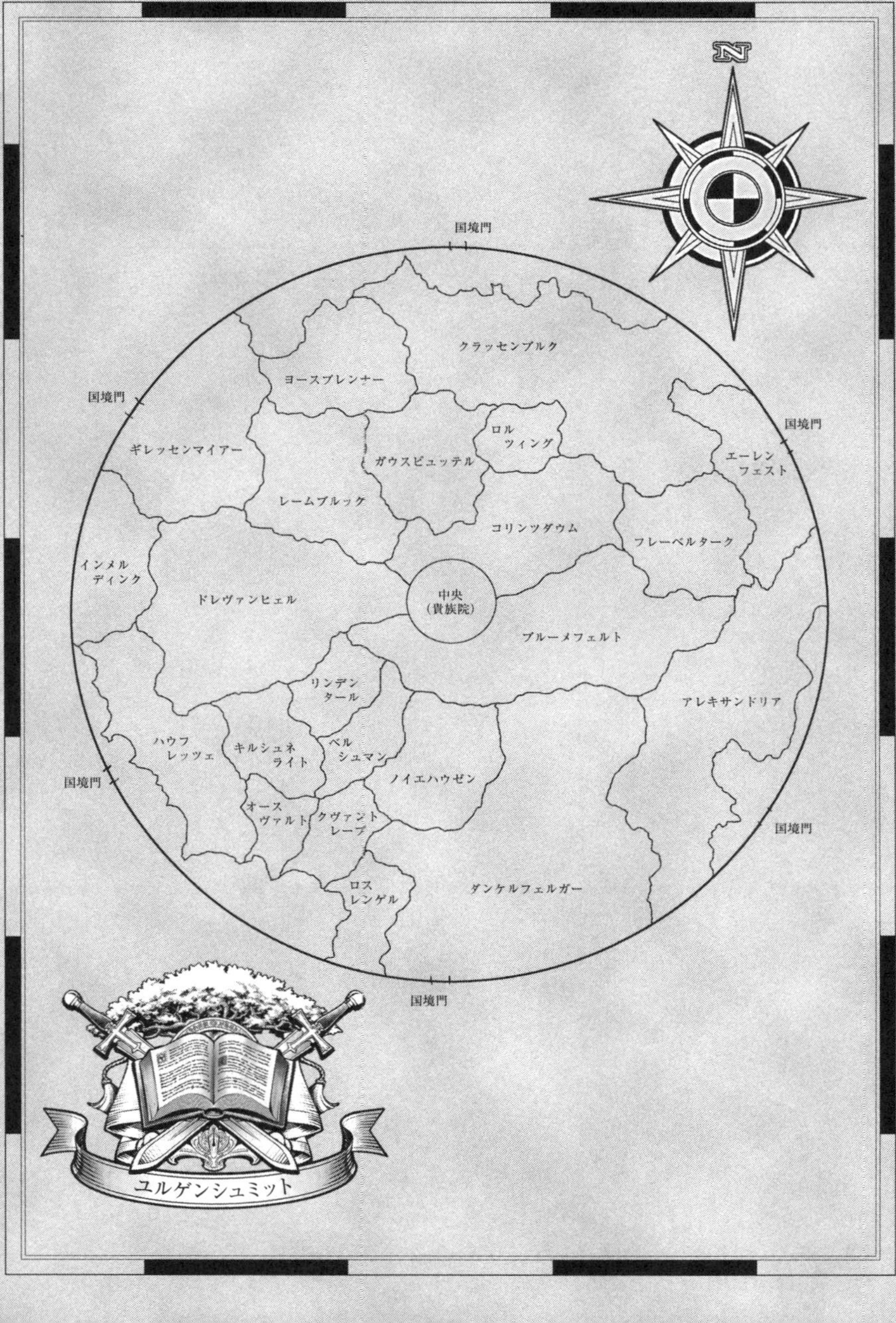
N
国境門
クラッセンブルク
ヨースブレンナー
国境門
ロル
ツィング
国境門
ギレッセンマイアー
ガウスビュッテル
エーレン
フェスト
レームブルック
コリンツダウム
フレーベルターク
インメル
ディンク
ドレヴァンヒェル
中央
（貴族院）
ブルーメフェルト
リンデン
タール
アレキサンドリア
ハウフ
レッツェ
キルシュネ
ライト
ベル
シュマン
国境門
ノイエハウゼン
オース
ヴァルト
クヴァント
レーブ
国境門
ロス
レンゲル
ダンケルフェルガー
国境門
ユルゲンシュミット

ハンネローレの貴族院五年生Ⅰ

イラスト：椎名　優　You Shiina
デザイン：ヴェイア　Veia

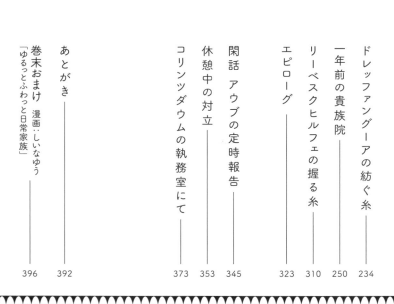

ハンネローレの貴族院五年生Ⅰ

プロローグ

秋の半ばを過ぎて他領からダンケルフェルガーへ交易にやってきた商人達が各々の領地へ戻る頃、城では貴族院と冬の社交界の準備が始まる。

騎士達は越冬《えっとう》のために他領から侵入してくる魔獣《まじゅう》を狩りに領地の北側の境界へ遠征を行うし、文官達は貴族院へ行く学生達の情報を寮監《りょうかん》に伝えたり、帰省してくる中央の貴族から情報を得たり、冬の社交界におけるアウブとギーベの面会予定を立てたりする。側仕《そばづか》え達は冬の社交界で貴族達を受け入れる準備を始めたり、貴族院の寮に清掃用の魔術具を持ち込んだり、備え付けの家具に問題がないか調べたりするのだ。

領主候補生ハンネローレの筆頭側仕えであるコルドゥラは、冬の準備で何となく慌ただしい空気が漂《ただよ》う城の廊下を歩いていた。領主の第一夫人であるジークリンデから彼女の自室へ呼び出されたからだ。

……普段のジークリンデ様ならば執務室にいるはずの時間……。自室に呼ばれるなど、一体何があったのでしょうか。

よほどの用件に違いない。胸の内の動揺をチラリとも見せず、コルドゥラは城の中でも一部の者にしか出入りできない領主の居住区域へ入っていった。

「ジークリンデ様、コルドゥラです」

　母親が子供の様子を報告させるために筆頭側仕えを自室に呼ぶのは特に珍しいことではない。また、コルドゥラは元々ジークリンデの側仕えで、ハンネローレの教育を託《たく》されて筆頭側仕えに任命されたという経緯から彼女の部屋には馴染《なじ》みがある。

「少し長くなるから、こちらへ」

　席を勧められ、コルドゥラは躊躇《ためら》いがちに椅子に座った。部屋に呼び出されることは珍しくないが、席を勧められるのは珍しい。コルドゥラは緊張している自分を落ち着かせるために軽く息を吸って、ジークリンデが口を開くのを待つ。

「ハンネローレの婚約者候補を決めることになりました」

　予想もしていなかった言葉にコルドゥラは息を呑《の》んだ。ハンネローレは貴族院三年生の時にレスティラウトが起こしたディッターで、宝であるにもかかわらず自ら陣を出てヴィルフリートの手を取った。エーレンフェストへの嫁入りを決意していたのだ。

　しかし、その後の領地対抗戦でエーレンフェストは「ディッターの申し込みを取り消させたかっただけで嫁入りを求めていない。大領地の領主候補生を受け入れる土台がない」と言い出して、ハンネローレの嫁入りを拒否したらしい。

　あまりにも両者の前提が違いすぎて話にならない状態だったが、敗北したのはダンケルフェルガーだ。勝者であるエーレンフェストの主張を受け入れ、ハンネローレが「一旦引いてエーレンフェストの利を知るところから始める」と宣言して終わったとコルドゥラは報告を受けた。

「姫様がエーレンフェストの利を知るために行動することをダンケルフェルガーでは黙認《もくにん》する方針でしたよね？」

自領を敗北させた領主候補生への視線が厳しかったこと。レスティラウトの勝手な条件で始まったディッターであったこと。ディッターの前提条件と食い違う相手の主張を全て呑み込んで領地関係を優先させたハンネローレの望みを叶《かな》えてやりたかったこと。ローゼマインと王族の距離感が近付いていることからエーレンフェストとの縁組みにある程度は領地としての利が見込めたこと……。

いくつも理由はあるが、ハンネローレはエーレンフェストに拒否されても新しい婚約相手を見《み》繕《つくろ》われることもなく、ヴィルフリートに想《おも》いを寄せることを両親から咎《とが》められることもなく自由に過ごしていた。

「ええ。でも、今は状況が変わってしまいましたからね」

ほう、とジークリンデが困ったように息を吐く。確かにあのディッター直後と今では状況が大きく変わった。ハンネローレが騎士達を率いて旧アーレンスバッハとエーレンフェストの戦いに赴《おもむ》き、エーレンフェストに勝利をもたらしたからだ。

「ディッターの恥を雪《そそ》いだことで貴族達の視線が和《やわ》らいだから、しばらくは様子を見るとおっしゃったではありませんか。また状況が変わったのですか？」

コルドゥラが眉を顰《ひそ》めると、ジークリンデは「ハンネローレが変わらなすぎるところが問題なのです」と額を押さえた。

「コルドゥラ、ハンネローレはエーレンフェストについてどのように言っているかしら？　何か手紙や贈り物のやり取りはあって？」

「いいえ。特にございません」

もし手紙や贈り物が届いているならばハンネローレの元に届く前に何重にも確認がされているはずだし、仮にハンネローレが直接もらっていたならばコルドゥラはすぐさまジークリンデに報告したはずだ。

ジークリンデは「そうですよね」と深々と溜息《ためいき》を吐《つ》いた。

「ハンネローレは一体何を考えているのかしら？」

エーレンフェストから「敗者は黙っていてくださいませ」と拒否されたため、ダンケルフェルガーからハンネローレの婚姻《こんいん》について打診することはできない。あくまでハンネローレが利を示し、それをヴィルフリートが受け入れなければ領地としては動けないのだ。

「領主会議でエーレンフェストからハンネローレに関する話はありませんでしたし、商人に手紙や贈り物を運ばせることもありませんでした」

「商人は自領へ戻ってしまった季節ですから、これから何か知らせがあるとは考えられませんね」

ジークリンデの言葉にコルドゥラは頷《うなず》いた。エーレンフェストとしてはハンネローレを受け入れるつもりがないと考えるしかない。

「あの子とエーレンフェストの利や進展について話そうと思ったのですけれど……」

ハンネローレは「これ以上エーレンフェストに迷惑をかけたくないのです」「ヴィルフリート様はお優しい方です」など、エーレンフェストの擁護《ようご》一点張りで彼女自身の将来についてどう考えているのか答えようとしなかったそうだ。

「ジークリンデ様の意図は全く通じていませんね。姫様は責められることを恐れて頑《かたく》なに耳を塞《ふさ》ぐところがございますから」

領地間で嫁盗《よめと》りディッターに対する認識が違い、事前に決めていたディッターの前提条件がひっくり返された。ダンケルフェルガーでは「何のための取り決めだ？」「エーレンフェストに騙《だま》されたのでは？」など、エーレンフェストやヴィルフリートが不誠実だという論調が強い。そのせいで、ハンネローレはエーレンフェストの話題になると条件反射のように擁護の言葉を繰り返すようになり、今やエーレンフェストに関する話はできない。全く話が噛《か》み合わないのである。

「わたくしとしてはこれでも待ったつもりなのですよ。ハンネローレは個人的にエーレンフェストやローゼマイン様と接触したでしょう？」

ハンネローレはローゼマインの要請に従って戦いに参加して勝利をもたらしたし、エーレンフェストの祝勝会に招待された。ローゼマインと約束を交わし、継承《けいしょう》の儀式や領主会議の就任式にも特別に招待を受けた。

「それなのに、ハンネローレはエーレンフェストにもたらした利や自分の結婚についての話はしなかったそうです。意味がわからないでしょう？　エーレンフェストの祝勝会に招かれたと報告を受け、それに許可を出したのは何のためだと思っているのでしょうね」

エーレンフェストに明確な利をもたらし、それに感謝したいと招かれたのだ。領地ではローゼマインがグルトリスハイトを手にしたことで中央へ行くと貴族達が認識し、ヴィルフリートとの婚約は水面下で解消されていると言われていたらしい。ならば、ハンネローレの嫁入りについて話し合う絶好の機会だったはずだ。

「政略結婚でも構わないからローゼマイン様とフェルディナンド様を婚姻させるべきだと領主夫妻に主張する時間があるならば、その勢いで自分の婚姻について主張すべきだったでしょう。ローゼマイン様に髪飾りをいただくのではなく、ヴィルフリート様との婚姻に関して協力してほしいと何《な》故《ぜ》お願いしなかったのかしら？」

他領の領主夫妻と話せる貴重な機会に何をしていたのか、とジークリンデが頭を左右に振る。その苦悩はコルドゥラにもよく理解できた。ハンネローレから報告を受けた時、同じように眩暈《めまい》を感じたからだ。

「本物のディッターは鐘二つ分で終わるだろうと言われていたので、側仕えや文官を同行させませんでした。領主夫妻への対応について助言できる者がいなかったせいですね」

あの時ハンネローレは何かあれば自領から切り捨てられる立場として戦いに赴いた。せめて、祝勝会に招かれた時に護衛騎士以外の側近を送り出せればよかったけれど、隣接《りんせつ》している旧アーレンスバッハの城ならばまだしも、エーレンフェストは遠い。アウブの転移陣で移動するハンネローレ達と祝勝会までに合流できるわけがなかった。

「せめて、暴れ足りない騎士を連れてエーレンフェストへ行くと報告を受けた時に、ハンネローレの側近だけでも合流させられればよかったのですけれど……」

現地でお酒や食料を大量消費している報告が同時にあったため、戦闘員ではない側近達の増員を躊躇ったのだ。何より礎《いしずえ》の魔術を本当に奪ってアウブとなったローゼマインの意識がない中、勝手に増員させることはできなかった。

「まさか戦闘直後にエーレンフェストの祝勝会に招かれると思いませんでしたし、同行した騎士達が姫様に何の助言もしないと思いませんでしたから」

祝勝会に同行した騎士は城の訓練場、旧アーレンスバッハのビンデバルトで待機していた騎士はギーべの館と場所に違いはあれど、他領との合同練習に興奮していた報告しかなかったのだ。本当に頭が痛い。ジークリンデとコルドゥラは同時に溜息を吐いた。戦闘以外の面でダンケルフェルガーの騎士を当てにしてはならない。

「ハァ……。女神の化身や新ツェントの前でジギスヴァルト様の行いを暴露《ばくろ》し、一分の隙《すき》も見せずに離婚話をまとめたアドルフィーネ様の手腕をハンネローレには見習ってほしいものですね」

「姫様にそのような立ち回りは無理ですよ。まだヴィルフリート様を押さえ込んで求婚の条件を求める方が向いています」

迷いに迷って決断に時間がかかるハンネローレの気質を考えれば、アドルフィーネを真似《まね》るのは無理だ。まだクラリッサが行ったように相手を押さえ込み、条件を得て求婚する方がよほど向いている。気性はともかく、魔力量と戦闘能力はダンケルフェルガーの領主一族として何の問題もないのだから。

「ハンネローレが行動できるならば何でもよかったのですけれど、これ以上待つことはできないのです。ダンケルフェルガーの順位が第一位に上がりましたから」

春の終わりに行われた領主会議でランツェナーヴェ戦や貴族院の戦いにおける活躍が認められ、

ダンケルフェルガーは第一位の領地になった。クラッセンブルクを始めとした他の領地は参加しないままに戦いが終わったので、ダンケルフェルガーが第一位になることに何の不思議もない。そして、元王族であるトラオクヴァールの新領地ブルーメフェルトが第二位、ジギスヴァルトの新領地コリンツダウムが第三位とされた。そのため、クラッセンブルクは第四位に、ドレヴァンヒェルは第五位になり、ずいぶんと順位を落とした。

「実は、領主会議でジギスヴァルト様からハンネローレに婚約の打診があったのですよ」

「……初めて伺いました」

「フフッ。アドルフィーネ様と離婚した直後ですから外聞がよろしくありませんし、新領地発足と同時にドレヴァンヒェルから睨《にら》まれるのは避けたかったのでしょうね。あまりにも遠回しなお言葉でしたから、ダンケルフェルガーでは誰も気付かなかったことになっています」

悪戯《いたずら》っぽい目で微笑《ほほえ》むジークリンデにコルドゥラは苦笑してしまう。昔から変わっていない気性が心強い。

「気付かなかったのでは仕方がありませんね」

「けれど、一年経《た》てば再び来ると思っています。一番早くて貴族院の領地対抗戦でしょうか」

時間が経てば「離婚したばかりで……」とは言えなくなるし、領主一族が少なすぎるコリンツダウムとしては第二夫人や第三夫人を早急に迎えなければ立ち行かないに違いない。そして、後ろ盾を選ぶならば、できるだけ上位領地との繋《つな》がりを求めるのは当然だ。

「今のところ領地の順位はダンケルフェルガーより下ですが、まだまだ元王族の威光《いこう》が強いですから、お断りが難しい相手になるのではありませんか？」

「……えぇ。来年はブルーメフェルトもコリンツダウムも他領と同じように収穫量や影響力などによって順位が決められます。おそらく同じ順位は維持できないと思っていますが、それでも元王族の威光がどのくらい貴族達の間で続くのかわかりませんからね」

王族とは全く関係のないところから新たなツェントが立てば、元王族の威光はすぐに消えただろう。だが、女神の化身からグルトリスハイトを賜《たまわ》ったのは、王族だったエグランティーヌだ。王配にアナスタージウスがいる以上、親族である元王族の威光は順位が落ちてもしばらく続くのではないかとコルドゥラは睨んでいる。

「……本当にずいぶんと姫様のお立場が変わりましたね」

去年の今頃はディッターの汚点によって自領では肩身の狭い思いをしていたというのに、本物のディッターに参加したことで汚名を雪ぎ、女神の化身の友人であり、第一位ダンケルフェルガーの領主候補生として注目されている。

「コリンツダウムだけでなくドレヴァンヒェルからも打診があったくらいですからね。即座に断りましたけれど」

「まぁ、そうなのですか？」

ハンネローレの筆頭側仕えであり、領主会議に出席していないコルドゥラは知らない話だ。主《あるじ》の婚姻に関係のある話なのだから先に教えてほしいという気持ちと、早々に消えた話をわざわざ報告することもないという冷静な判断が入り混じる。

「ジギスヴァルト様とアドルフィーネ様が離婚したことで元王族の領地との関係がどうなるかわかりませんし、領地順位が下がったのですからドレヴァンヒェルが上位領地との関係を求めたい気持ちはわかります。ただ、離婚直後なのに、とジギスヴァルト様を牽制《けんせい》しながらダンケルフェルガーに新たな婚約を打診するのですもの。離婚した直後に後ろ盾を得たいという目的ではどちらも同じでしょうに、と思ってしまったのです」

ジークリンデが呆《あき》れたような顔で頭を左右に振った。

「アナスタージウス様に伺《うかが》ったのですけれど、どうやらドレヴァンヒェルはアドルフィーネ様の離婚を決める場で、ドレヴァンヒェルの利益としてアレキサンドリアへの婿《むこ》入りを王命としてほしいと願ったり、ツェントへの婿入りを願い出たりしたのですって」

「そのお二方に断られたから今度はダンケルフェルガーに打診とは……いくら政略とはいえ都合が良すぎますね」

政略結婚なのだから条件の良いところから打診していくものだとわかっていても、自分の仕える主を軽く扱われているようで、コルドゥラとしては少々腹立たしい気持ちになる。

「ツェント・エグランティーヌがクラッセンブルクよりダンケルフェルガーやアレキサンドリアを重視する姿勢を見せた以上、上位領地がダンケルフェルガーとの縁を望むことは間違いありません。今年の領地対抗戦や次の領主会議は今まで以上に警戒が必要です。貴族院でも他領との距離感を考える必要があるでしょう。備えとして今の内に婚約者候補を決めておけば、他領が求婚してきても嫁盗りディッターを突きつけられます」

ハンネローレの婚姻相手に関しては今年の貴族院が大きな意味を持つと言うジークリンデにコルドゥラは気を引き締めて頷いた。

「姫様に婚約者が必要な事情はわかりました。けれど、どうして婚約者候補なのか伺ってもよろしいですか?」

自力でエーレンフェストとの話を進められないハンネローレに対し、父親がこれ以上待てないと判断して婚約者を決めるならば理解できる。だが、わざわざ婚約者「候補」とする意味がわからない。コルドゥラの質問に、ジークリンデは苦笑した。

「のんびりと構えているハンネローレを急《せ》かすため、それから、レスティラウトに振り回された娘に少しでも自分で選ぶ余地を残してあげたいというわたくしの我儘《わがまま》ですね」

候補ではなく婚約者とした方が他領から付け入られる可能性は下がる。けれど、ハンネローレの努力に報《むく》いる余地があってもよいと思うとジークリンデは微笑んだ。

「どうせアウブとしてヴェルデクラフ様が婚約者を決めたところで、正式にツェントから承認を得られるのは次の領主会議ですもの。婚約者ではなく婚約者候補としておけば、領主会議までの期間になりますけれど、ハンネローレが自分で選べるでしょう?」

ダンケルフェルガーで決めた婚約者候補から選ぶことも、危機感を覚えてエーレンフェストとの話を進めることもできる。ハンネローレが決意して行動するならば、ジークリンデは娘の意向を最大限考慮《こうりょ》するつもりのようだ。

……娘に甘い配慮に見えますけれど、レスティラウト様に振り回された補償《ほしょう》の意味合いもあるのでしょう。

ハンネローレは戦いにおいてディッターの恥を雪ぎ、女神の化身の友人として個人の価値を高めた。今ならばハンネローレを領地に留《とど》めておくことも、第一位の領地の領主候補生として他領との繋がりを選ぶことも可能なのだ。

「そのダンケルフェルガーが用意する婚約者候補を誰にするか考えているのですけれど、コルドゥラに心当たりはないかしら？　本物のディッターに参加したハンネローレを次期領主に望む貴族達を抑えるためにも、候補は上級貴族がよいと考えています。女性領主の配偶者は領主候補生と決められていますから、上級貴族を婿にすればハンネローレは次期領主になれません」

「婿入りを前提にするのですね？」

「えぇ。女神の化身と友人関係であるハンネローレを上級貴族に降嫁《こうか》させて身分の差ができてしまうと領地にとって損失ですし、他領に付け入られるでしょう？」

ジークリンデの言葉に頷きつつ、コルドゥラは指先を頬《ほほ》に当てて目を伏せた。ダンケルフェルガー内に未婚で、ハンネローレと魔力量が釣り合い、婚約者もいない男性は少ない。ハンネローレが婿を取り、領主一族として次期領主であるレスティラウトの補佐をするならば、相手は領主一族の傍系《ぼうけい》が望ましい。

「コルドゥラは水面下の動きをある程度把握《はあく》しているでしょう？」

ジークリンデは領主に提出される貴族の婚約許可の申請を確認しているが、申請が出る前の水面下の動きを全て把握できているわけではないと言う。確かにコルドゥラはハンネローレの筆頭側仕えという立場上、側近達の水面下の動きについて情報を得やすい立場ではある。

「フフッ……。わたくしも全て把握しているわけではございませんよ。第二夫人であるライヒレーヌ様の派閥《はばつ》に関する情報は集まりにくいですもの」

「そちらは候補に入れなくて構いません。今回わたくしが知りたいのは、自派閥の貴族の情報だけです。ハンネローレが変に流されて別派閥に入れられても困りますから」

ハンネローレは少し気が弱くて優しいせいか、他者の意見を切り捨てることを負い目に感じ、自分の意見を呑み込む方を選びがちだ。他者のことを考え込んでしまう傾向が強いせいで、基本的に判断が遅い。困ったことに、彼女が悩んでいる内に他者から賛同したように見せかけられ、「そんなつもりはなかったのです」と涙目になっていたことが過去に何度もある。自分で決めると意見を翻《ひるがえ》さない頑固《がんこ》な一面もあるけれど、決断までに時間がかかるのだ。

「別派閥の者を婿にすれば姫様のお心に負担が大きいでしょう。自派閥から……となると、ハンネローレ様かレスティラウト様の側近になりますね」

「ええ。あくまで婚約者候補に過ぎないので、既にお話が進んでいるのを取り止《や》めさせるつもりはありません。ハンネローレがエーレンフェストとの交渉《こうしょう》を見事にやり遂《と》げた場合、婚約者候補は婚約に進みませんから」

婚約者候補はアウブ・ダンケルフェルガーが認めているけれど、まだ正式な婚約者ではないという立場になる。他に婚約の根回しが進んでいるならば、そちらを優先してもらってもよいとジークリンデは言った。

「ハンネローレの側近には候補になりそうな者はいるかしら？」

「ルイポルトは婚約話が進んでいると聞いていますし、必要なのは将来的にレスティラウト様の地盤を固めるための婿でしょう？　ならば、レスティラウト様の側近が最善ではございませんか？　ケントリプスとラザンタルクにはまだ婚約者がいないはずです」

ケントリプスとラザンタルクは二人ともアウブ・ダンケルフェルガーの兄の子で、異母兄弟だ。ハンネローレとは従兄《いとこ》に当たる。レスティラウトやハンネローレが同年代の子供との付き合い方を学ぶために、洗礼式前からよく城に連れてこられていた親族で幼馴染みとも言える関係だ。

「わたくしが見ていた範囲では、二人ともハンネローレ様に好意を寄せていますよ」

「あら、そうなのですか？」

ジークリンデが意外そうに目を丸くしてコルドゥラを見た。

「ケントリプスはレスティラウト様から邪険《じゃけん》にされた姫様をよく庇《かば》って慰《なぐさ》めていましたし、ラザンタルクは泣きながら厳しい訓練に耐える姫様を尊敬の目でよく見ていましたから」

「それはずいぶんと幼い時の話ではなくて？　今も同じではないでしょう？　今はハンネローレとレスティラウトの側近に溝《みぞ》ができているではありませんか」

ハンネローレが貴族院三年生の時にレスティラウトが仕掛けたディッターはダンケルフェルガーに大きな影を落とした。エーレンフェストとの関係にも大きな影響をもたらしたし、同母の兄妹《きょうだい》であるレスティラウトとハンネローレの関係にも亀裂《きれつ》が入った。

ディッターを行うために妹の婚姻を勝手に賭けたレスティラウト、自分の想いを成就《じょうじゅ》するために自領を敗北させたハンネローレ。主同士が不仲になれば、それぞれの側近達は自分の主を庇ってしまう傾向がある。

「去年の貴族院では二人とも姫様を心配してレスティラウト様のいなくなった寮をまとめようと頑張っていました。……ご存じの通り姫様は意固地《いこじ》になっていますし、ケントリプスやラザンタルクの心配は完全に空回りしていましたけれどね」

ケントリプスやラザンタルクはディッターで勝ち取っておきながらハンネローレとの婚姻を断ったエーレンフェストに不快感を示している。自分達にとって大事な姫が他領から蔑《ないがし》ろにされたと感じるから不愉快《ふゆかい》なのだ。それはコルドゥラを含むハンネローレの側近達も同じ気持ちだ。

「あのディッターの元凶《げんきょう》であり、最も悪いのはレスティラウト様ですけれど、姫様との婚姻を拒否したのはエーレンフェストです」

エーレンフェストが最初の取り決め通りに婚姻を受け入れていれば、ハンネローレは「自領を敗北させた領主候補生」ではなく、「自分の恋のために兄さえ利用した策士《さくし》」でいられたのだ。ダンケルフェルガーでは大きく意味が異なる。

「その違いを理解せず、エーレンフェストを必死に庇う姫様には周囲の心配が歪《ゆが》んで届いているようで溝になっています。それでも、姫様に対する彼等の想いは今もそう変わりませんよ」

ケントリプスやラザンタルクも、ハンネローレの側近も自分達の「姫様」が大事な気持ちに変わりはない。コルドゥラがそう言うと、ジークリンデは安心したように微笑んだ。

「そう。では、その二人で考えてみます」

入寮

「ハンネローレ姫様、準備が整いました。出発いたしましょう」

今日は貴族院への移動日です。筆頭側仕えのコルドゥラに声をかけられ、わたくしはゆっくりと立ち上がりました。どうにも気分が沈んで仕方がありません。親の目がなくなり、他領の方々と交流できる貴族院は楽しみな反面、ダンケルフェルガーの領主候補生として失敗しないように気を張らなければならない場所です。特に今年はわたくしの周囲に大きな変化があったため、貴族院へ行くのがとても憂鬱《ゆううつ》に思えます。

「しばらくの間、ハンネローレ様はダンケルフェルガーとお別れですね。貴族院での活躍について報告を受けるのを楽しみにしていますよ」

城に残る成人の側近達の励《はげ》ましを受け、別れの挨拶をして部屋を出ました。わたくしは一緒に貴族院へ移動するコルドゥラや護衛騎士見習いのハイルリーゼと共に転移陣のある部屋へ向かいます。

白い石でできた床を歩けばコツコツと靴音が響きます。戦勝祝いの宴《うたげ》で訪れたエーレンフェストの城では春でも厚いカーペットが敷かれていましたが、ユルゲンシュミット内では暑い地域であるダンケルフェルガーでは冬に敷物を使いません。むしろ、夏に暑さを和らげるため、魔法陣が刺《し》繍《しゅう》されたカーペットを使うことが多いです。

「寮に着いたら、すぐに採集ですね」

ハイルリーゼの言葉にわたくしは頷きます。講義に必要な素材を準備しなければならないのですが、懸念《けねん》もあります。採集場所に素材が残っているでしょうか。

「先に癒《いや》しを行わなければ採集できないという事態になっていないことを願っています」

「今年の採集場所はどうなっているでしょうね？　ラザンタルクが姫様に良いところを見せようと張り切っているかもしれません」

「それはあまり考えたくありませんね」

ダンケルフェルガーでは二年生が初日に移動し、最終学年まで移動が終わると、一年生という流れで入寮します。ユルゲンシュミット内では珍しい順番のようですが、この順番で移動しなければ、低学年の者達が講義に必要な素材を採集できなくなってしまいます。

他領は高学年の者から移動し、低学年の者が採集しやすいように採集場所の魔獣を狩っておくそうです。けれど、武寄りの者が多いダンケルフェルガーではあまりそのようなことは考慮しません。高学年の者が力に任せて低学年の調合で使う素材まで根こそぎ採集しないように監視や注意をすることが大事なのです。

……ディッターの回数が多いせいで、ダンケルフェルガーでは他領に比べても回復薬が多く必要ですから。

採集場所を回復させるお祈りをローゼマイン様が教えてくださったので、素材を巡る争いは緩和《かんわ》されました。そうは言っても、かなり魔力を使うので簡単ではありません。御加護を増やすために皆が積極的に祈りを捧《ささ》げるようになってきましたが、講義で使う魔力を考えると大変なのです。

貴族院への見送りに来てくださっているのは、お父様、お母様、お兄様とその側近達です。お兄様の背後に立っているケントリプスと目が合ってしまいました。ケントリプスはお兄様の文官見習いで、わたくしの婚約者候補です。ニコリと微笑まれたので、わたくしも何とか微笑み返します。

……おかしな感じにならなかったでしょうか？

婚約者候補が決まったとお父様に言われたのは、つい最近のことです。ケントリプスとラザンタルクは親族であり、幼馴染みのような関係ですし、二人ともお兄様の側近なのでよく知っています。けれど、急に婚約者候補と言われてもどのように接すればよいのかわかりません。

あまり不自然な笑顔になっていなければよいのだけれど、と思いながら頬を押さえていると、お母様が一歩前に進み出ました。

「ハンネローレ、貴族院では順位が第一位となったダンケルフェルガーの領主候補生として恥ずかしくない振る舞いをするように気を付けるのですよ」

「はい、お母様」

グルトリスハイトを持つツェントの誕生によって、春の領主会議では領地の順位が大きく変動したり、廃領地が新領地になったりしました。今年の貴族院ではその影響が非常に大きいことは間違いありません。

「元王族が領主となったブルーメフェルトとコリンツダウムの順位が高いのはたった一年だと考え

ているが、そのたった一年を笠《かさ》に着る学生がいることも考えられる。彼《か》の地の学生達があまりにも思い上がった態度を取った時に諌《いさ》められるのは、第一位のダンケルフェルガーとツェント夫妻しか貴族院にはおらぬ。故に、其方《そなた》は常にツェントの剣としての誇りを忘れず……」

……わたくしは忘れられるものならば忘れたいです。

お父様の言葉の後半部分は聞き流し、わたくしはそっと息を吐きました。正直なところ、ダンケルフェルガーの領主候補生という立場が非常に重いのです。去年よりずっとずっと重いです。今年ばかりはお兄様が卒業していることを嘆《なげ》きたくなりました。春に突然作られた新しい領地のことだけではありません。貴族院におけるカリキュラムの変更や、神殿と聖典に関して領主会議で出された衝撃《しょうげき》の事実などがあって、他領の情報収集が本当に大変そうなのです。

「……お兄様ではなく、わたくしがダンケルフェルガーの代表である時に、このように大きな変革があるなんて、わたくし、間が悪すぎると思います」

「其方の間が悪いことは否定しないが、領主会議の就任式に行ったことで自分から面倒を背負い込んだのは其方ではないか。母上に止められたのに強行しただろう?」

お兄様が赤い目をキラリと輝かせてからかうようにニッと笑いました。痛いところを突かれて、わたくしは少し俯《うつむ》きます。わたくしが就任式を見に行くだけで周囲が大変なことになるとは思っていなかったのです。お母様は「お招きを受けたとはいえ、領主会議に未成年が行くのは止めておきなさい」と難色を示していましたが、わたくしは「ローゼマイン様のアウブ就任式をこの目で見たい」と譲りませんでした。

「ローゼマイン様がお約束を守ってお招きしてくださったのに参加しないという選択肢はなかったのですもの……」

就任式に臨むローゼマイン様はとても美しく、婚約者であるフェルディナンド様に贈られた魔石のネックレスが胸元で光っていました。衣装はお互いの髪の色を基調とするような色をまとっていて、非常に仲睦《なかむつ》まじいことが一目でわかりました。信頼し合っていることがわかる笑顔のお二人をこの目で見られてよかったと心から思います。うっとりとしながらその様子を思い返していると、お兄様も同じように就任式の時を思い出したのでしょう。

「確かに二度と見ることがない就任式ではあったな。未成年であるため未《いま》だに上げられていない髪型、脛丈《すねたけ》のスカート……。本来ならば未成年は立ち入れぬ領主会議で、未成年のアウブが誕生したのだから」

就任式では「未成年がアウブに就任するなど前例がない」と反対する声も上がりましたが、「わたくしが前例です」とローゼマイン様が言い切り、「未成年であるローゼマイン様がアウブに就ける状況を生み出したのは、シュタープの取得を未成年にさせるように決めた皆様ですよ」とグルトリスハイトを得た正当なツェントであるエグランティーヌ様が微笑んだことで反論の声は一気に小さくなりました。

「ローゼマイン様がアウブとして承認されて皆に祝福を飛ばしたお姿は、お兄様が星結びの儀式の間もそわそわして止まらないほど素晴らしかったではありませんか。またお部屋にローゼマイン様とエグランティーヌ様の絵が増えたのでしょう？　アインリーベが困っていましたよ」

ローゼマイン様の就任式と同日に行われた星結びの儀式でお兄様はアインリーベと結婚しました。エグランティーヌ様が中央の神殿長として儀式を行ったのです。そちらもまた美しい姿でしたが、新婚の夫が次々と他の女性の絵を描くのではアインリーベも嘆きたくなるでしょう。

わたくしがお兄様を睨むと、お兄様は「余計なことを言うな」と嫌な顔をしました。余計なことではありません。大事なことです。

「其方はアインリーベではなく、自分の心配をしておけ。就任式を見に行った代償は大きいぞ」

「うぅ……。確かに興味本位で見に行くものではありませんでしたね。その点はわたくしも後悔しています」

初日の午前中に行われるアウブの就任式と星結びの儀式だけとはいえ、唯一未成年でありながら領主会議への出席を許されたわたくしは、他領からローゼマイン様の親友と認識されました。

もちろん間違いではないのです。何年も一緒に図書委員を務めていることも、神事に関する共同研究を行ったことも、共にアーレンスバッハへ攻め入ってランツェナーヴェと戦ったことも、エーレンフェストの戦勝祝いの宴に招かれたことも、お揃《そろ》いの髪飾りをいただくことも……。

「ローゼマイン様からお友達と言われることは嬉《うれ》しいのですけれど……」

わたくしがその後に続く言葉を呑み込んだのに、お兄様はハッキリと「利も大きいが、付随《ふずい》する面倒事も多い」と言ってしまいました。領主会議以降、わたくしは友情に付随する面倒事で悩まされているのです。

「ローゼマインはエグランティーヌ様にグルトリスハイトを与えた女神の化身としてアウブの中で

最もツェントに対する影響力が大きい存在になったからな」

お兄様の言葉にお父様が重々しく頷きました。

「うむ。ツェントであるエグランティーヌ様がご実家のクラッセンブルクではなく、ローゼマイン様のご意見を求める姿が会議中にあれば、どこのアウブも何とかアウブ・アレキサンドリアと繋がりを持とうとするのは当然だ」

ローゼマイン様と繋がりを持ちたいと望むことは当然でも、繋がりを持つのは非常に難しいのです。ご本人が未成年の女性ですから、当然のことながら配偶者の立場を狙うでしょう。でも、ローゼマイン様の婚約者はフェルディナンド様です。あのランツェナーヴェとの戦いから領主会議という短い期間にツェントから承認を得て、魔石を交わして婚約式を終えていらっしゃった方です。とても勝ち目はありません。

あの戦いを間近で見ていたわたくしからすれば、いくつもの謀《はかりごと》を同時に行うフェルディナンド様に立ち向かおうとすること自体が無謀です。先に罠《わな》を張って待っているくらいのことをしなければ、すでに婚約者が決まった後から仕掛けたところで勝てる相手ではありません。

「女性アウブに婿入りするフェルディナンド様が他の妻を娶《めと》ることはありませんもの」

お母様の言葉にお兄様が腕を組んで頷きました。

「アウブ以外に愛妾《あいしょう》を持つのはどうか、と伺いを立てたアウブもいるようだが、一蹴《いっしゅう》されていたな。自分にとって全ての女神がアウブ・アレキサンドリアだなどと言って……」

「まぁ！　わたくし、そのお話を伺うのは初めてです。お兄様、もっと詳しく教えてください」

エーレンフェストで髪飾りの注文をした時は、フェルディナンド様との間に恋愛感情はないとか政略結婚ならば……とおっしゃったローゼマイン様でしたが、フェルディナンド様が情熱的に口説いているということでしょうか。ローゼマイン様もその情熱にお心を動かされたのでしょうか。

わたくしは期待で胸を膨《ふく》らませてお兄様を見上げましたが、嫌そうに顔を顰《しか》められました。

「胡散臭《うさんくさ》い笑顔で言っていたから、どこまで本気か知れぬし、それ以上は知らぬ」

詳しく聞きたかったのですが、すぐに話を打ち切られてしまいました。まるで恋物語のような台詞《せりふ》ですのに残念です。貴族院でローゼマイン様に詳しく伺ってみましょう。

……いえ、止めておきましょう。図書館都市に関する野望について語られた時のように脱力する可能性が高いですから。

ローゼマイン様ご本人に尋ねるより、周囲にいた者から話を聞く方がよほど心躍るお話が聞けるはずです。わたくしはエーレンフェストで経験したのでわかります。

「アレキサンドリアにいる領主一族は、二人の他にレティーツィア様だけですけれど、彼女はまだ旧アーレンスバッハの領主候補生という印象の方が強いです。それに、今のところはヒルデブラント様の婚約者ですからね」

お母様の言葉にわたくしはゆっくりと頷きました。

「レティーツィア様については、これから貴族院でローゼマイン様とどのような関係を作っているのか、よく調べなければならないことだ。レティーツィア様のことだけではない。クラッセンブルクやドレヴァンヒェルはもちろん、中小領地が今回の事態をどのように捉えているのか、次期アウブをどうするのか知りたい。よく調べてくれ。頼んだぞ、ハンネローレ。……それからケントリプス」

お兄様の文官見習いのケントリプスにお父様が声をかけました。最上級生の上級文官見習いなので、最も期待をかけられているようです。「かしこまりました」とケントリプスが頷きます。

「少しでも他領の情報が必要だ。直接アレキサンドリアとの繋がりを持つのが難しいため、ローゼマイン様の実家であるエーレンフェストの領主候補生と、親友である其方に縁談が殺到することになったのだからな。少しでもローゼマイン様との縁を繋ぎ、領地の神殿改革に協力させるために……だぞ」

お父様が苦い顔でそう言うと、お母様も頷きました。

「エーレンフェストとの共同研究の結果、ダンケルフェルガーの神殿はライデンシャフトの槍《やり》を欲《ほっ》した騎士達が出入りし、御加護を欲する貴族達が出入りするようになりましたが、他領で同じ方法が通用するとは思えませんもの。ハンネローレには荷が重いでしょう」

お母様の言う通りです。わたくしが他領へ嫁《とつ》いだとしても、ダンケルフェルガーで成功したように神殿を改革してほしいと任されると困ります。ライデンシャフトの槍を求めた騎士達が勝手に出入りしただけなのですから。

おそらくお父様はわたくしを守るため、同時に、今後のダンケルフェルガーとアレキサンドリアの繋がりのために、わたくしを他領へ嫁に出すのではなく二人の婚約者候補を決めて領地内に留めると決めたのでしょう。ディッターに思い入れのないわたくしは婚姻によってダンケルフェルガーを離れ、どこかの領地へ移動するつもりでしたが、その人生設計は根底から覆《くつがえ》されました。

「領地の順位に変動があってダンケルフェルガーが第一位になったため、無理強《むりじ》いできる領地がなくなったことは幸いであったな。順位によっては、早々にジギスヴァルト様からの婚約打診があり、断り切れずに其方が嫁ぐことになっていたぞ。コリンツダウムとの婚姻を避けて、次の領主会議でダンケルフェルガーの者との婚約に承認をもらうためにも、上級騎士見習いのラザンタルクか上級文官見習いのケントリプスのどちらかを婚約者に選ばねばならぬ」

お父様の笑顔に気圧《けお》されて、わたくしは思わず一歩後ろに下がりました。婚約者候補が二人ということから、ダンケルフェルガー内でわたくしと魔力や派閥、年齢の釣り合いが取れる殿方《とのがた》が二人しかいないことがわかります。

ケントリプスとラザンタルクはどちらも領主一族である伯父《おじ》様の息子で、わたくしとは従兄妹《いとこ》同士の関係です。婚約者候補が二人ともお兄様の側近なのです。どちらかを婿にして、将来はお兄様を支えることを求められているのだとわたくしにもわかります。

……本音を言うならば、どちらも嫌なのですけれど。

別に婚約者候補二人のことが嫌いなわけではありません。将来が明確になる婚約について考えたくないのです。それに、婚約者候補を決めたとお父様に言われた時にヴィルフリート様が差し出してくださった手を思い出してしまったせいもあるかもしれません。

……ケントリプスやラザンタルクはいつもヴィルフリート様やエーレンフェストを悪く言うのですもの。

わたくしはお兄様の側に立っている文官見習いのケントリプスに視線を移しました。淡い緑の髪の彼が婚約者候補の一人です。頭は良いし、穏やかな物腰ですが、武寄りの文官です。ある意味において騎士よりもディッターを求めている部分があります。貴族院のディッターでは勝利するために色々と物騒《ぶっそう》な魔術具を作っていました。昔は優しかったのですが、最近は何だか厳しい顔をしていることが多い印象です。

「ハンネローレ様はダンケルフェルガーの誇りですから、婚約者候補に選ばれたことを私は誇らしく思います」

ケントリプスは灰色の目を細めて微笑みました。彼は最上級生なので今ここにいますが、もう一人の婚約者候補であるラザンタルクはわたくしと同学年なので、すでに寮へ移動しています。ラザンタルクはハイスヒッツェに非常に似ている上級騎士見習いで、ディッターのことしか頭にない感じです。このまま二人の内のどちらかを婚約者にされると、わたくしは間違いなくディッター漬けの一生です。

……ローゼマイン様に求愛したり、アドルフィーネ様と離婚したりしていたジギスヴァルト様の第一夫人になるよりは、ディッター漬けの一生の方がまだよいのでしょうけれど……。

わたくしにはリーベスクヒルフェの御加護がないようです。ご本人は家族愛だと言い張ってはいらっしゃいますけれど、ご自分の大事な方と婚約できたローゼマイン様のように、自分が大切だと思える方と婚約したいものです。

……わたくし、ドレッファングーアだけではなく、リーベスクヒルフェの御加護も必要なようです。縁結びの女神リーベスクヒルフェよ。わたくし、恋物語のような劇的な恋がしたいとは申しません。けれど、他の選択肢があってもよいのではないかと思います。

わたくしがコルドゥラに作ってもらったリーベスクヒルフェのお守りを握っていると、お父様が転移陣に乗るように促しました。

一つ頷くと、コルドゥラがわたくしに上着を着せ始めました。貴族院とユルゲンシュミット内では暑い地方のダンケルフェルガーでは気温に差があるため、転移陣に上がる前に一枚上着を着ておく必要があるのです。上着を着ると、護衛騎士見習いのハイルリーゼと共に転移陣へ足を進めます。

「ハンネローレ」

「何でしょう、お母様?」

何かを思い出したかのように呼びかけられて、わたくしは立ち止まって振り返りました。

「今年からラオフェレーグが入学します。高学年の領主候補生として、貴女《あなた》がよく指導するのですよ。ラオフェレーグはどうにも不安ですから」

お母様の言葉に、わたくしは目を逸《そ》らしたくなりました。これ以上、わたくしに無理難題を押しつけないでほしいものです。

ラオフェレーグはお父様の第二夫人の息子で、今年から貴族院へ入ることになっています。お兄様が次期アウブと定められた後で洗礼式を受けたせいでしょう。彼は領主候補生というよりも騎士なのです。側近達からはディッターのことしか考えていないと聞いています。

騎士達と共に訓練するラオフェレーグと違って、わたくしは領主一族に課せられる訓練しか受けていませんし、性別が違って学年が離れているので共に教育を受けることもありません。あまり接点がなくて、よく知らないのです。ただ、グルトリスハイトの継承の儀式に出席を許されたのが妹のルングターゼで、兄であるラオフェレーグが留守番を命じられたことからも扱いにくさは十分に伝わってきます。

……わたくしが卒業してからラオフェレーグが入学してくれれば、このように思い悩むことはなかったでしょうに。せめて、継承の儀式に出席を許されたルングターゼが妹ではなく、姉であればよかったのですけれど……。

いくら考えても意味がないことを考えながら、わたくしは転移陣に乗りました。

「いってまいります」

「えぇ。くれぐれも注意深い行動を心がけるのですよ」

領地順位の変動、貴族院のカリキュラムの変更、女神の化身の親友という立場、二人の婚約者候補、側近がいるのに指導が必要な異母弟……。両親から離れて少し伸び伸びとできる貴族院へこれほど重い気分で向かうのは初めてではないでしょうか。

今の気持ちをそのまま溜息にして吐き出すと、わたくしの足元の転移陣が光り始めます。黒色と金色の光が渦巻き、視界がぐにゃりと揺らぎました。

「ハンネローレ様の分も素材を採集してきました！　講義の準備は完璧《かんぺき》です。これでディッターができます。どうか訓練場の使用許可を！」

転移陣の間から出た途端、明るいオレンジ色の髪をしたラザンタルクが栗色《くりいろ》の目を輝かせて駆けてきました。もう一人の婚約者候補です。ケントリプスはまだお互いの出方を見るような空気がありましたが、ラザンタルクは何も感じていないような表情で一直線にやってきます。

……婚約者候補になったというのに何の変化もありませんね。急に婚約者候補を決められてどのように接すればよいのか悩んでいたわたくしが変なのでしょうか？

ラザンタルクの背後には訓練場の開放を願う騎士見習い達がそわそわとした様子で並んでいます。ダンケルフェルガーでは祈りを捧げても光の柱が立ちませんから、この貴族院で春からこの冬までの間に神殿に通った成果を試したいのでしょう。

「コルドゥラ……」

「お部屋を整えておきます。その間に姫様は訓練場を開放してください」

採集に向かうのも、訓練場へ向かうのも大きな違いはありません。わたくしに異存はないのですが、ディッターだと喜ぶラザンタルクを見ているとガックリしてしまうのです。

……悪い人ではないのです。悪い人ではないのですけれど、婚約者候補としては……。

わたくしはハイルリーゼと共に訓練場へ向かいました。五年生の貴族院生活の始まりです。

新入生歓迎ディッター

ダンケルフェルガーでは一の鐘が鳴ると起床時間です。起きたらすぐに着替えて訓練をします。この訓練は側仕えや文官も含めて、全員が行うものです。早朝の訓練は側仕えに合わせた軽い運動で終わります。側仕え見習い達が着替えや朝食の準備を始めるために離れると、領主候補生であるわたくしや文官見習い達は少し運動量が増えますけれど、騎士見習い達に比べると大した量ではありません。

ただ、今日は貴族院に入った翌朝なので、わたくしは側仕え達が離れるのと同じ時間に訓練を終え、自分の護衛騎士見習い達と採集場所の見回りをしました。ラザンタルクが採集していた素材の量が多く、採集場所の荒れ具合が心配になったからです。

……ひどい有様ですね。最終学年の者達が移動してくる前に気付いてよかったです。

採集場所の見回りを終えると、自室に戻って水浴びをしてから朝食です。朝食は食堂で他の学生達と一緒に摂《と》ります。その際に、寮監や領主候補生から連絡事項を伝えることになっているので、わたくしは採集場所の見回りに行ったことと、土地の癒しが必要であることを述べました。

「ローゼマイン様が教えてくださった土地の癒しがあるとはいえ、皆、少し羽目を外しすぎです。本日は朝食後、寮にいる者全員で採集場所を癒します」

貴族院が始まるまでは基本的に自由時間です。それぞれが講義に向けて準備をする以外で時間の使い方を指示されることは滅多《めった》にありません。それに、土地の癒しは多くの魔力を使うことですから、皆が不満そうな声を上げます。

「ちょっとお待ちくださいい、ハンネローレ様！　せっかく訓練場が開放されたのですから、午前中は……」

「最終学年の者達のことも考えずにあのように荒らしたのは貴方達《あなた》ではありませんか。朝食を終えたら採集場所へ向かいます」

貴族院の講義が始まると、座学が終わるまで満足にディッターができません。入寮から貴族院が始まるまでの数日間はディッター好きな学生達にとって自由に遊べる期間なので、不満が上がるのは理解できます。

けれど、できるだけ多くの者を癒しに動員できるのは今しかありません。講義で魔力を使うようになると、土地を癒すのは難しくなります。講義が始まるまでに採集場所を癒しておかなければ、後で困るのです。

……採集場所の管理は領主候補生の義務ですもの。

わたくしはグッと拳を握って食堂内を見回しました。わたくしがしっかりしなければなりません。

「癒しが終わるまで訓練場を一度閉鎖します。ディッターばかりを優先するのはダメですよ」

訓練場の閉鎖を口にした途端、騎士見習い達から悲鳴のような声が上がり始めました。

「そんな……!?　本物のディッターに参加されたハンネローレ様がディッター以外を優先するよう

におっしゃるなど……」

「いや、待て。違うぞ！　ハンネローレ様のお言葉は本物のディッターに参加されたからこそ出てくる余裕《よゆう》なのだ！」

「くっ！　さすが未成年でありながら唯一参加された姫様。女神の化身の親友として相応《ふさわ》しい！」

「おおぉぉ、ハンネローレ様！　ダンケルフェルガーの誇り！」

……まるでお酒を飲んだ成人達のような盛り上がりですね。朝食に酔ったのでしょうか？

意味がわからない盛り上がりを見せている食堂の様子を見回し、わたくしは学生達のやり取りを面白《おもしろ》がるように見ながら朝食を摂っているルーフェン先生に視線を止めました。

「ルーフェン先生はどう思われますか？」

「ハンネローレ様の判断された通り、癒しが終わってからディッターで構わないと思われます」

そう言った後、ルーフェン先生は熱の籠《こ》もった青い瞳で皆を見回しました。あの青い瞳が熱く燃え上がっている時は上手《うま》く騎士見習い達を誘導してくださることがわかっているので、わたくしはそっと控えます。

「其方等のディッターにかける情熱はよくわかる。だが、ディッターは一人だけで行うものではない。皆で楽しむものだ！　違うか⁉」

……いえ、全員を巻き込まないでください。

「これからやってくる最終学年や新入生を含めた全員が等しく講義を受ける準備をし、その上で皆が参加して心置きなくディッターをするべきではないか。そのためにも朝食後は迅速《じんそく》に採集場所を癒し、最終学年の者達が採集している時間を利用して其方等《ら》は回復薬等を作製しなければならぬ。そして……新入生が全員到着したら即座に歓迎ディッターを行えるように準備を怠《おこた》るな！」

「うおぉぉぉ！　シュタイフェリーゼより速く！」

……お父様が言い出した「シュタイフェリーゼより速く」という言葉がすっかり定着しましたね。

新入生歓迎ディッターは一年生に発破《はっぱ》をかけるために行われます。騎獣を作れるようにならなければ参加できないぞ、と新入生を羨《うらや》ましがらせるための催《もよお》しと言っても過言ではないでしょう。この催しには寮内の文官見習い、側仕え見習いも含めて在校生の希望者全員が参加できます。希望者だけなので勝手にすればよいのですが、講義が始まる前に回復薬を使用することになるのですから余計な催しに思えて仕方ありません。

わたくし自身は新入生歓迎ディッターを止めればよいと思うのですけれど、騎士コースの選抜に漏《も》れて泣く泣く文官や側仕えのコースを取ることになった者達が心待ちにしているので取り止めることはできません。それに、ルーフェン先生によると、新入生歓迎ディッターを行うかどうかで、実技への身の入れようが違うそうなのです。

……ダンケルフェルガーは座学よりも実技が得意な者が多い土地ですからね。

食事をしながらどのようにディッターのチーム分けをするのか真剣に話し合っている騎士見習い達の様子を窺《うかが》います。騎士見習い達の中心で、チームの戦力の均衡《きんこう》を図《はか》るように助言しているのはルーフェン先生です。最もディッターに力を入れているのが寮監ですから寮内がディッターで染まるのは仕方ないでしょう。

……採集場所を癒せるならば、わたくしは構わないのですけれど。

朝食を終えた後、皆で採集場所を癒しました。その後は自由時間なのですが、講義と新入生歓迎ディッターの準備をするために調合室が混み合っているようです。多目的ホールで調合室の順番待ちをしている者達が多いと側近達から聞いて、わたくしは多目的ホールへ向かいました。順番待ちをしている者達からエーレンフェストの本の話を聞きたいと思ったのです。ダンケルフェルガーでどの本がどの程度受け入れられているのか、他者がどの本に対してどのような感想を持つのか、予《あらかじ》め知っておくことは社交の下準備に必要ですから。

「ディッター物語やダンケルフェルガーの歴史本が出たことで、殿方が本を読むようになったことは大変嬉しいですよね？」

「ラオフェレーグ様は古語のお勉強がお好きではないようで、側近達がエーレンフェストにディッター物語を古語で出してほしいと零《こぼ》していたのを耳にしました」

「ローゼマイン様は今年どのような本を貸してくださるのでしょうか。とても楽しみですね。わたくし、恋物語が楽しみでなりません」

「あら？　ローゼマイン様はアウブ・アレキサンドリアですよね？　ご本を貸し借りするのはアレキサンドリアですか？　それとも、エーレンフェストでしょうか？」

他の方々の言葉にハッとしました。わたくしは「エーレンフェスト本」と呼んでいたので、エーレンフェストと本の貸し借りをするつもりでしたが、ローゼマイン様はすでにアレキサンドリア所属です。もしかすると両方と本の貸し借りをすることになるのでしょうか。

「コルドゥラ、わたくし……」

「アレキサンドリアに新しい本があるかどうかはわかりませんが、他領と交換するための本ならば数冊、アウブよりお借りしているので問題ございません」

コルドゥラの準備の良さに胸を撫《な》で下ろしていると、調合を終えたらしいラザンタルクが数名の騎士見習いを率い、顔色を変えて多目的ホールへ入ってきました。

「ハンネローレ様、ルーフェン先生より新入生歓迎ディッターに参加されないと伺いましたが、本当ですか？」

「ラザンタルク、無作法でしてよ」

コルドゥラの指摘にラザンタルクと騎士達がわたくしの前に一斉《いっせい》に跪《ひざまず》きました。無礼を詫《わ》びて、丁寧《ていねい》な言葉で質問します。新入生歓迎ディッターにどうして参加しないのか、と。

「どうして、と言われても……。わたくし、今まで新入生歓迎ディッターに参加したことはありませんし、今年もその時間帯は講義準備の調合を行う予定なのです」

新入生歓迎ディッターに参加する者達にできるだけ調合室を優先的に使わせているので、参加しない者はディッター中に調合を行うのです。わたくしにとっては例年通りなのですが、ラザンタルクは栗色の目を見開いて衝撃を受けたような顔をしています。

「我々は本物のディッターを経験したハンネローレ様とぜひ共にディッターを行いたいと思っていたのですが……」

「残念ですけれど、側近達もわたくしは不参加ということで予定を立てています」

領主候補生であるわたくしが気分によって予定を変えると、準備を行う周囲の者が大変なのです。その程度のことがお兄様の側近であるラザンタルクにわからないはずがありません。しょんぼりと肩を落とされても困ります。

……どうしようかしら？

わたくしがコルドゥラを振り返ろうとした瞬間、ラザンタルクが「で、では……！」と明るいオレンジの頭をバッと上げました。栗色の目にはどことなく縋《すが》るような感情が透けて見え、わたくしは思わず目を逸らしたくなりました。ラザンタルクがこういう目をしている時は非常に厄介《やっかい》なのです。

……領主候補生の魔力量で攻撃された時に護衛騎士がどうすればよいのか試すための訓練に付き合わされて大変な目に遭《あ》ったこと、わたくし、まだ忘れていませんよ！

お兄様に攻撃させればよいのに、主を守るための訓練だという理由でなし崩しにお兄様とわたくしの側近でディッターを行うことになったのです。昔を思い出して警戒している間も、ラザンタルクはじっとわたくしを見つめています。

「ハンネローレ様が参加されなくても構いません。ですが、ぜひ新入生歓迎ディッターを見に来てください。私はできる限りの活躍を見せます。私は本物のディッターに参加されたハンネローレ様に相応しい男として周囲に認められたいのです」

まぁ！　と周囲から華やいだ声が上がりました。「まるで恋物語のよう……」と囁《ささや》き合う声も聞こえます。

……そうですか。周囲から見れば、そのように見えるのですか。

溜息を吐きたくなるのを堪《こら》え、わたくしはラザンタルクの言葉を聞きます。

「フェルディナンド様とハイスヒッツェ様がディッターによって友情を育んだように、ローゼマイン様とハンネローレ様もディッターによって友情を育まれました。私はディッターでハンネローレ様との愛情を育んでいきたいです。そして、私はハンネローレ様と結婚し、アウブ・アレキサンドリアの友人としてお二人が行うディッターにぜひ参加させていただきたいのです！」

ラザンタルクは少し頬を染めて誇らしそうな顔をしていますし、彼の言葉に「なんて素敵……」と目を輝かせている者もいます。

周囲の期待に添えなくて申し訳ないのですけれど、わたくしは何だかガッカリしました。これがラザンタルクにとっては最上級の求愛の言葉なのかもしれませんが、わたくしが望む未来とはずいぶんとかけ離れています。

……ラザンタルクの望みはアレキサンドリアとのディッターではありませんか。

ダンケルフェルガーの中だけでディッターを楽しむならばまだしも、成人後にアレキサンドリアとディッターを行うなどあり得ません。わたくしと結婚したところでラザンタルクの望みが実現することはないでしょう。

「婚約者候補になった途端、活躍を見せようとしてくるなんて、ラザンタルク様は素直で可愛《かわい》らしい方ですね」

「口説き文句と共にラザンタルク様が求愛の魔術具を準備してくださったら、きっとハンネローレ様も感激したでしょうに……。婚約者候補ですから、婚約魔石の準備かしら?」

「今度ラザンタルク様に恋物語を貸して差し上げなければ……。ハンネローレ様がお好みのお話はどれだったかしら?」

「ハンネローレ様、これほど望まれていらっしゃるのですから新入生歓迎ディッターを観戦しなければなりませんね」

わたくしは軽やかで華やいだ声に囲まれていることで、段々と気が重くなってきました。できるだけ早く多目的ホールを立ち去りたくて仕方がありません。恋物語のお話をするのは好きですが、今のラザンタルクのことで様々な質問を受けたり、ラザンタルクを勧められたりするのは精神的にずっしりと重く感じられます。

わたくしは一度コルドゥラを振り返ると、できるだけ自分の内心を見せないようにニコリと微笑んで立ち上がりました。

「時の女神ドレッファングーアの糸が交われば訓練場へ向かうつもりです。ラザンタルクもドレッファングーアにお祈りしていてくださいませ」

調合が終わって時間があれば向かいます、という曖昧《あいまい》な返事でもラザンタルクは嬉しそうな笑みを浮かべます。明るい笑顔がわたくしには何だかとても重く感じられました。できれば新入生歓迎ディッターへ行きたくないと思っていたためでしょう。わたくしは彼の笑顔にひどい罪悪感を覚えながら多目的ホールを出ます。

……ごめんなさい、ラザンタルク。ディッターのために結婚したいと言われても、わたくしは全く嬉しくないのです。

自室に戻ると、コルドゥラが苦笑気味に口を開きました。

「姫様、ダンケルフェルガー内で婚約者候補が定められ、伴侶《はんりょ》を決めることになったのは急なお話ですから気が進まないのはわかります。けれど、一度きちんと候補者と向き合ってみなければ今のご自分にとって納得できる答えは出ませんよ」

わたくしは少し唇を尖《とが》らせました。ディッター観戦のお誘いを受けても嬉しいとは思えません。婚約者候補として良いところを見せたいのであれば、ディッター以外で見せてほしいものです。


新入生歓迎ディッターが行われている時間、わたくしは予定通りに調合室で講義の準備をしていました。ディッターに参加していなくても見学している者が多く、見学もしない者は普段から個人の部屋に引き籠もっている者がほとんどなので調合室はガランとしています。

「これで終わりですね」

「では、姫様。観戦に参りましょう。お約束を破ると、光の眷属《けんぞく》に嫌われますよ」

人がいなくて集中できるので、すぐに調合は終わってしまいました。気は進みませんが、新入生歓迎ディッターの観戦へ向かわなければならないようです。

……わたくし、これほどお祈りしているのにドレッファングーアには嫌われているのかもしれません。

わたくしが足取りも重く自室へ戻り、ゆっくりと訓練場へ向かっているところで途中でケントリプスに出会いました。他領であれば騎士と見間違えられるような体格のケントリプスが、わたくしの側近達の許可を得て近付いてきます。

「ハンネローレ姫様、ケントリプスが観戦にご一緒したいそうですよ」

「わたくしは構いませんけれど……ケントリプスは新入生歓迎ディッターには参加しなかったのですか？」

武寄りの文官見習いがディッターに参加できる機会はそれほど多くありません。特に今年は情報収集に奔走《ほんそう》することになるので、講義を終えた後にディッターの訓練に混じるのも難しくなります。ケントリプスは絶対に新入生歓迎ディッターに参加していると思っていたので、寮内にいることに驚きました。

「ハンネローレ様こそ本物のディッター参加者ですから、今年は参加をねだられたでしょう？　不参加を知ったラザンタルクが悔《くや》しがっていましたよ」

ケントリプスとラザンタルクは異母兄弟ですが、まるで親友同士のように非常に仲が良いのです。ケントリプスの母親もラザンタルクの母親も他領の者で、ダンケルフェルガーの風習に馴染めるように協力し合っていたせいでしょうか。

「わたくしのことはよいのです。文官が参加できるディッターはそれほど多くはないでしょう？　ケントリプスはあれほどディッターに参加できる機会を窺っていたではありませんか」

昔のことを思い出しながら尋ねると、ケントリプスが少し驚いたようにわたくしを見つめた後、小さく笑いました。その後、わたくしの手を取り、訓練場に向かって歩き始めます。

「ハンネローレ様、時が経てば人は変わるものですよ。情報収集に面白さを感じている今の私は、寮内のディッターに参加することに大して興味はありません。それぞれの騎士の癖を見たり、魔術具の用法を考えたりするのは楽しいと思いますが、エーレンフェストと行った嫁盗りディッターほどの高揚《こうよう》は感じられませんから」

　自らがディッターに参加するのではなく、観戦して情報収集を行いたいと言ったケントリプスをわたくしは見上げて、まじまじと見つめました。新入生歓迎ディッターに沸き上がる寮内で今まで聞こえていた言葉に、そのような言葉はありませんでした。まるでお父様の文官達のような物言いに少し不思議な気分になったのです。

「……私だけではなく、ハンネローレ様もずいぶんとお変わりになりました」

「そうでしょうか？」

　わたくし自身はあまり変わったと思っていないのですけれど、周囲からはとても変わったと評されています。わたくしが自分を見下ろすと、ケントリプスが「領主候補生らしくなられました」とからかうような口調で言いました。

「私は最上級生として寮に到着すると同時に採集場所を確認し、癒しが必要であればルーフェン先生やハンネローレ様に協力をお願いしなければならないと考えていました。けれど、ハンネローレ様が皆に声をかけて採集場所を回復してくださったとルーフェン先生から伺いました。最終学年の者達を代表して感謝申し上げます」

「……お兄様がいた頃は、学生達をまとめる仕事は基本的にお兄様任せでしたからね」

お兄様が卒業したことで、意外と多くのことをお兄様がこなしていたことをわたくしは知ったのです。そういう意味では去年の一年間が大変でした。お兄様の卒業まで関与していなかった仕事が全てわたくしに回ってくるようになったのですから。お兄様が次期アウブなので「お仕事を奪うようなことはなるべくしないように」と言われていましたが、卒業後を考えれば、せめて何をしているのか見せてもらったり、少しは教えてもらったりしておくべきでした。

「それだけではなく、幼い頃から存じている私にはあの泣き虫姫が恥を雪ぎ、友人を救うためとはいえ、本物のディッターに自ら参加するなど……とても信じられませんでした」

ケントリプスの灰色の目が懐《なつ》かしそうに細められています。洗礼式前後によく呼ばれていた「泣き虫姫」という渾名《あだな》が何だか恥ずかしくなってきました。

「あの時は……あれが一番適当だと思ったのです。本物のディッターに参加したことがずいぶんと評価されていますけれど、わたくし自身がディッターを求めているわけではありませんよ」

あの時はローゼマイン様とエーレンフェストからもたらされた全ての情報に関して裏付けを取るための時間もありませんでした。ローゼマイン様が嘘《うそ》を吐いてはいないだろうと判断できても、隠していることはあるかもしれません。

……グルトリスハイトを持っているらしいことを仄《ほの》めかしてはいらっしゃいましたが、アウブが使用する水鏡越しのお話だけでは証拠がありませんでしたから……。

ローゼマイン様が次期ツェントになるならば戦力に出し惜しみはできませんし、領主一族が騎士を率いた方がよいのです。けれど、中央にも危機が迫っているならばツェントの剣であるアウブ・ダンケルフェルガーもしくは次期アウブは中央を守るべきで、アーレンスバッハへ出ることはできません。また、中央との連絡が上手くいかなかった場合、ダンケルフェルガーが騎士を率いてアーレンスバッハへ向かうことで何か咎めがある可能性もゼロではありませんでした。

ディッターの恥を雪ぐため、そして、友人であるローゼマイン様のために……。そのような理由付けが可能で、いざという時にはディッターにおける汚点があって切り捨てることが可能である領主候補生のわたくしが先頭に立つことが最も適当だったのです。

「状況を考えれば適当でも、私の知っている泣き虫姫ならば本物のディッターで先頭に立つようなことはできなかったでしょう。同様に、このような複雑かつ混乱した状況下では泣き虫姫が他領へ嫁入りするのは難しいと思っていました」

わたくし達の先導をしている側近が訓練場の扉に手をかけました。グッと取っ手が引かれ、扉が大きく開かれた瞬間、ディッターへの興奮と叫び声、熱の籠もった声援、様々な物音が一気に流れ込んできます。あまりにも大きな音で思わず耳を押さえてしまいたくなる喧騒《けんそう》の中、ケントリプスが少し身を屈《かが》めるようにして囁きました。

「ハンネローレ様が変わられたのであれば他領へ嫁入りすることも考えてはいかがですか？　どうしても嫁ぎたい先があるならば、できる限りの協力はいたします」

「ケントリプス？」

お父様が婚約者候補を決めたのですから、ダンケルフェルガー内で婿を探せと言われているのと同じです。そんな状況の中で当の婚約者候補から他領へ嫁ぐことを提案されて、わたくしは目を瞬《またた》きました。思わずケントリプスを見上げると、「席へ向かいましょう」とエスコートされます。

幼い頃はお兄様の意地悪が度を過ぎると、それとなく庇ってくれていたケントリプスの灰色の目に今は何の感情も映っていないように思えます。わたくしは少し顎《あご》を引き、警戒混じりに彼を睨みました。何か試されているのかもしれません。

「ケントリプスはわたくしにコリンツダウムへ嫁げとおっしゃるのですか？」

観覧席に座ったわたくしは隣の席のケントリプスに盗聴防止の魔術具を渡しながら「いくら何でもひどいでしょう」と不満を述べます。お兄様の側近であるケントリプスならばジギスヴァルト様のなさりようを知っているはずです。わたくしをダンケルフェルガーに留める方がよいとお父様が判断した一番大きな理由がコリンツダウムからの申し込みなのですから。

「いいえ、コリンツダウムではなく、ハンネローレ様の望む領地のつもりだったのですが……」

「それが容易であれば、お父様はわたくしをお嫁に出したと思いますよ」

魔術具を握ったケントリプスが何かを考えるように腕を組み、しばらく訓練場を見下ろしています。わたくしも飛び交う騎獣を見下ろしました。敵味方がわかるようにマントの上から色の違う布を付けていますが、全員が全身鎧《よろい》です。騎獣の形や色が珍しければ判別できる者もいますが、大半はよくわかりません。

……あれがラザンタルクかしら？

ダンケルフェルガーらしい青色の天馬を見つけたところで、「アウブやレスティラウト様は

「……」というケントリプスの声が聞こえて、わたくしはそちらに視線を向けます。

「ハンネローレ様をダンケルフェルガーに留めたいようですが、ハンネローレ様が留まろうとすることで生まれる火種《ひだね》がないわけではありません」

訓練場へ視線を向けたまま、ほとんど唇を動かさずにケントリプスが言いました。

「わたくしが留まることで生まれる火種とは何ですか？　どういう意味ですか？」

「確証が持てない情報で徒《いたずら》にハンネローレ様を混乱させるつもりはございません」

薄く微笑んでそれから先の話を断ったケントリプスが、話題を強制的に終了させるように目の前の騎士達を指さしながらラザンタルクの位置や動きについて述べ始めました。けれど、そのように思わせぶりに情報を隠されて気にならないわけがありません。

「ケントリプス、確証が持てなくても構いませんから教えてください。わたくし、気になってラザンタルクの活躍など全く目に入りません」

わたくしがそう言うと、ケントリプスは少しの迷いを見せた後でわたくしに向き直りました。

「私の欲しい情報と交換であれば……」

「ケントリプスが欲しい情報ですか？」

「はい。領主候補生コースの講義中に他領が次期アウブについてどのように考えているのか、情報を得ていただきたいと存じます。上級文官見習いである私には立ち入ることが不可能ですから。その情報と引き換えに、であれば……」

悔しそうにも聞こえる声の響きが妙に懐かしく聞こえました。騎士見習いの選抜に漏れて文官見習いになったためにケントリプスは、ディッター関係でできなくなったことがいくつもあり、その度に少し悔しそうな声を出していたのです。どうやら今は領主候補生コースでの情報を得たいのに得られないことが悔しいようです。

わたくしが思わずクスと笑いを零すと、ケントリプスが「何でしょうか？」と不可解そうに眉を顰めました。

「いいえ。ケントリプスの変わらないところを見つけて少し懐かしくなってしまっただけです」

「私は変わらない、変えられない部分も多いです。……そうは言っても、ラザンタルク程ではありませんが」

ケントリプスが懐かしむような声を出しながら、青色の天馬を指さしました。こちらに気付いたのか、大きく手を振り回しています。わたくしも思い出しました。「レスティラウト様にお仕えしてディッターをするのだ！」と腕を振り回していたラザンタルクの姿を。

……ラザンタルクは本当に変わっていませんね。

「わかりました。情報を得てきましょう。ですから、必ず教えてくださいませ」

「ルーフェン先生！　一刻も早く実技を終わらせて、私もディッターに参加したいです！」

新入生歓迎ディッターを終えた後の夕食の席で、新入生として入寮した領主候補生のラオフェレーグが十歳らしく紫色の目を輝かせながら拳を握ってそう叫びます。次々と一年生からは賛同の声が上がりました。第二夫人の息子であるラオフェレーグは、まとう色合いは違えどもお兄様やラザンタルクの幼い頃の容貌によく似ています。何というか、やんちゃ盛りという印象です。

……きっとお兄様も一年生の頃はこのような感じだったのでしょう。

予定通りに一年生のやる気に火を付けることはできたようで、ルーフェン先生は満足そうです。

「あぁ。其方等は今のうちに心ゆくまでディッターを楽しんでおくといいぞ。婚姻して他領へ入ると、領主一族はもちろん、騎士とはいえダンケルフェルガーほど頻繁《ひんぱん》にディッターはできないからな」

「えぇ⁉　そんな⁉」

「騎士がディッターをしなければ何をするのですか⁉」

ディッター熱に浮かされている者達に対してひどい言葉のように思えるかもしれませんが、こうして騎士見習い達に現実を見せることも大事なのです。現実を知った上で他領へ向かわなければ、結婚相手に大変な迷惑をかけることになります。ダンケルフェルガーの騎士達が他領へ出たがらない現実から少し目を逸らしながら、わたくしは新入生歓迎ディッターの夜が例年通りに進んでいることを微笑ましく感じていました。

「ハンネローレ様」

「何でしょう？」

ラオフェレーグの呼びかけにわたくしがカトラリーを置くと、ラオフェレーグは真《ま》っ直《す》ぐにわたくしの席へ向かって歩いてきました。唐突すぎるラオフェレーグの行動にハイルリーゼを始めとした護衛騎士達が警戒の体勢を取り始めます。異母弟ですが、母親同士も派閥が違って交流が少ないため、わたくしと彼に碌《ろく》な交流はありません。わたくしも思わず身構えます。

新入生歓迎ディッターの熱狂に包まれていたダンケルフェルガーの学生達が「一体何が起こるのか」と興味深そうに見つめる中、ラオフェレーグはわたくしの足下に跪きました。今は領地の青いマントに金髪の頭しか見えません。今まで接点がほとんどなかった異母弟の突然の行動に、わたくしは不安が胸に広がっていくのを止められませんでした。

「ラオフェレーグ、何を……」

「天上の最上位におわす夫婦神《めおとがみ》のお導きにより、私は貴女に出会えました。ハンネローレ様には私の光の女神であってほしいと願っています」

キリッとした表情で言われた言葉がすぐには理解できなくて、わたくしは軽く眩暈がするのを感じました。周りがざわついたことで、空耳ではなかったことが知れます。けれど、これは求婚の言葉です。ラオフェレーグは意味がわかった上で言っているのでしょうか。

「……大変申し訳ございません。わたくし、よく聞き取れませんでした。今ラオフェレーグは何とおっしゃったのかしら？」

わたくしが目をゆっくりと開け閉めしながら首を傾《かし》げると、ラオフェレーグは「お断り」の空気を察したのでしょう。慌てた様子で言葉を重ね始めました。

「私が年下過ぎることは百も承知ですが、ハンネローレ様はダンケルフェルガーに留まるために領地内で婿を探すと伺っています。私もぜひ本物のディッターを経験したいと思っているので、ハンネローレ様の婚約者候補に入れてください。本物のディッターに参加されたハンネローレ様ならば、私の熱い思いを理解してくださると信じています」

十歳の少年のディッターにかける情熱は理解できますが、求婚は理解できません。そもそも、今まで交流のなかった四歳も年下の異母弟の求婚を本気で受け取れるわけがないでしょう。

「ダンケルフェルガーで留まるように、とわたくしがアウブから申しつけられた時に婚約者候補の名前を伺いましたけれど、ラオフェレーグの名前はなかったはずです」

「それでも、ぜひ！　婚姻で他領へ出ることになればディッターができなくなってしまうではありませんか！」

……またディッターですか。もしかすると、わたくしはディッターのおまけなのでしょうか。

領主の言葉を出しても止まろうとしないラオフェレーグの暴走をどのように扱うのか、学生達が静かにわたくしの言動を見定めようとしていることを視線で感じます。今この場でコルドゥラの方を振り返ってはならない空気があります。

……でも、どうしましょう？　四歳も年下の異母弟から求婚を受けることがあるとは思わなかったので、対処の仕方がわかりません。

ここで扱いを間違えると、しつこく求婚の課題を求められるようになるでしょう。わたくしがゴクリと息を呑んだ時、「ラオフェレーグ様」と呼びかけながらケントリプスとラザンタルクがゆっくりとこちらへ歩いてきました。

「新入生歓迎ディッターを観戦すれば新入生は熱くなるものですが、海の女神フェアフューレメーアの祝福が足りなかったのではございませんか？」

子供がはしゃぎたいのはわかるが頭を冷やせ、という意味の言葉を丁寧に言いながらラザンタルクがわたくしの右側に、ケントリプスが冷笑を浮かべてラオフェレーグを見下ろしながらわたくしの左側に立ちました。

「領主候補生とはいえ、アウブの決定に口を挟むものではありません。選択肢に入りたいのであれば、先にアウブへお話を通すべきでしょう」

「上級貴族が領主候補生同士の話の邪魔をするのか？　レスティラウト様の側近はずいぶんと高慢《こうまん》ではないか。控えよ」

身分を前提に考えれば、確かに領主候補生同士の会話に許可なく割り込むのは非常識で無礼な行為です。けれど、憤慨《ふんがい》するラオフェレーグの声を聞いても、二人は退《しりぞ》こうとはせずにラオフェレーグの側近へと視線を向けました。

「お話の内容がハンネローレ様の婚姻に関わることであれば、アウブより婚約者候補としてお話をいただいている我々には参加する権利があるのですよ、ラオフェレーグ様。貴族院に入学したばかりではご存じないかもしれませんが、求婚の申し入れの前に諸々《もろもろ》の手順について側近から教育を受けた方がよろしいかと存じます」

じろりとラオフェレーグの側近達を睨みながらケントリプスがそう言いました。他領の領主候補生からの申し入れがあっても、わたくしを守る者が領主候補生という立場に後れを取らないように二人が婚約者候補として定められたのでしょう。

……まさか貴族院が始まる前に自領の領主候補生に対処することになるとはお父様も思わなかっ

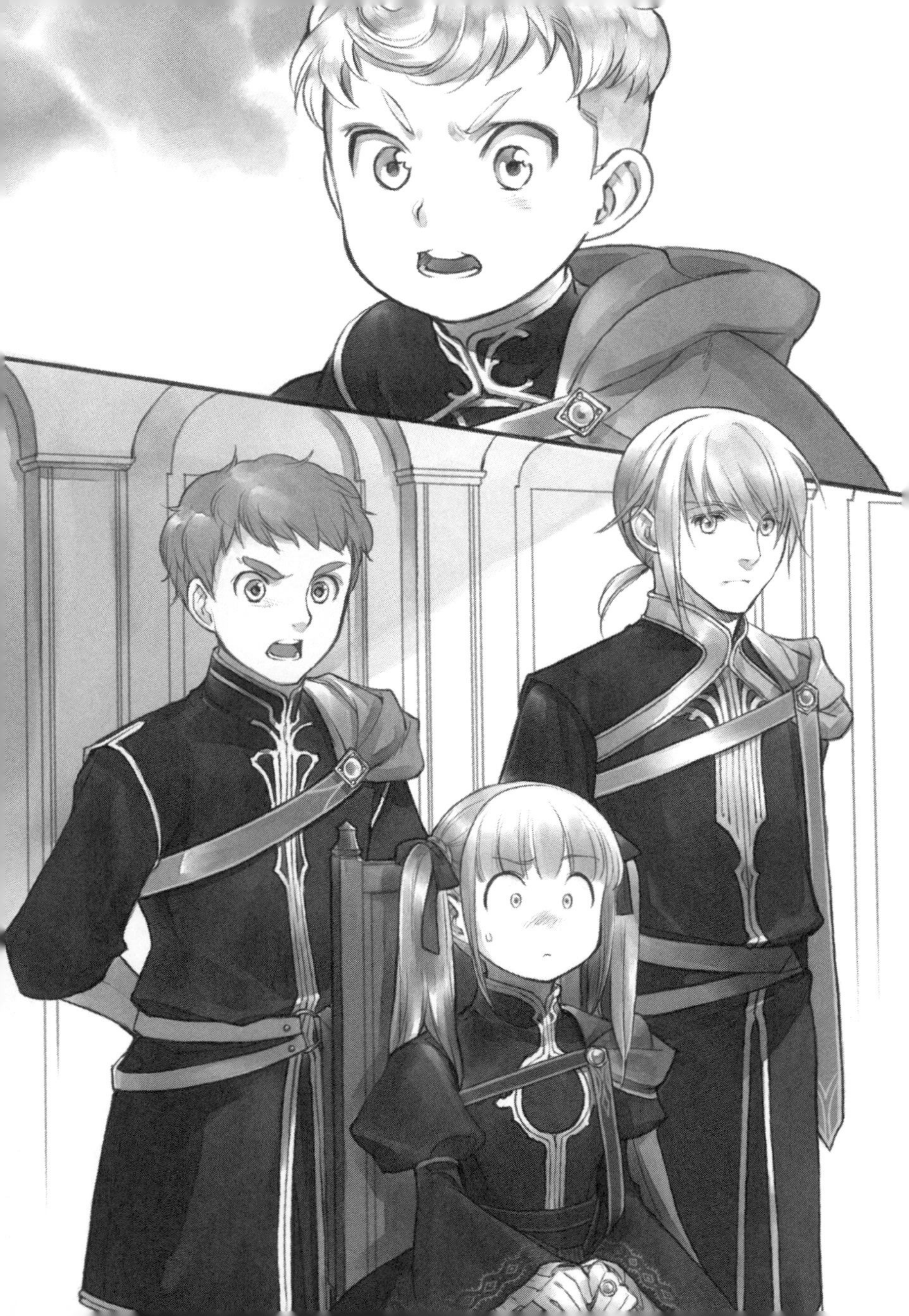

たでしょうけれど。

お父様とお兄様の気遣《きづか》いを感じて、わたくしはそっと息を吐きました。ここでラオフェレーグの申し出をしっかり断っておいた方がよいでしょう。

「わたくし、手順も知らない子供の求婚を受けるつもりはありませんよ」

わたくしは年齢差を理由にしっかり断ったと思ったのですけれど、後でコルドゥラに注意されました。

「姫様のお相手はアウブが決定するので、わたくし共が姫様にお教えした対応は他領の殿方に対するものでした。大変間が悪かったといえる事態ですが、姫様の断り文句では手順を踏めば問題ないと判断するのがダンケルフェルガーの男ですよ」

……それは、つまり、ラオフェレーグへの断りにはなっていないということではありませんか⁉

進級式と親睦会

貴族院は講堂で行われる進級式から始まります。

進級式に向けてダンケルフェルガーは一番乗りで講堂へ入ることにしました。ラオフェレーグが誰彼構《だれかれかま》わずディッターを申し込もうとしていることを側近の一人が教えてくれたからです。一番に講堂に入り、順位通りの一番前に整列していれば他領との接触を限りなく少なくできるでしょう。

「アウブ・ダンケルフェルガーと母親であるライヒレーヌ様から許可を取りました。貴族院でラオフェレーグが粗相をしないように、あの魔術具を付けてください」

わたくしはラオフェレーグの側近達に命じて、確実に「ディッターの誘い」を止めるための魔術具を付けさせます。ディッターの申し込みをさせないように強制的に声を奪う魔術具です。他領へ迷惑をかけそうなディッター狂いをこれで今まで何人止めてきたかわかりません。ダンケルフェルガーになくてはならない魔術具なのです。

「……わたくしはもちろん、ラオフェレーグにも第一位の領主候補生として恥ずかしくない言動が求められています。新入生とはいえ、あまりにも相応しくないと判断できる言動があった時は、ラオフェレーグはもちろん、側近もアウブからそれなりの処分を受けることになるでしょう」

側近達に釘《くぎ》を刺すと、彼等は表情を引き締めてコクリと頷きました。

「では、参りましょう」

わたくしがそう言って多目的ホールに集まっている学生達を見回します。青いマントが二百人近くずらりと並ぶ様は壮観《そうかん》です。その中からケントリプスとラザンタルクが出てくると、わたくしに向かって手を差し伸べました。

「エスコートは婚約者の役目ですから」

「……二人とも、まだ婚約者ではありませんけれど」

二人に手を差し出されると、今すぐにどちらかを選べと選択を迫られているようで落ち着きません。じりじりと後退していきたい気持ちを抑えてニコリと微笑むと、「おや？」とケントリプスがからかうように眉を上げました。

「ラオフェレーグ様が不躾《ぶしつけ》な行動に及んだ時、すぐに対応できる者が近くに控えていることは重要だと思いませんか？」

「思います」

反射的に答えると、ケントリプスがわたくしの左手を、ラザンタルクがわたくしの右手を取って歩き始めました。

……あの、これは、もしかして……少々目立つのではないでしょうか？

周囲の目が気になって何だか不安になったのですが、わたくしの予想は少し外れました。少々ではなく、とても目立っているのです。

……わたくしの右手を取って歩くラザンタルクのせいで！

「私はハンネローレ様をお守りするために騎士になったのです。レスティラウト様から守ってくれるような騎士に憧れるとおっしゃったでしょう？」

懐かしそうに幼い頃の思い出を語るラザンタルクですが、周囲にいる側近達はもちろん、学生達に筒抜けです。皆は何も言いませんが、視線と意識が自分達に集中していることがわかります。

「ラザンタルク、そのような昔のことを……今、ここで言うのですか？」

それとなく止めてほしいと訴えてみますが、ラザンタルクには気付いてもらえず、周囲の視線が微笑ましいものになっていき、わたくしはものすごく居た堪《たま》れない気分です。

「騎士見習いになるまでは計画通りでしたが、まさかハンネローレ様がディッターにのめり込み、本物のディッターに参加するようになるとは思いませんでした。仕方がないので、計画を修正して共にディッターを楽しめるようになろうと考えたのです」

……わたくしが本物のディッターに参加したのが悪かったことはわかりましたから、そのくらいで勘弁《かんべん》してくださいませ！

「ラザンタルク、そのくらいにしておけ。ハンネローレ様が泣きかねない」

「……え？　感動で？」

「いや、羞恥《しゅうち》で」

……ケントリプスもそのように平然と指摘しないでください！　もっと視線が集まったではありませんか！

わたくしとしては今すぐにでも隠し部屋へ逃げ込みたい気分ですが、予定通りにダンケルフェルガーが一番乗りで講堂に入れました。整列して前へ向いていても、次々と他領の学生達が入ってきていることが足音や会話でわかります。

「こうして先に並んでしまうと、進級式前に友人達と挨拶さえできないことが残念ですね」

「けれど、親睦会も講義も社交の時間もあります。他領との違いを理解していない新入生に煩《わずら》わされずにお話しする方がよいでしょう？」

「そうですね。落ち着きませんもの」

わたくしが自分の側近達と話をしていると、不意に講堂のざわめきが大きくなりました。新しくできた領地の学生達が入ってきたようです。ダンケルフェルガーが並んでいる場所の隣に、二位であるブルーメフェルトの学生達が灰色のマントを揺らしながら整列し始めたのが横目で確認できました。

ブルーメフェルトの領主はトラオクヴァール様で、領主候補生は新入生のヒルデブラント様です。わたくしはラオフェレーグの監視のために周囲を学生達に囲まれていますし、一年生のヒルデブラント様も周囲を側近達に囲まれているため、お顔は見えませんでしたが、親睦会でご挨拶できるでしょう。

「ブルーメフェルトは大きく二つに分かれているな。あまり良い雰囲気ではない」

「旧中央と旧アーレンスバッハだと思います。旧アーレンスバッハは旧ベルケシュトックでもあるので、トラオクヴァール様への反発が大きいせいでしょう」

ケントリプスとわたくしの側近である文官見習いのルイポルトがブルーメフェルトの学生達を見ながら小声で会話をしています。ハッとしたようにラザンタルクが後ろを振り返りました。

「ハンネローレ様、コリンツダウムもやってきました。不審人物がいないか、よく見張っておきます。ご安心ください」

……わたくしにはわたくしの護衛騎士がいるのですけれど。

そう思いましたが、わざわざ口に出してラザンタルクのやる気を潰す必要はないでしょう。苦笑する護衛騎士見習いのハイルリーゼと目配せし合い、わたくしはラザンタルクに監視を任せることにしました。

ダンケルフェルガーの後ろに整列するのは三位であるコリンツダウムの学生達で、柔らかな色合いの赤茶色のマントを付けています。領主候補生が不在のせいでしょうか。三位という順位に少し思い上がった発言が聞こえ、ラザンタルクやハイルリーゼを始めとしたダンケルフェルガーの騎士見習い達が少し警戒するように空気を尖らせました。

「アウブやレスティラウト様がおっしゃった通り、コリンツダウムには警戒した方がよさそうです。領地の順位を笠に着た発言がありますわ」

「下位領地を守る必要がありそうですね」

ラザンタルクとハイルリーゼの言葉にわたくしはコクリと頷きました。アウブ・コリンツダウムであるジギスヴァルト様がどのように貴族達に言い聞かせているのか存じませんが、上位領地には何もしなくても、下位領地には無理難題を押しつけるのではないかと少し不安になります。

……ダンケルフェルガーとしてはブルーメフェルトやコリンツダウムに睨みをきかせるよりも、ラオフェレーグがディッター勝負を他領へ仕掛けないように抑える方を優先しなければならないのが少々情けないところですけれど。

そんなことを考えていると、講堂の扉の方から前の方へ一際《ひときわ》大きなざわめきの声が押し寄せてきました。ひそひそとした会話や思わず口から零れた呟《つぶや》きの一つ一つは大きくないけれど、大人数が呟けば意外と大きなざわめきになります。

「新しい領地のマントだが、まさかあれがローゼマイン様!?」

「わたくし達が知っている姿と違うとアウブ達から伺っていましたが、これほどとは……」

学生達の驚きは当然でしょう。去年の貴族院でローゼマイン様は十日と経たずに臥《ふ》せって姿を消しました。春に行われたエグランティーヌ様の継承の儀式に出席していたのは領主候補生の一部ですから、実際に成長したローゼマイン様の姿を見ていない学生の方が大多数なのです。

「ハンネローレ様、ローゼマイン様に紹介してください」

「ラオフェレーグ、今ここで騒ぐのではありません。親睦会で紹介するまでおとなしくしていてくださいませ」

「アレキサンドリアとぜひディッ……」

ディッターと言う前にラオフェレーグが「ぐっ」と呻《うめ》きました。魔術具は正常に作動しているようです。これで大きな問題は起きないでしょう。わたくしはホッと胸を撫で下ろしました。

進級式では貴族院の先生の一人から挨拶がありました。ツェントがグルトリスハイトを得たことでユルゲンシュミットの魔力に少し余裕が生まれたこと。シュタープの取得年齢を成人に戻す案が上がっていること。

「魔術具の武器ではディッ……ぐっ」

文句を言いかけたラオフェレーグが喉を押さえました。言葉にはなりませんでしたが、言いたいことはわかりました。魔術具の武器はシュタープで作り出す自分の武器より使いにくいため、訓練やディッターで不利になると言いたいのでしょう。

「……より強力なシュタープを得られるのですから、在学中の不利など大した問題ではありません、ラオフェレーグ様」

「えぇ。ケントリプスの言う通りです」

……真の狙いはローゼマイン様のような未成年アウブが出現するのを防ぐことでしょうね。自分で治めることもできない状態で他領の礎の魔術を得られる可能性があるのは非常に危険なことです。ツェントがシュタープの取得年齢を上げようとするのは当然のことでしょう。

同時に、貴族院のカリキュラムも昔のものに戻すことになりました。貴族の間では段階的に戻したいという意向も強いようですが、あまり時間が経つと昔の講義内容や手法を覚えている先生方が減るという切実な一面もあるそうです。

シュタープ取得年齢が三年生から最終学年に上げられそうになっていることに低学年の者達が不満そうな声を上げる中、進級式は終わりました。忌々《いまいま》しそうに魔術具を触っているラオフェレーグやその側近達と共に、わたくしは自分の側近から側仕え見習いのアンドレア、文官見習いのルイポルト、護衛騎士見習いのハイルリーゼ、ウルツドルフ、ナディマーラを伴って小広間へ移動します。

講堂から退場する時にアレキサンドリアの学生達が整列しているところが見えました。新しい色のマントに身を包み、アウブと共に並ぶ姿は誇らしそうです。ローゼマイン様がしっかりと領地の学生達の心をつかんでいることが伝わってきて安堵《あんど》しました。

「一位ダンケルフェルガーより、ハンネローレ様とラオフェレーグ様がいらっしゃいました」

扉の前に立っているのは白いマントをつけた中央の文官です。わたくし達が小広間へ入ると、正面には例年通り王族の席がありました。ツェント夫妻、それから、二人と並んでローゼマイン様がすでに席に着いていています。

第六位であるアレキサンドリアの席は別に準備されているので、ローゼマイン様だけがアウブ・アレキサンドリアとして特別扱いになっているようです。ツェントにグルトリスハイトをもたらした女神の化身で、前代未聞の未成年アウブなのですから当然でしょう。

……正直なところ、ローゼマイン様が第六位の席にいらっしゃると挨拶の時に困りますものね。

親睦会では第一位から順番に挨拶をします。自領より上位の領地には跪き、下位の領地の挨拶は立って受けるのです。けれど、アウブと領主候補生では身分が違います。上位領地の領主候補生より下位領地のアウブの方が上です。ローゼマイン様が第六位として挨拶に回ると、領地の順位は上でも、わたくし達は跪いて挨拶しなければなりません。

……ローゼマイン様お一人であればそれでも問題ないのですよ。

現在アレキサンドリアにはレティーツィア様がいらっしゃいます。そのため、片方には跪かなければならないけれど、もう片方には立って挨拶を受けなければならないという複雑な状態になるのです。

親睦会とは、領地に自分より上位の者がほとんどおらず身分差や領地の順位に不慣れな新入生に、自領の順位と上位者との関係を教えるものです。ローゼマイン様にアレキサンドリアの学生として挨拶をさせて新入生を混乱させるより、ローゼマイン様に一目で上位者とわかる壇上に座っていただき、同じ貴族院で学ぶ学生であっても領主と領主候補生では立場が全く違うことをわからせる方がよいでしょう。学生同士だから近付きやすいとか、自分も未成年アウブになれるのでは？　などと妙な勘違いをする領地が出てくることを防げます。

……もしかすると、この配置を決めたのはフェルディナンド様でしょうか？　いいえ、気のせいですよね。フェルディナンド様がツェント夫妻に対して、それほどの影響力があるなんて考えたくありません。

二位、三位、と各領地の領主候補生や上級貴族が次々に入ってきます。全員が席に着くと、わたくしはラオフェレーグと側近達を連れて壇上へ挨拶に向かいました。

エグランティーヌ様はツェントの重責のせいか、少しやつれたように見えます。けれど、その美しさを損《そこ》なうことはなく、むしろ、より美しくなったように思えました。アナスタージウス様も少し顔付きが変わったように思えます。グルトリスハイトを得たツェントを支えるため、苦労されているのでしょう。

わたくしはお二人と並んで座っているローゼマイン様に視線を移しました。新しくまとっているのは夜空のような黒に近い紺色のマントで、ローゼマイン様の髪の色と同じです。アウブとなり、新しい領地に移ったのだから当然だと頭では理解できているのですが、エーレンフェストの色ではないローゼマイン様を見ると何だか不思議な感じです。

……それにしてもこうして間近で見ると、驚くような細工ですね。

ローゼマイン様の胸元には正式に婚約式を行ったことを示す婚約魔石のネックレスが大きく存在を主張しています。魔石を覆《おお》い隠すように金属の繊細《せんさい》な飾りがあるのですが、フェルディナンド様はずいぶんと手が込んでいる魔術具を作ったようです。

……婚約の魔術具だけではありませんでした。

ローゼマイン様の手の甲には細い鎖と小さな虹色魔石の連なりが見えました。今は光っていませんが、継承の儀式でつけていた腕の飾りと同じ物のようです。

……まさかこちらもフェルディナンド様の魔力で作られた魔術具でしょうか？

腕に絡《から》みつくような魔力の鎖をフェルディナンド様の独占欲や執着心の発露だと考えても怖いですが、ただのお守りだったとしてもフェルディナンド様が何か起こると警戒している証拠のようで怖いです。本当に大事になりそうではありませんか。

けれど、ローゼマイン様ご自身は特に何も感じていないようで、ニコニコと柔らかな笑みを浮かべています。わたくしは三人の前に跪いて、胸の前で両手を交差させました。後ろで側近達も跪くのがわかります。

「今年も時の女神ドレッファングーアの糸は交わり、こうしてお目見えすることが叶いましたことを嬉しく思います。こちらはラオフェレーグ。アウブ・ダンケルフェルガーの第二夫人の子です」

わたくしは新入生である異母弟を紹介すると、初対面の挨拶をするようにラオフェレーグに目配せしました。

「エグランティーヌ様、アナスタージウス様、ローゼマイン様。命の神エーヴィリーベの厳しき選別を受けた類稀《たぐいまれ》なる出会いに、祝福を祈ることをお許しください」

「許します」

「お初にお目にかかります。ダンケルフェルガーより、ユルゲンシュミットに相応しき貴族としての在り方を学ぶため、この場に参上いたしました。ラオフェレーグと申します。以後、お見知り置きを」

わたくしとラオフェレーグの挨拶が済むと、エグランティーヌ様が「ラオフェレーグはレスティラウトによく似ていますね」と懐かしそうに微笑みました。呼称の違いで、本当にツェントになられたことを実感します。

「ハンネローレ様」

エグランティーヌ様が声をかけ終わるまでじっと待っていたように、ローゼマイン様がわたくしに笑いかけました。

「図書館に上級司書が増えたそうです。ソランジュ先生に余裕ができたそうですから、図書館のお茶会をいたしましょうね。わたくし、毎年楽しみにしているのです。アレキサンドリアの新しい本もできたのですよ。まだ一冊しか作れていないのですけれど」

ローゼマイン様の大人びた顔立ちと、去年と同じ無邪気な笑みが何だかちぐはぐな印象なのですが、そのせいで妙に色っぽく見えて目を引く雰囲気になっています。

「まぁ、アレキサンドリアでも本が作られたのですか？　わたくし、とても楽しみです」

「其方等……。貴族院やツェントを取り巻く中央のあり方さえ手探りの現状で、余計なことをしでかしてくれるなよ」

わたくしとローゼマイン様の会話にアナスタージウス様が嫌な顔をして呟きました。

……そのように怖いお顔をしないでくださいませ。わたくしは余計なことなどするつもりはないのです。

アナスタージウス様からのお叱《しか》りにわたくしがキリキリとしてくる胃の辺りを押さえていると、ローゼマイン様がおっとりと頬に手を当ててアナスタージウス様の方を向きました。

「フェルディナンドにも注意されていますし、これでも毎年気を付けてはいるのですよ。けれど、不思議と事が大きくなるのです。困ったことですね」

ローゼマイン様が横に向いたことで、いつもつけている虹色魔石の髪飾りが変わっていることに気付きました。揺れている石の数は変わらないのですけれど、デザインが違います。魔石の周囲を取り巻いていた金属の部分が多くなり、簪《かんざし》部分にもいくつか魔石が埋め込まれているように見えました。明らかに以前の物を超えています。ヴィルフリート様が贈った虹色魔石の髪飾りより豪華な物を贈る方など、フェルディナンド様以外に思いつきません。

……ローゼマイン様、疑う余地もなく溺愛《できあい》されていらっしゃいますね。

魔力の鎖を使った装飾品は相手の魔力によっては不快に感じることも多いそうです。全ての装飾品がフェルディナンド様の魔力で作られた物だと仮定すれば、これほど多くの装飾品を受け入れているローゼマイン様はフェルディナンド様の魔力を受け入れているようにしか周囲の者には見えません。

……ローゼマイン様、これだけ殿方の魔力をまとえば、さすがに自覚されましたよね？　まさかまだ「家族同然」と言い張っているのではありませんよね？

頑なに「家族同然」と言い張っている姿しか思い浮かばないまま、わたくしは自席へ戻りました。すぐに第二位ブルーメフェルトのヒルデブラント様が挨拶にやってきます。以前ダンケルフェルガーへ挨拶に来た時と側近の顔ぶれが変わっているのは、ヒルデブラント様に失態を犯させたことで側近が処分を受けたからでしょうか。それとも、中央からブルーメフェルトへ移動する側近が少なかったからでしょうか。

元王族のヒルデブラント様がわたくし達の前に跪き、両腕を交差させます。何だか落ち着きません。そして、その手首にはちらりとシュタープを封じる魔術具が見えました。事情を知らない他の者には装飾品にしか見えないでしょう。

「ハンネローレ様、今年も時の女神ドレッファングーアの糸は交わり、こうしてお目見えすることが叶いました」

「お久し振りですね、ヒルデブラント様。お元気そうな姿を見られて嬉しいです」

同じ図書委員として少し気にかけてほしいとマグダレーナ様から頼まれています。しかし、上級司書が増えたらしい今年も図書委員のお仕事が続くのかわかりません。

……ヒルデブラント様は殿方ですから、女性に比べるとお茶会で会える機会が減るので、ブルーメフェルトや元王族に関する情報収集のためには図書委員で会えると助かるのですけれど。アウブであるローゼマイン様も同じように情報収集の機会は逃さないでしょう。何より、図書室の地下に領主候補生にしか入れない書庫があることが領主会議で発表されたのです。領主候補生が騒動を起こさないように監視できる上位領地の図書委員は必須になると思います。

ヒルデブラント様が去ると、次にやってきたのは第三位コリンツダウムの上級貴族です。普通に初対面の挨拶をしました。講堂では順位に浮かれた発言が聞こえたのですけれど、まとめる上級貴族は分別のない者ではなさそうです。コリンツダウムは元々中央の管轄《かんかつ》で王族によって治められていたので、土地の魔力にも余裕があるせいでしょう。ブルーメフェルトよりよほど余裕がある顔付きをしているように思えました。

第四位はクラッセンブルクで、ジャンシアーヌ様が側近と共に挨拶へやってきました。去年はわたくしが跪いて挨拶をしたので、目の前に跪くジャンシアーヌ様を見れば去年と立場が変わっていることがわかります。

「どうか仲良くしてくださいませ」

ほわっと微笑んだジャンシアーヌ様が去ると、ラオフェレーグがその後ろ姿をじっと見つめているのがわかりました。

「どうかしましたか？」

「いいえ。ローゼマイン様やジャンシアーヌ様は今まで私の周囲にいない雰囲気の女性だったので、不思議な感じがしただけです」

……エグランティーヌ様に見惚《みと》れていたお兄様のようなものでしょうか？

ダンケルフェルガーとクラッセンブルクでは女性の雰囲気がずいぶんと違うので、クラッセンブルクの女性が気になる殿方は多いようです。

……このまま他の女性に興味を持って、先日の求婚を忘れてくれればよいのですけれど。

わたくしがそんなことを考えていると、第五位ドレヴァンヒェルのオルトヴィーン様が領主候補生を四人率いてやってきました。どなたかが卒業したと思えば、新しい領主候補生が増えるのですから相変わらず領主候補生の多い領地です。オルトヴィーン様によると、魔力が多くて優秀であれば領主と養子縁組し、領主候補生コースを修めさせた上でギーベに任じるそうです。その方がギーべの館の守りや魔術具などをより理解して利用できるということでした。

第六位アレキサンドリアの領主候補生はレティーツィア様です。ディートリンデやアルステーデなど旧アーレンスバッハの領主一族に連なる者が重罪で捕らえられたのに、レティーツィア様だけはアレキサンドリアの領主候補生として残りました。そのため、彼女の言動は周囲から非常に注目されています。

進級式の退場時に講堂でちらりと見た限りではローゼマイン様が可愛がっているように見えました。それを裏付けるように、今もレティーツィア様が不安そうにちらりと壇上を振り返ると、ローゼマイン様が微笑んで頷いています。

……レティーツィア様は複雑なお立場ですけれど、ローゼマイン様が守ってくださるので安心ですね。

わたくしはランツェナーヴェ戦の時にアーレンスバッハの城で初対面の挨拶を受けたので、今回初対面の挨拶を交わすのはラオフェレーグだけです。レティーツィア様が跪きました。

「ラオフェレーグ様、命の神エーヴィリーベの厳しき選別を受けた類稀なる出会いに、祝福を祈ることをお許しください」

「許します」

「アレキサンドリアの領主候補生レティーツィアと申します。以後、お見知り置きを。……ハンネローレ様、ローゼマイン様がわたくしも図書委員に加えてくださるそうです。どうぞ仲良くしてくださいませ」

レティーツィア様が少し不安そうにそう言ったので、わたくしは「ぇぇ、仲良くしてくださいませ」とできるだけ優しく微笑みました。

第七位のハウフレッツェがやってきます。今年三年生になる殿方の領主候補生が二人の女の子をエスコートしていました。そういえば、わたくしはラオフェレーグにエスコートされていません。指摘することも忘れていました。

ハウフレッツェの次は第八位のエーレンフェストです。例年通りヴィルフリート様とシャルロッテ様がやってきます。継承の儀式で神殿長に就いていたメルヒオール様はまだ入学されないようです。エーレンフェストの祝勝会でお話ししたメルヒオール様は、とてもしっかりした様子で神殿長職を務めているように見えました。何となくラオフェレーグと比べてしまい、ダンケルフェルガーの教育の至らなさが恥ずかしくなりました。

……ダンケルフェルガーもディッターばかりしている場合ではないと思うのです！

「今年も時の女神ドレッファングーアの糸は交わり、こうしてお目見えすることが叶いました。ローゼマイン……あ、いや、ローゼマイン様がアウブに就任されたことで、ダンケルフェルガーやエーレンフェストは翻弄《ほんろう》されることも多いと思いますが、どうぞよろしくお願いいたします」

ローゼマイン様がアウブになったことで兄妹間でも公の場では呼び方が変わります。星結びの後で戸惑う者達はよく見るのですが、貴族院で呼称が変わることはないのでヴィルフリート様達の戸惑いもわかります。

……ローゼマイン様がアウブになり、フェルディナンド様と婚約されたわけですけれど、ヴィルフリート様は大丈夫でしょうか？

婚約者を奪われた形になったのです。口さがない者はいるでしょう。けれど、ヴィルフリート様は全く表情には出されません。

「エーレンフェストの新しい本もお持ちしています。エルヴィーラがぜひハンネローレ様に、と」

「お姉……ローゼマイン様も楽しみにしていました。皆でお茶会をしたいですね」

お茶会に誘ってくださるシャルロッテ様の首元に、いくつかのエーレンフェスト本で見たことのある紋章のネックレスが見えました。婚約魔石のついた婚約の魔術具ではなく、金属の飾りです。

「シャルロッテ様、そのネックレスは本の……？」

何か意味があるのか不思議に思ってわたくしが首を傾げると、シャルロッテ様ははにかむように微笑んでそっと指先で金属の飾りに触れました。

「えぇ。ローゼマイン工房で作られた本に付いている紋章と同じです。けれど、これはお姉様……ローゼマイン様個人の紋章で、領地が離れても繋がりがあることを示す記念の品なのです」

「私はもっとカッコいい意匠《いしょう》にしたのだ」

ヴィルフリート様が見せてくださったネックレスはローゼマイン様の個人紋章と全く意匠が違う

ので、繋がりがあるようにも見えませんでしたが、記念の品を贈り合う仲の良さがとても微笑ましく思えました。

「今年も仲良くしてくださいませ」

ヴィルフリート様達が隣のヒルデブラント様の席へ向かうのを見送ります。

「あれがエーレンフェストの無責任で卑劣《ひれつ》な……」

「ダメですよ、ラオフェレーグ。ここはそのような物言いをする場ではありません。それに、ダンケルフェルガーと他領は違うのです。それをよく覚えておかなければ、貴方も失敗しますよ」

わたくしはニコリと微笑んでラオフェレーグを見つめる目に力を込めました。ラオフェレーグが一度口を引き結んだ後、「……大変失礼いたしました」と口を閉ざします。

……ダンケルフェルガーとエーレンフェストは違うのです。

心の内で呟いた自分の言葉に対して胸に刺さるような痛みを感じながら、わたくしは挨拶を受け続けました。

講義中の情報交換

親睦会が終わって寮に戻ると、会議室で情報交換が行われます。最終学年の六年生、領主候補生、領主一族の側近が集まって、それぞれが得た情報を交換するのです。親睦会は階級で分けられて行われるため、交わされる噂話《うわさばなし》にも違いがあります。ここで情報を共有しておくことは今後の社交において非常に大事です。

「ハンネローレ様、領主候補生の様子はいかがでしたか？」

「そうですね。進級式で感じた様子よりも、元王族の領地代表者は落ち着いて話ができるように思えました。それから、リンデンタール、ベルシュマンなどの下位領地は、隣接していた中央領地がドレヴァンヒェルやブルーメフェルトに分けられたことに不満を持っているようです。それ以外は領主会議の報告とあまり変わりません」

下位領地の者の口から出ていた言葉自体は「本当に驚きました」という感想でしたが、領主会議で全ての領地を交えた話し合いもないままに王族や一部の領主だけで決め、知らない内に境界線が引き直されていたことに対する不満が感じられました。わたくしの言葉を肯定《こうてい》するようにルイポルトが頷き、更に気付いた点を付け加えます。

「リンデンタールやベルシュマンは中央と取り引きすることが容易だった地の利点が失われたわけですから、多少の不満があるのは当然だと思われます。ノイエハウゼンやレームブルックの中領地も言葉にしないだけで同じことを感じているでしょう。貴族院だけが中央と定められたことが他領に対してどのように影響してくるのか、数年は推移を見守る形になると思われます」

ルイポルトの報告を頷きながら聞いていたケントリプスが灰色の瞳をわたくしに向けました。

「ハンネローレ様、アウブ・アレキサンドリアの様子をお聞かせください。あの方の動向は今年最も注目しておかなければなりませんから」

本物のディッターで礎を奪い、外国勢力から中央を守って、グルトリスハイトをエグランティーヌ様にもたらした未成年アウブ。そう並べてみると、戦いの一部に同行したわたくしでも、どうしてそうなったのかわからない流れが多いです。他領の方には全くわからないでしょう。

ローゼマイン様とどのように接するのが正しいのか考えるためにも、情報の共有はとても重要です。わたくしはツェント夫妻とアウブであるローゼマイン様が一緒に並んで挨拶を受けていたこと、目を剥《む》くような大量のお守りをローゼマイン様が身につけていたこと、他領の方は遠巻きに様子を探っていたことなどを伝えます。

「あと、ローゼマイン様はレティーツィア様をとても可愛がっているようでした。図書委員に加えるそうですし、旧アーレンスバッハの貴族を新しく側近に取り立てていたことから考えても、彼等が理不尽《りふじん》な目に遭わないようにローゼマイン様が目を光らせていると思います」

親睦会におけるローゼマイン様の様子を思い出しながら答えると、ケントリプスが「では、エーレンフェストとローゼマイン様の関係性はいかがでしたか？」と更に質問してきました。

「シャルロッテ様にレティーツィア様を紹介してお茶会のお約束もしていらっしゃいましたし、以前とそれほど変わらないように思えましたけれど……。そちらでは何かあったのですか？」

ケントリプスやラザンタルク達上級貴族の顔付きが少し険しいように思えて、わたくしは首を傾げました。

「領主会議の後、エーレンフェスト内で色々な変更が起こったようです。ヴィルフリート様が領地内でずいぶんとお立場をなくされたようですが、そちらでは何か……あぁ。さすがにご本人の前では出ませんか」

上級貴族達が顔を見合わせつつ教えてくれたのは「女神の化身に逃げられた」「婚約者をフェルディナンド様に奪われた」「次期アウブの座も弟君に奪われたらしい」「エーレンフェストの次期アウブは継承式に神殿長服で出席していたのでは？」などの噂が流れているということでした。

「無責任で卑怯《ひきょう》な男には相応の罰ではありませんか。嫁盗りディッ……ぐっ」

「嫁盗りディッターのことでヴィルフリート様のことを悪し様《あざま》に言おうとするから相応の罰が下ったのですよ、ラオフェレーグ」

ダンケルフェルガーでは女性の父親を始めとする親族から結婚の許可を得られない殿方が力尽くで許可を得るために行うのが嫁盗りディッターです。お兄様はローゼマイン様を第一夫人に望んでディッターを申し込みました。それに対してエーレンフェストはわたくしをヴィルフリート様の第二夫人に望んだのです。娶れるか、求婚を完全に諦めるかの最後の勝負である嫁盗りディッターで勝利したのはエーレンフェストでした。

けれど、エーレンフェストはわたくしを娶ることを拒みました。婚姻を望んでいないならば、最初からわたくしの婚姻を勝利した時の条件に挙げるべきではありませんでした。けれど、わたくし達もヴィルフリート様達もそれぞれの常識がどの程度違うのか最初に確認しませんでした。子供ばかりで決めてしまったからこそ起きた行き違いです。

エーレンフェストにも色々と政治的な事情がありましたし、他領との契約という意味では契約書自体が無効だったのですが、ダンケルフェルガーでは終わったディッターを開始前に戻すことはできません。神聖なるディッターの結果を汚《けが》すのは神々への誓いを破ることに等しいのです。

そのため、ヴィルフリート様は求婚して勝利しておきながら娶ることを拒んだ無責任な男とか、武術ではなく甘言《かんげん》で勝敗を決めたにもかかわらずわたくしを捨てた卑怯な男と言われています。

ちなみに、わたくしはヴィルフリート様の甘言に惑わされて味方を裏切った恥知らずで、婚約解消されて捨てられた女のように見られていました。

「わたくしが本物のディッターで恥を雪いだのですから、エーレンフェスト側で本物のディッターに参加して礎を守ったヴィルフリート様も汚名を返上したと見做《みな》すべきではありませんか」

ダンケルフェルガーの騎士達から活躍が見えたわけではありませんが、ヴィルフリート様は領主一族としてエーレンフェストの礎を守っていたと聞いています。

「先程の噂の件もそうです。わたくしはエーレンフェストの祝勝会に参加いたしましたが、ローゼマイン様とジギスヴァルト様の婚約が内定していたことで、領地内ではとっくにお二人の婚約解消が認知されていました。それに、フェルディナンド様を助けに行くようにローゼマイン様の背を押したのはヴィルフリート様だそうです。奪われたとか逃げられたという噂は正しくありません」

わたくしは祝勝会に招かれてエーレンフェストに滞在した時のことを思い出します。あの時はジギスヴァルト様にローゼマイン様が嫁ぐことが内定したことを祝う雰囲気でした。求愛の魔術具の鎖が壊れたというのに、ジギスヴァルト様と魔力の釣り合いが取れていないことをわかっていないような貴族達にも、色合わせも行わずに婚姻を決めたアウブ・エーレンフェストにも腹を立てたものです。

「ローゼマイン様が中央へ行くことが内定し、メルヒオール様が神殿長の地位に就いたようですけれど、ヴィルフリート様は今でも次期アウブだと思います。少なくとも変化があったという話を、わたくしはエーレンフェストで耳にしませんでした」

「ハンネローレ姫様、少し落ち着いてください。お気持ちはわかりますが、姫様がご存じなのは祝勝会です。領主会議の後に何か変化があったとしても不思議ではありません」

コルドゥラがわたくしを宥《なだ》める中、ラザンタルクが軽く手を挙げて領主会議の後にお父様とお兄様が領地の神殿へ向かった時の話をしました。

「神殿へ同行した護衛騎士達も話し合いの場には同席させてもらえませんでした。領主会議で重大な発表があったことは確実です。正確な情報を入手することを最優先にしましょう」

「ラザンタルクの言う通りですね」

エーレンフェストの祝勝会の時に自分で見聞きし、わたくしが考えていたよりもヴィルフリート様を取り巻く情勢はずいぶんと厳しく変化している可能性があるようです。

……嫁盗りディッターではわたくしに選択肢を与えてくださったり、ローゼマイン様の後押しをして差し上げたりするヴィルフリート様がこのように言われることをローゼマイン様はどのように考えていらっしゃるのでしょうか。

親睦会が終わると、翌日からは講義が始まります。高学年は全コース共通の座学が非常に少なくなるため、学年全てが一堂に会することはありません。共通の座学もコースごとに分かれることになります。

低学年の学生達には座学を頑張るように声をかけて寮を出ましたが、わたくしも領主候補生コースのお部屋へ入る前にケントリプスから情報収集について念を押されてしまいました。

「ハンネローレ様、周囲の者達へどのように声をかければよいのかわからずに右往左往《うおうさおう》しただけで終わるということがないようにお気を付けくださいい」

「ケントリプス、わたくし、もう五年生です。新入生だった時と同じ注意は必要ありません」

確かに新入生の時は他の方に声をかける時機を見計《みはか》らうことが難しくて右往左往しただけで一日が終わってしまったこともありますが、今はそのようなことはありません。「失礼ですよ」と怒ってみせると、ケントリプスだけではなくラザンタルクも笑いました。

「レスティラウト様とハンネローレ様が一緒に寮を出ていたことが新入生の時しかなかったので、実は私もケントリプスと同じことを思い出していました」

ラザンタルクにそう言われて気付きました。お兄様の側近である二人はお兄様の講義室まで同行していたため、今まで一緒に講義へ向かう機会がなかったのです。

「それでも、新入生だった時と同じ注意は失礼でしょう。わたくしも成長しているのですから」

「では、成長したハンネローレ様の手腕に期待しましょう。レスティラウト様に報告できるような新しい情報があると嬉しく思います」

ケントリプスが灰色の瞳を細めて楽しそうに笑ったのを見て、わたくしは思わず一歩後ろに下がりました。あまり情報を得られなければ、お兄様に先々まで色々と言われそうです。

「……有益な情報がなくてもお兄様には内緒にしてくださいませ、二人とも」

わたくしが少々品位に欠けるお願いを二人にしていると、少し離れたところから「あら、ハンネローレ様。ごきげんよう」というローゼマイン様の声が聞こえました。

……みっともない姿を見られてしまったかもしれません！

わたくしが息を呑んで振り返ると、ローゼマイン様は月のような金色の瞳をキラキラに輝かせ、今にも祝福を行いそうな軽い足取りで近付いてきていました。エーレンフェストで髪飾りの注文をしていた時に、図書館都市の構想について熱く語っていた時と同じ雰囲気です。

……図書館か本について何か考えているようですね。

「ごきげんよう、ローゼマイン様」

大領地のアウブになったローゼマイン様とわたくしが共に移動すると、側近達の人数がかなり多くなります。中領地の中でも人数の少なかったエーレンフェストの時とは違うので、廊下で長時間滞在せず早めに側近達を解散させなければなりません。

わたくしはルイポルトが開けてくれた扉に向かって足早に進み、側近達に手を振って解散を命じました。少し心配そうにこちらを見ながらケントリプスやラザンタルクも自分達の講義棟へ向かいます。ローゼマイン様も同じように領主候補生用の部屋に入ると、側近達に解散を命じました。

「貴方達も自分の講義へ向かいなさい。全員合格を目指して頑張ってくださいませ」

領主候補生の部屋の中へ歩いていく間は二人だけの時間です。ほんの一瞬、ヴィルフリート様の噂についてローゼマイン様の意見を伺おうかという気持ちが浮かび上がってきます。けれど、いつヴィルフリート様がいらっしゃるかもしれない場所で質問できることではありません。質問したい気持ちは呑み込んで、わたくしはとても楽しそうなローゼマイン様を見ました。

「ローゼマイン様、何か良いことがあったのですか？」

「えぇ。わたくし、実技の時間がとても楽しみで仕方がないのです」

「実技、ですか？　確か実技は全て合格されたと伺いましたけれど……」

「えぇ。ですから、図書館へ行くことが許可されたのです」

皆が実技を行っている時間帯、ローゼマイン様は図書館で司書達と共にこれからの図書館のあり方を話し合うそうです。

「一部の領主候補生しか入れない地下書庫に古くて重要な資料がある、と領主会議で周知されたでしょう？　その閲覧のために領主候補生や側近の上級貴族の出入りが増えると考えられます。司書達がどう対応すべきか意見を述べることになっているのです」

「礎の魔術への供給者として登録された方しか地下書庫に入れませんから、騒動が起こる可能性は高いですものね」

供給者として登録される領主一族は七人です。領主一族の人数が多ければ、成長期で魔力圧縮をして器を少しでも成長させたい未成年より成人を優先的に登録します。「お祈りをしながら供給すれば御加護を得られやすくなる」とローゼマイン様に伺ってからは、学生達に供給させる領地も増えたでしょう。それでも、一冬を貴族院で過ごす学生達を供給の登録から外す領地は少なくないと思います。冬の社交の間は成人の領主一族に変更し、それぞれの負担を減らすのが一般的です。

「お話し合いの他には王宮図書館から運び込まれてきた本の分類や重複した本の処理、中央の資料の分配を行うことになっています。図書委員らしいでしょう?」

嬉しそうに声を弾ませるローゼマイン様は微笑ましいですが、非常に気になる点があります。

「ローゼマイン様、側近達はどうするのですか? お一人で図書館に滞在はできませんよね?」

いくらアウブになって旧アーレンスバッハの貴族も含めて側近が増えたとはいえ、貴族院に来られるのは学生だけです。講義が始まるまでに図書館へ送ることはできても護衛として一緒に行動することはできません。

「側近も講義があるでしょう? 側近にも前倒しで実技を合格させたのですか?」

「いいえ。そのようなことはいたしません。わたくしにはフェルディナンド様、いえ、フェルディナンドが作ってくださった心強い側近達がいるのです」

……フェルディナンド様が作ってくださった側近?

わたくしが首を傾げていると、自慢するように胸を張っていたローゼマイン様が「あ」と小さく呟いて手をポンと打ちました。

「そうそう、ハンネローレ様。髪飾りのお届けはどうしましょう? 側仕えに寮まで届けさせても、お茶会の席でお渡ししても構いませんが……」

ローゼマイン様の言葉に、ふわっと気分が明るくなりました。エーレンフェストで注文したのは、ローゼマイン様の専属がそれぞれの髪に合わせて選んでくれた色で作られたお揃いの髪飾りです。お兄様がアインリーベに贈っていた髪飾りを見た時から、わたくしも自分の髪飾りが欲しいと思っていました。

「わたくし、少しでも早く見たいですし、お友達とのお揃いを楽しめる時間は長い方が嬉しいので、ご迷惑でなければ寮まで届けていただきたいです」

アウブにとって冬は領地内の貴族から情報を集める大事な社交期間ですから、わたくしが講義を終えてお茶会ができるようになる頃にはローゼマイン様が領地へ戻ってしまうかもしれません。

「では、本日の講義が終わり次第、側仕えに届けさせます。明日はお揃いにいたしましょうね」


領主候補生は二日間の午前中で共通の座学の試験を終わらせます。多少成績の差はあれ、領主候補生に共通の座学で不合格になるような者はいません。貴族院でしか学べない実技に時間が必要になるため、座学の予習は領地で済ませてくるようになっています。

……それにしても、予習もできない実技で卒業分まで全て合格しているなんて、本当にローゼマイン様は規格外ですね。

座学も当たり前の顔で満点を取っていらっしゃいますが、もう誰も驚かないくらいに当たり前の光景です。皆が驚いているのはローゼマイン様の成長されたお姿と、身につけていらっしゃる装飾品の数々です。最初は求愛や求婚の魔術具で独占欲や執着心の塊《かたまり》かと思いましたが、ローゼマイン様によると全てお守りだそうです。

……アウブであっても成人した護衛騎士達を付けられない以上は必要だ、とフェルディナンド様が作ったそうですけれど、どう考えてもやりすぎですよね？　鎖部分を魔力で作るのが一番扱いやすいだなんて言い訳にしか聞こえないのですけれど！

本気でお守りだと信じている様子のローゼマイン様には何も言いませんけれど、皆が何とも言えない表情になって顔を見合わせてしまったのは仕方がないでしょう。

「ローゼマイン様」

午前の講義を終えたヴィルフリート様に呼びかけられてローゼマイン様が振り返りました。

「フェルディナンド……もそうですけれど、ヴィルフリート様からもそう呼ばれるのは何だかむず痒《がゆ》いですね。何ですか？」

ローゼマイン様とヴィルフリート様が話し始めた途端、周囲の者達が魔術具のペンを片付けたり、忘れ物がないか机の周辺を見回したりしながら二人に注目するのを感じました。もちろんわたくしも二人の会話に耳を澄ませます。

「今年も物語の収集をするつもりでしょうか？　その報酬《ほうしゅう》がどこから出るのか、フィリーネを筆頭に文官見習い達が困っていましたが……」

「フィリーネはわたくしの側近ですけれど、エーレンフェストの貴族ですものね。早めに決めておかなければ困るでしょう。明後日の昼食か夕食をご一緒して決めましょうか？　ヴィルフリート様とシャルロッテ様、それから、わたくしの側近達に招待状を出します」

「かしこまりました。では、そのように伝えておきます」

お二人の間の空気は今までと全く変わりありません。上級貴族達の親睦会で噂になっていたのです。お二人とも噂を知らないということはないでしょう。やはり、わたくしが思っていたように

「捨てた」とか「逃げられた」というような関係ではないのです。わたくしは少し胸を撫で下ろしました。

午後からは領主候補生コースの実技が行われます。教師としてやってきたのはアナスタージウス様でした。最終学年の領主候補生コースはツェントであるエグランティーヌ様が担当しているそうです。まさかツェント自ら教鞭《きょうべん》を執《と》るとは思っていなかったので驚きました。

「領主候補生コースは、本来ツェントが自分の後継者を育てるために行うものだそうだ」

アナスタージウス先生はツェント夫妻が教師をすることについてそう述べると、「教材の箱庭を四日以内に去年の終わりの状態にするように」と課題を出しました。領主候補生コースの講義は与えられている箱庭を前学年の終わりの状況に戻すところから始まります。

「エントヴィッケルンで街を作るところまで、ですよね？」

「魔石の住人登録もするのでは？」

隣同士で話をしている声が聞こえます。わたくしは去年までローゼマイン様の隣だったため、今年は一度も隣人がいない状況で実技を行うことになるようです。

……お隣がいないのは寂しいですし、お話しする機会がなければ情報収集ができないではありませんか。お兄様に笑われてしまいます！

ケントリプスとラザンタルクはわたくしの婚約者候補ですが、お兄様の側近です。毎日の出来事を報告しているはずなので、この状況は好ましくありません。

「回復薬を使います」

次第に後ろの方からそのような声が上がり始めました。小領地の領主候補生達が少しずつ休憩《きゅうけい》に入っているようです。箱庭に集中しなければならないので後ろを振り返ることはできませんが、回復薬を飲みながら会話していることがわかりました。

……時の女神ドレッファングーアに祈りを！　わたくしも会話に参加させてくださいませ！

ドレッファングーアに祈りを捧げてみたものの、わたくしの魔力はまだ回復薬が必要なくらいまで減っていません。ヴィルフリート様やオルトヴィーン様が休憩に入る声を聞きながら、わたくしは箱庭に魔力を注いでいきました。

「わたくしも回復薬を使います」

アナスタージウス先生に申告し、わたくしは回復薬の入った筒を手にしながら教室の後方に置かれている椅子に向かいました。

「ヴィルフリート様、オルトヴィーン様。わたくしも少し休憩させてくださいませ」

「こちらへどうぞ、ハンネローレ様」

オルトヴィーン様がわざわざ席を立って椅子までの短い距離をエスコートしてくださいました。実技の時間は立って作業を行うので、椅子に座ると何だか少しホッとします。

コクリコクリと回復薬を飲んだところで、オルトヴィーン様の視線がこちらへ向いていることに気付きました。

「どうかなさいまして？」

「カリキュラムの変更によってレームブルックやエーレンフェストでは次期アウブを新しいシュタープを得られる者達に変更する予定だ、と耳にしたのですが……」

わたくしは思わずヴィルフリート様を見ました。ヴィルフリート様は軽くオルトヴィーン様を睨んで腕を叩《たた》きます。

「オルトヴィーン、ドレヴァンヒェルでも新しいシュタープを持つ世代をアウブに、という声が強いと言っていたではないか。一年生で取得した我々は最も劣ったシュタープを得た世代になるわけですが……ダンケルフェルガーはどうですか？」

わたくしはお二人の口から出てくる言葉に目を瞬かせました。カリキュラムの変更がそれほど大きく影響していると思わなかったのです。わたくしは次期アウブの変更を考えている領地を記憶しつつ、口を開きました。

「ダンケルフェルガーの次期アウブはお兄様です。それに変更はありません」

オルトヴィーン様が少し驚いたように薄い茶色の目を見張りました。

「そうなのですか？　親睦会で紹介されたラオフェレーグ様が次期アウブとして考えられているのかと思いました。ハンネローレ様に好意を示しているという話を耳にしましたし、ドレヴァンヒェルで新しい世代のアウブが望まれているように、ダンケルフェルガーもてっきり……」

「ラオフェレーグが次期アウブになることはありませんし、わたくしが彼に嫁ぐこともありません。いくら何でも年が離れすぎているではありませんか」

わたくしは首を横に振ってハッキリと否定します。異母弟のラオフェレーグの性質は領主候補生というより騎士です。ディッターのことしか考えていませんし、他領との交渉を行うアウブには向きません。

……何より、本物のディッターの際、お父様はお兄様に礎の魔術を譲渡《じょうと》しましたもの。具体的に何をどうすれば譲渡になるのか知りません。けれど、お父様が中央で戦う際にお兄様は礎の間に籠もって領地の礎の魔術を守るように命じられました。お兄様が次期領主であることは揺るぎない事実です。

「年は離れていますが、女神の化身であるローゼマイン様の親友のハンネローレ様を領地に留め、新しいシュタープを持つ世代をアウブに据えるのは、領地経営の観点から考えれば理にかなっていると思うのですが……」

不可解そうにそう言ったオルトヴィーン様に、わたくしは少し嫌な気分になりました。四つも年が離れていても婚姻の対象内に入れられてしまうなんて思いもしなかったからです。

「今は貴族院のカリキュラムに変更が多い時期でしょう？　ですから、今から十年ほど経って教育課程やツェントの治世が安定した時期に育つ子供こそ最もアウブに相応しいのではないか、とお父様は考えているようです。ダンケルフェルガーではお兄様がすでに成人して星結びを終えていますから、お兄様の子が程良い時期に貴族院へ入るのではないでしょうか」

「なるほど、そのような考え方もあるのですね」

オルトヴィーン様に、わたくしは頷きます。もちろん高性能なシュタープを得られた者を次期領主にする方が望ましいかもしれません。けれど、領地を治めるならばシュタープの性能より気性や能力の向き不向きの方を重視した方がよいでしょう。個人的な意見ですが、ラオフェレーグが次期領主に相応しく育つとは思えません。

「ダンケルフェルガーではお父様がもうしばらくはアウブとして君臨《くんりん》するでしょうし、お兄様にアウブとしての力量がないわけではありませんから」

オルトヴィーン様が少し俯きがちに「その方向で説得できれば……」と呟くのが聞こえました。もしかしたらオルトヴィーン様は次期アウブを目指しているのでしょうか。

……去年まではそれほど次期アウブの地位に積極的ではなかったはずなのですけれど……。

去年までの言動を思い出しながら首を傾げていると、オルトヴィーン様が席を立って居住まいを正し、「ハンネローレ様」とわたくしを呼びました。

「何でしょう?」

「ラオフェレーグ様との婚姻の意思がなく、レスティラウト様が次期アウブで変更がないのであれば……ドレヴァンヒェルへいらっしゃいませんか?」

あまりにも気軽に言われたため、すぐには意味が理解できませんでした。わたくしは目を見張ったまま、まじまじとオルトヴィーン様を見つめます。赤紫色の髪がわたくしの目線より下にスッと下がり、ニコリと微笑む薄い茶色の瞳がわたくしを見上げてきました。跪かれていることに気付くのに、少し時間がかかりました。

「私が貴女の闇の神になることを望んでもよろしいですか?」

求婚者の言い分

……困ります！

求婚の魔石もありませんし、わたくしの気持ちを確認する打診の言葉とはいえ、まさか講義中にこのような言葉を受けるとは考えていませんでした。同席されているヴィルフリート様も深緑の目を瞬かせ、動揺を抑えきれないようにわたくしとオルトヴィーン様を交互に見ています。

「其方がハンネローレ様を慕《した》っているとは知らなかったので私も驚いたが、ハンネローレ様も驚いていらっしゃるぞ。このように個人的な話は、せめて、私が席を外してからにすべきではないか」

ヴィルフリート様が困ったようにそう言うと、オルトヴィーン様は立ち上がって首を横に振りながら苦笑しました。

「このような講義中でなければ、側近達に阻まれて近付けないだろう？　それに、二人だけになってハンネローレ様に良くない噂が立つのは本意ではない。無理を強いるつもりはないから……」

「確かにそうだな。では、私が二人の潔白《けっぱく》を証明する立場になるのでご安心ください、ハンネローレ様」

ヴィルフリート様がニコリと笑いました。ここで「恐れ入ります」以外の言葉を返せるでしょうか。わたくしはオルトヴィーン様が差し出した盗聴防止の魔術具を手に取りました。

「手順を飛ばして驚かせてしまい、申し訳ございません。ですが、講義中でなければ私がハンネローレ様のお気持ちを直接伺う機会がございませんから……」

そう言いながらオルトヴィーン様も自分の手に盗聴防止の魔術具を握り、自分の椅子に座り直しました。今すぐに返事を必要としていないことがわかって、わたくしは少しだけ緊張を解きます。

「コリンツダウムから求婚されたそうですね」

……わたくし、求婚されたのでしょうか？　お父様がコリンツダウムからの求婚を警戒しているのは知っていますけれど……。

わたくしは曖昧に頷きました。領主会議で何があったのか、全てを知らされるわけではありません。正式な求婚ではなくても、お父様が警戒したりドレヴァンヒェルが誤解したりする言動が何かあったのでしょう。

「コリンツダウムにはジギスヴァルト様とナーエラッヒェ様しか領主一族がいらっしゃらないので、一刻も早く領主一族を増やしたいのでしょうが、あの方には誠実さが足りません。ドレヴァンヒェルはそれをよく知っています」

実際にアドルフィーネ様が婚姻中にどのような扱いを受けたのか、お話があったのは王族とドレヴァンヒェルの間だったようなので、わたくしは詳細を知っているわけではありません。けれど、真剣というよりは険しい表情のオルトヴィーン様を見ていると、ジギスヴァルト様だけには嫁ぎたくないという思いが強くなります。

……最終学年に大領地の女性領主候補生がいないため、最も成人に近いわたくしが求婚されたのでしょうけれど。

いくら元王族がアウブとなった中領地でも、これから順位を落としていくことが目に見えているコリンツダウムとの婚姻は、ダンケルフェルガーにとってあまり意味がありません。それでも、元王族の威光が完全に消えたわけでもないため、完全に順位を落とすまでの数年間はそれなりに尊重した対応が求められます。断り方には少々苦労する相手なのです。

「姉上の一件があるため、ドレヴァンヒェルならばコリンツダウムからの圧力を退けることが可能になります」

「ご心配、ありがとう存じます。けれど、わたくしがダンケルフェルガーから出ることがなければ、コリンツダウムからの圧力を流すことはできますから」

それを婚姻の利点として強引に話を進められても困るので、わたくしは先回りしてコリンツダウムから逃れる方法を述べておきます。

「それにしても、オルトヴィーン様が次期アウブを目指しているなんて初めて知りました」

「私にも色々なところで変化がありましたから……。ドレヴァンヒェルは血の繋がりの薄い者が次期アウブに立つことも珍しくありません。つまり、ジギスヴァルト様と離縁して戻ってきた姉上がいつ不利な立場に立たされるのかわからないということです」

離縁の慰謝料として得た土地のギーベになることは決まっているけれど、アウブが代わればアドルフィーネ様がどのような扱いになるのかわからないそうです。家族を庇護《ひご》したいと考えているオルトヴィーン様の思いが見て取れました。

「ドレヴァンヒェルに研究都市を造りたいという姉上の案は非常に魅力的で、アレキサンドリアの研究所ともできるだけ頻繁にやり取りしたいと考えています」

「その際にローゼマイン様の親友とされているわたくしがいると、アレキサンドリアとの話し合いが円滑《えんかつ》に進むということでしょうか？」

わたくしが尋ねると、オルトヴィーン様は少しだけ目を丸くした後、小さく笑って首を横に振りました。

「そうなれば幸いですが、フェルディナンド様もローゼマイン様もそれほど甘い方ではないでしょう？　その点ではハンネローレ様にあまり期待していません。文官達が努力すべきところです」

期待していないと言われて安心するのはおかしいでしょうか。けれど、フェルディナンド様やローゼマイン様を甘く見積もっているわけではないという点、それから、わたくしへの期待値が予想より低かったことに少し安心しました。

「オルトヴィーン様は色々なことをよくご存じですね。でしたら、わたくしにはお父様の定めた婚約者候補がいることもご存じでしょう？」

結婚相手は父親が決めるものです。その父親が決めた婚約者候補がいることを知りながら求婚しても意味がないことをオルトヴィーン様は知っているはずです。それなのに、何故わたくしに求婚するのでしょうか。

「色々とおっしゃいますが、私が知っていることは推測を含めてもそれほど多くありません」

オルトヴィーン様はそう言いながら指折り数え始めました。

「普通ならば父親が決める婚約者に関してハンネローレ様には選択肢が与えられていること、アウブに与えられた選択肢から未だに選んでいないこと、四歳年下のラオフェレーグ様が求婚したこと、それから、ディッターという言葉にハンネローレ様の目元が少しだけ動くこと……。事実として確定しているのは、そのくらいでしょうか」

……少し怖いくらいに知りすぎだと思います。

外ではダンケルフェルガーの領主候補生らしく振る舞っていたつもりでしたが、ディッターを面倒に思っていることがそれほど顔に出ていたのでしょうか。まさか他領のオルトヴィーン様に知られているとは思わず、わたくしは頬を押さえました。

「それらの情報から私が考えたのは、他者に付け入られる前に婚約者を決められない理由や不満がハンネローレ様にはあるのではないか、選択が委ねられているならば求婚を受け入れていただける隙があるのではないか、ハンネローレ様の個人的なお望みはダンケルフェルガーから出ることではないか、というものですが、いかがでしょう?」

ドレヴァンヒェルの情報収集能力と推測が的を射ていて、わたくしは口を噤《つぐ》みました。不用意に否定も肯定もできません。

「失礼しました。困らせるつもりではありませんでしたし、ハンネローレ様のお気持ちは明らかですから、本当は求婚するつもりはなかったのです」

「え？」

意味がよくわからなくて目を瞬きながらオルトヴィーン様を見ると、彼はほんの一瞬ヴィルフリート様に視線を向けました。それだけでわたくしは全てを察しました。ひやりとした感触が背筋を伝い、喉がコクリと鳴ります。

「嫁盗りディッターの最中にハンネローレ様がヴィルフリートの手を取ったことで勝敗が決したと人伝《ひとづて》に聞いたのです。領地の順位や、ローゼマイン様という王の承認を受けた同い年の婚約者がいることを考えれば、ヴィルフリートに貴女が嫁ぐ可能性が出てくるとは考えていませんでした。だから、本当に驚いたのですよ。衝撃を受けたと言っても過言ではありません」

わたくしは盗聴防止の魔術具を殊更《ことさら》強く握りしめながら、ちらりとヴィルフリート様の様子を窺いました。少し居心地が悪そうですが、興味の抑えられないような表情をしています。こちらが話をしている内容はわかっていないようですけれど、心臓には悪いです。

「オルトヴィーン様、止めてくださいませ。エーレンフェストは元々下位領地で、ダンケルフェルガーの求婚や嫁盗りディッターに対応してきた上位領地とは違います。ヴィルフリート様はわたくしの気持ちなどご存じないのです」

「そうでしょう。仮にヴィルフリートが知っていれば、このような顔で我々の話を見守れるとは思えません。知らせれば、おそらくヴィルフリートは罪悪感と責任感で求婚したでしょうが、貴女は知らせませんでした。ダンケルフェルガーでハンネローレ様一人が大変な思いをしたのではありませんか？」

オルトヴィーン様の言葉に、わたくしは思わず視線を少し下げました。確かにおっしゃる通りです。けれど、領地対抗戦の席でダンケルフェルガーとの婚姻はエーレンフェストにとって不要だと他ならぬ領主の口から言われていますし、お優しいヴィルフリート様に罪悪感と責任感を覚えてほしいとは思えません。

「……何もかも、もう終わったことです。わたくしはそのような求婚を望んでいないのです、オルトヴィーン様」

「次期アウブの座から離れたヴィルフリートがダンケルフェルガーの後ろ盾で次期アウブの座を得られると知った今ならば、全く可能性がないわけではないと思うのですが……」

グラリと心が揺れました。それはわたくしがヴィルフリート様やエーレンフェストに利を与えることに繋がるのでしょうか。ほんの少しだけ希望を見つけた気分になっていると、オルトヴィーン様がクスッと小さく笑いました。

「ハンネローレ様が想い人を得るためにマグダレーナ様のような行動を起こさないのであれば、私を選んでいただけませんか？　コリンツダウムからの圧力は排除しますし、第一夫人として尊重することを誓い……」

「其方等、今は講義中だ。そろそろ終わりにしろ」

アナスタージウス先生の声にわたくしがビクッとすると、オルトヴィーン様が盗聴防止の魔術具を手から離しながらわたくしを安心させるように微笑みました。

「大丈夫です。アナスタージウス先生に叱られることはございません、ハンネローレ様。王族の行いを真似るのが上位領地の領主候補生ですから」

「だから、今まで待ったではないか。もう魔力は回復したはずだ。戻れ」

アナスタージウス先生が非常に苦い顔になって、早く席に戻るように手を振ります。お二人のやり取りから推測するに、どうやら貴族院時代のアナスタージウス先生は講義中にエグランティーヌ様に求婚していたようです。

……エグランティーヌ様は大層お困りだったでしょうね。

恋物語のように王族から情熱的に口説かれる様子を想像して羨ましがる方が多かったですし、わたくしも憧れを持っていた一人ですが、自分が同じ立場になって初めてわかりました。側近に助けを求めることもできない講義中は非常に困ります。

「お目こぼしいただき、恐れ入ります。……ヴィルフリート、其方のおかげでハンネローレ様と話ができた。感謝する」

「……上手くいったのか？」

「さぁ？　父親の定めた婚約者候補がいるのに突然の申し込みだから、ここで返事を強要して困らせるつもりはないよ。全てはハンネローレ様次第だ」

「そうか。ならば、よいのだが……」

気遣うようにこちらを見ているヴィルフリート様の肩を軽く叩いて席へ向かうように押し出し、オルトヴィーン様は「盗聴防止の魔術具を……」とわたくしに手を差し出します。こちらを気にしながら席に戻っていくヴィルフリート様を視線で追いつつ、わたくしはずっと握っていた手を開きました。

手のひらにあった魔術具の重みがなくなったと思った瞬間、手を握られて軽く引かれました。わたくしはオルトヴィーン様の突然の行動に目を白黒させながら、椅子から立ち上がります。何だか思い詰めたような薄い茶色の瞳が予想以上に近くにあって息を呑みました。

「しばらくは一方通行でも、いずれお気持ちが変わる時を待つ度量はあるつもりです」

……え？

完全に予想外の言葉を不意に付け足され、わたくしは息が止まるかと思うほど驚きました。真意がよくわからなくてじっと見つめていると、オルトヴィーン様がハッとしたように口元を押さえていました。

「席までエスコートします」

一瞬で表情を取り繕い、素早くわたくしの手を取って、オルトヴィーン様は席までエスコートしてくださいました。無言で、言葉を探すように視線を巡らせながら。

「あの、オルトヴィーン様……」

「申し訳ありません。今、言うべきではありませんでした。お互いの領地の利について、お考えいただけると幸いです」

俯いたせいで赤紫色の前髪が落ちました。ほとんど目を合わせることなく、いつもより早口で述べて、オルトヴィーン様は足早に席へ戻ります。失敗したと動揺していることがわかる姿に、わたくしまで動揺してしまいます。

……あ、あの……。もしかして、利益だけを求めた求婚、というわけではないのでしょうか？

急に鼓動《こどう》が速くなったのは、驚きすぎたせいかもしれません。その後、わたくしは上の空で講義を終えました。

「……コルドゥラ、何だか大変なことになってしまいました」

「ようやく意識が浮上してきたようですね、姫様。寮へ戻ってくる時からずっと無言でぼんやりとしていらっしゃいましたから、何か起こったのではないか、とケントリプスが非常に気を揉《も》んでいましたよ。一体どれほど大変なことが起こったのですか？　講義中に教材をひっくり返したというわけではありませんよね？」

コルドゥラが呆れたような口調で言いながら、わたくしの話を聞くためにお茶を準備し始めます。

「そのような失敗はしていません。……その、講義中にドレヴァンヒェルのオルトヴィーン様から求婚されただけです」

「え？　求婚、でございますか？」

コルドゥラが咎めるような声を出したので、わたくしは慌てて言葉を加えます。

「……あの、石を捧げるような正式なものではなく、あくまでも提案なのです。返事も急ぎではないようですし、ただ、わたくしの気持ちを確認したい、とおっしゃって……。わたくしの気持ちを……」

そこでようやく気付きました。オルトヴィーン様はお互いの領地の利ではなく、最初からわたくしの気持ちしか尋ねていなかったような気がします。

「コルドゥラ。……わ、わたくし、もしかしたら、ローゼマイン様と同じくらい殿方の気持ちに鈍かったのかもしれません」

いくら貴族が気持ちを隠すのに長《た》けているとはいえ、嫁盗りディッターの話が出た辺りで気付くべきだったのではないでしょうか。

……いえ、その前の「ディッターという言葉に目元が動く」の辺りで……？

「姫様、ずいぶんとお心を乱していらっしゃいますが……オルトヴィーン様の求婚を受け入れたいとお考えなのでしょうか？」

コルドゥラが腕を組んで難しい顔になりました。

「い、いいえっ！　そのようなことは考えていません。わたくしの一存でどうなることでもありませんし……。ただ、殿方にお気持ちを寄せていただいたことが初めてですから、驚いただけで……わたくしは、その……」

「殿方からお気持ちを寄せていただいたことが初めて、ですって？　まぁ、不甲斐《ふがい》ないこと……」

コルドゥラが眉を寄せながら、何かに対して珍しく悪態を吐いています。

「あの、コルドゥラ？」

「こちらのことです。お気になさらず……。それにしても、姫様はその場でお断りしなかったのですね？　返事を急いでいないと言いながらも、受け入れたと取られる可能性はございますよ。父親から婚約者候補を決められていると言えばドレヴァンヒェルの領主候補生ならば……」

お説教の気配を感じて、わたくしは急いでコルドゥラに言われた通りに一度は断ったことを述べました。

「わたくし、コルドゥラに言われた通りに伝えました。でも、婚約者候補ではないラオフェレーグの求婚があったせいで、婚約者候補でなくても参入の隙があると判断されたようです。ドレヴァンヒェルはコリンツダウムからの圧力を退けられるから、と……」

伝えたけれど退《ひ》いてもらえなかったことを伝えると、コルドゥラが指先で額を押さえてゆっくりと頭を左右に振りました。非常に頭の痛い事態になったようです。

「女神の化身の親友で、第一位となったダンケルフェルガーの第一夫人の姫ですからね。貴族院で姫様に求婚者が現れることは予想していました。それを防ぐためにラザンタルクとケントリプスという候補者をアウブが定めたにもかかわらず、求婚して退かないとは……。ラオフェレーグ様といい、オルトヴィーン様といい、予想外の殿方ばかりですね」

本物のディッターをするため、そしてダンケルフェルガーから出たくないという理由で求婚してきたラオフェレーグとオルトヴィーン様を一緒にしないでほしいところですが、予想外というのは同意します。わたくしは今でも心臓が高鳴っているほど驚きましたから。

「これほど予想外の殿方から求婚されるなんて、姫様の周囲では縁結びの女神リーベスクヒルフェの悪戯が捗《はかど》っているようですね」

……リーベスクヒルフェの悪戯……？

その瞬間、リーベスクヒルフェに祈る過去の自分の声が脳裏《のうり》に蘇《よみがえ》ってきて、一気に血の気が引きました。

「どうしましょう、コルドゥラ」

「姫様？」

「わたくし、そういえばリーベスクヒルフェに祈りました。……恋物語のような劇的な恋がしたいとは申しませんが、求婚者に他の選択肢が欲しい、と……」

貴族院へ向かう前に真剣にお祈りしたことを告げると、コルドゥラが黙り込んでしまいました。

「あの祈り以降、お父様の対策を物ともしない求婚者が増えているのです。これは女神様の御力《おちから》かもしれません」

貴族院で祈れば光の柱が立ちます。女神の化身としてグルトリスハイトを得たり、アーンヴァックスの祝福によって急成長したりしたローゼマイン様がいらっしゃいます。今では神々など物語の中の存在だとはとても言えません。祈れば神々に声が届くことはあるのです。

「……わたくし、こんなことになるとは思わなかったのです。これ以上の選択肢は必要ないのですけれど、どうすればよいかしら？」

リーベスクヒルフェの悪戯によって、この調子で次々と求婚者を増やされては困ります。わたくしはすでに手一杯なのです。涙目で意見を求めると、少し考え込んでいたコルドゥラが困り切った顔になりました。

「……碌な対策が思い浮かばなくて申し訳ないのですけれど、まず、十分に御加護や祝福を得ました、とリーベスクヒルフェに感謝の祈りを捧げるのはいかがでしょう？　それで変化がなければ海の女神フェアフューレメーアに祈りを捧げて御加護や祝福をお返しするのはいかがでしょうか？」

「そ、そうですね。一つずつ試してみましょう」

悩みつつ提案してくれたコルドゥラに頷き、わたくしはまずリーベスクヒルフェに感謝を捧げることにしました。

……縁結びの女神リーベスクヒルフェよ。たくさんの御加護をありがとう存じます。もう十分です！　わたくし、十分な選択肢をいただきました。これ以上は結構です。

「神に感謝を！」

感謝を捧げているところにオルドナンツが飛び込んできました。白い鳥がわたくしの前に降りてきます。

「ハンネローレ様、ローゼマインです。これから筆頭側仕えであるリーゼレータに髪飾りを持たせるつもりですが、もう寮へ戻っていらっしゃいますか？」

オルトヴィーン様の求婚のせいで頭から零れていましたが、講義が終わったら髪飾りを持ってきてくださるという話になっていました。同じ言葉を三回述べて黄色の魔石に戻ったオルドナンツを見ながら、わたくしはコルドゥラへ視線を向けます。

「わたくし達側仕えは先にお茶会室へ向かってお迎えの準備をいたしますから、姫様はお茶会室へどうぞ、とローゼマイン様にお返事した後で移動してくださいませ」

コルドゥラは側近達に指示を出しながら部屋を出て行きます。わたくしはシュタープで手のひらの魔石を軽く叩いてローゼマイン様へ返事をすると、部屋に残っている側近達とお茶会室へ移動しました。

髪飾りが起こす波紋

「こちらがローゼマイン様からの贈り物でございます。ハンネローレ様がフェルディナンド様の救助に助力してくださったことを心から感謝しています、とのことです」

そう言って髪飾りの入った木箱をコルドゥラに渡すリーゼレータの胸元には婚約者がいることを示すネックレスがかかっています。今まではなかったと思うので、最近正式に婚約したのでしょう。

わたくしはコルドゥラが髪飾りを確認している間、何となくリーゼレータの胸元を飾る魔石を見つめます。ローゼマイン様とエーレンフェストから行動を共にしていた側仕えです。ローゼマイン様の側近は皆、婚約者も一緒にアレキサンドリアへ移動したのでしょうか。領地を移動するというのは、一体どのような感じなのでしょうか。

「ハンネローレ様、どうぞ」

ぼんやりとしているうちに、側仕え達による品物の検《あらた》めが終わったようです。わたくしは差し出された木箱を覗《のぞ》き込みました。そこにはローゼマイン様の専属職人が見せてくれた見本よりずっと美しいリューツィの花が二つありました。わたくしの髪型に配慮してくださったのでしょう。小さな花がいくつも集まって咲く可愛らしい花は、まるで本物のようです。本来のリューツィの色は薄い紫や白なのですが、この髪飾りは貴族院でつけられるように冬の貴色《きしょく》とわたくしの髪の色に映《は》えるように赤に近いピンクから白へのグラデーションで作られています。

「つけ方をお教えいたしますね」

リーゼレータがコルドゥラ達側仕えに断りを入れ、わたくしの髪にそっと髪飾りを差し込みます。側仕え達がほぅ、と感嘆の溜息を吐くのがわかりました。他の者がつけているのを見たことはありますが、自分で髪に飾るのは初めてです。嬉しくて思わず口元が綻《ほころ》びます。

「どうでしょう、コルドゥラ?」

「とてもよくお似合いですよ、姫様。アインリーベ様への贈り物を拝見した時にも思いましたが、ローゼマイン様の専属は非常に腕が良いですね。まるで本物のようですけれど、本物のリューツィにはない色で、姫様の髪を更に美しく見せています」

コルドゥラを始めとして、側仕え達が褒《ほ》めてくれました。コルドゥラ達側仕えがリーゼレータから髪の結《ゆ》い方について教えてもらっている間、わたくしはお茶会室に持ち込まれた小さめの鏡で見てみました。よく見えませんが、色合いが自分に似合っていることはわかります。本当にこれほど素晴らしい髪飾りをいただいてもよいのでしょうか。

「リーゼレータ、ローゼマイン様にお礼を申し上げてくださいませ」

「確かに承《うけたまわ》りました。明日からローゼマイン様は文官コースに向かうことになっていますが、お揃いの髪飾りを楽しみにしています、とのことです」

「わたくしも楽しみです」

……せっかくですから、夕食の席にこのままつけていきましょう。

リーゼレータを見送った後、お茶会室の片付けが終わって側仕え達の手が空くまでの間、わたくしは自室で待機です。給仕をする側仕えがいなくては食事を摂れないので仕方がありません。

「もう少しお待ちくださいね」

「わたくしは構いませんよ」

そう言いながら少し動くと髪飾りの花が揺れて擦《こす》れる音がします。わたくしは鏡の前へ向かい、髪飾りを見ました。勝手に表情が緩んで、ふふっと笑みが零れます。リューツィの花の髪飾りにはとても繊細な美しさがあり、わたくしの髪の色によく合っていました。ローゼマイン様の専属の髪飾り職人は成人したばかりの年頃に見えましたが、本当に見事な腕前です。

……ヴィルフリート様やオルトヴィーン様も褒めてくださるかしら？

「素敵ですね。わたくしもエスコート相手から自分のための髪飾りをいただきたいです」

声が響いて振り返ると、護衛騎士見習いのハイルリーゼが羨ましそうにわたくしの髪飾りを見つめていました。ダンケルフェルガーではエーレンフェストと取り引きがあるので、既製品の髪飾りは領内に入ってくるようになっています。けれど、直接職人に注文した物と違って、既製品は色や形、大きさなどに多少の不満点が残るものです。

「上級貴族ではエーレンフェストの職人に直接お願いできる伝手《つて》がございませんから、既製品でも手に入れば嬉しいのですけれど……」

ハイルリーゼが残念がっているように、上級貴族が注文することはできません。王族やお兄様がローゼマイン様に直接注文したのは特別なのです。

「できれば自分で注文した髪飾りが欲しいと思いますけれど、ダンケルフェルガーで職人が育つのはいつになるでしょう？　先は長そうです。卒業式に間に合わないことは確実ですもの」

ハイルリーゼはわたくしと一緒に卒業式を迎えます。どう考えても卒業式までにダンケルフェルガーで職人が育つことはないでしょう。ハイルリーゼと髪飾りについて話をしていると、側仕え見習いのアンドレアが戻ってきました。

「ハンネローレ様、お待たせいたしました。食堂へ参りましょう」

わたくしと側近達が食堂へ到着した時には、すでに食事を終えて席を立っている者もいるようで、いくつかの席が空いている状態でした。ほぼ食事を終えたケントリプスとラザンタルクの姿は見えますが、ラオフェレーグの姿はありません。

「ハンネローレ様、今日はずいぶんとゆっくりで……したね」

食堂にいた学生達はわたくしの到着に気付いた途端、何故か大きく目を見張ってケントリプスとラザンタルクに何とも言えない視線を向けました。同じようにわたくしに気付いた二人が顔色を変えます。普段と違う反応に、「どうかしまして？」とわたくしは首を傾げました。首を傾げたことで髪飾りの小さな花と花が擦れ合う音をさせて存在を主張します。

「ハンネローレ様、その……夕食後にお時間をいただきたいのですが……」

わたくしは驚きに息を呑みました。周囲の落ち着かない空気に加え、顔色の悪いケントリプスからの突然の申し出です。これだけ顔色を変える何かが起こったに違いありません。

わたくしはすぐさまコルドゥラを振り返りました。夕食後には特に予定がありませんけれど、突然の申し出です。わたくしが予定を変更すると、側近達もそれに合わせて動かなければなりません。受け入れてよいものでしょうか。わたくしの視線を受け、少し考えたコルドゥラがニコリと微笑みました。

「よろしいのではございませんか？　お二人は少しでも早くお話をしたいでしょうし、ハンネローレ様からもお二人にお伝えしなければならないことがございますから」

……わたくしから？　何か伝えることがあったでしょうか？

わたくしがコルドゥラに問うより早く、難しい顔のケントリプスがカトラリーを揃えて置き、立ち上がりました。

「我々は会議室の準備をします。ハンネローレ様は夕食をどうぞごゆっくり……」

ケントリプスが給仕していた自分の成人側仕えに何か合図をして大股《おおまた》で食堂を出ていくと、ラザンタルクも残っていた食事を手早く終えて自分の側仕えと急ぎ足で食堂を出ていきます。ずいぶんと慌ただしい様子に目を瞬きました。

「では、姫様。話し合いの場を整えるのはお二人に任せて、お食事を終えましょう」

給仕をするコルドゥラに声をかけられ、わたくしは席に着きました。二人だけではなく、周囲の学生達の様子もおかしく、何人もの学生達がちらちらとこちらを見ながら食事を終えて食堂を出て行きます。

「明らかにいつもと雰囲気が違いますけれど……」

夕食を摂りながら首を傾げると、ハイルリーゼやアンドレアといったわたくしの側近達が困ったように視線を交わし合うのが見えました。どうやらここで説明できることではないようです。食後に尋ねた方がよさそうです。

「そういえば、コルドゥラ。わたくしから二人に伝えなければならないこととは何かしら?」

「ドレヴァンヒェルの一件に決まっているではありませんか。婚約者候補であるお二人に話しておかなければならないことですよ。完全にはお断りできていないのでしょう?」

呆れたようにコルドゥラに言われ、わたくしはニコリと微笑みながら視線を逸らし、ハテルという鳥肉の香草焼きを一切れ口に運びます。そういえば、そうでした。お父様が決めた婚約者候補には他の求婚者が現れたことを報告しなければなりません。

……他領へ出るならば協力するとケントリプスは言っていましたが、わたくしの力になってくれるでしょうか?

そう思った瞬間、まるで自分がオルトヴィーン様の求婚を受け入れようとしているような気がして、わたくしは慌てて首を横に振りました。違います。そうではありません。

「姫様、どうかされましたか?」

コルドゥラの声にハッとすると、目の前には動揺に任せてガスガスとフォークを突き刺してしまい、少々見目が悪くなってしまったハテルの肉がありました。素知らぬ顔でできるだけ優雅《ゆうが》に切り分けて、取り繕います。

「あ……あの、ラオフェレーグの姿が見当たりませんけれど、伝えなくてもよいのですか？」

わたくしが話題を変えようと思って尋ねると、コルドゥラは食堂の扉へすっと視線を向けました。

「ラオフェレーグ様はアウブが定めた正式な婚約者候補ではございません。それに、そもそもオルトヴィーン様が事を起こしたのは、あの方の行いが発端です。こちらが配慮する対象ではございません」

……うぅ、コルドゥラの目が怖いです！


夕食を終えて会議室へ行くと、ケントリプスとラザンタルクが落ち着かない様子で待っていました。ラザンタルクはこちらへ駆け寄ってきたそうに上半身をそわそわとさせていますし、ケントリプスは落ち着いて座っているように見せかけていますが、指先がテーブルを叩いています。

「コルドゥラとハイルリーゼ以外は下がってくださいませ」

それほど大きくはない会議室なので、大半の側近達には退室してもらいました。かなり内密の話になるでしょうし、側近達も湯浴《ゆあ》みや明日の準備を交代で行う時間が必要です。

席を勧められたわたくしと、そわそわしているラザンタルクが席に着くと、ケントリプスが一度灰色の目をきつく閉じてゆっくりと息を吐き、口を開きました。

「ハンネローレ様。大変失礼であることは重々承知ですが、単刀直入にお伺いします。その髪飾りはエーレンフェストから贈られた物ですか？」

「えぇ。ローゼマイン様にいただきました。本物のディッターに協力したお礼とお友達の証《あかし》なのですって。お兄様がアインリーベに贈った髪飾りを覚えていて？　あれを作ったローゼマイン様の専属に作っていただいたのです。素敵でしょう？」

リューツィを模した新しい髪飾りに触れながらローゼマイン様の専属の腕を褒めると、二人は何とも言えない表情で顔を見合わせました。

「ローゼマイン様から……ですか？」

「ヴィルフリート様ではなく？」

……どうしてヴィルフリート様のお名前が出てくるのでしょう？

少し考え込んでハッとしました。

「そのようなお話は伺っていませんけれど、もしこの髪飾りがローゼマイン様個人ではなく、エーレンフェストからのお礼であれば、わたくしはヴィルフリート様やシャルロッテ様にもお礼を述べなければならないということですね」

盲点でした。城ではなくローゼマイン様が所有する図書館へ招かれて注文したので、わたくしはローゼマイン様個人からの贈り物だと単純に考えていましたが、本物のディッターのお礼であれば領地からの贈り物の可能性も高いでしょう。

「そういう意味ではありません、ハンネローレ様。……卒業式のためにエスコート相手から贈られた物ではないのか、と尋ねているのです」

頭が痛いと言わんばかりに額を押さえたケントリプスの言葉に、わたくしの思考が止まりました。

……エスコート相手から贈られた物、ですか？

「ち、違います。あり得ません。わたくしのエスコート相手はまだ決まっていないではありませんか。ローゼマイン様を始め、アレキサンドリアやエーレンフェストの女子生徒はエスコート相手が決まっていなくても髪飾りをつけているのに、どうしてそのような誤解をするのです⁉　二人とも早合点《はやがてん》が過ぎますよ」

わたくしは慌てて否定しました。ローゼマイン様から贈られた髪飾りなのに、ラザンタルクとケントリプスの二人が揃って誤解したことに驚くと、コルドゥラがそっと息を吐きました。

「ローゼマイン様はご自身が普段から使っていらっしゃいますし、ハンネローレ様も一緒につけるお約束をしていたので思い浮かばないのでしょう。けれど、ダンケルフェルガーにおいてエーレンフェストからもたらされた髪飾りは、卒業式を迎える女性やそのエスコート相手が買い求める物だからですよ、姫様」

「あ……」

新しい髪飾りが嬉しくてエーレンフェストの髪飾りがエスコート相手や婚約者から贈られる物だという意識がわたくしには全くありませんでした。食堂の空気がおかしかった理由もそれでしょう。

「この髪飾りを見て、皆は婚約者候補以外のエスコート相手ができたと思ったのですね」

わたくしがポンと手を打つと、「通じていなかったのですね」とハイルリーゼがガックリと肩を落としました。

……ごめんなさい、ハイルリーゼ。

先程ハイルリーゼが髪飾りの話題を出したのは、わたくしに髪飾りの意味を知らせるためだったようです。

「理由は理解しましたが、エーレンフェスト以外ではダンケルフェルガーと似たような印象を持たれると思います」

ケントリプスが困ったように苦笑しました。いただいた髪飾りが嬉しくて、わたくしは本当に気付いていなかったのです。エーレンフェストの髪飾りを見た者がどのように感じるのか。

……婚約者候補の殿方達の心を抉《えぐ》るつもりは全くなかったのです。本当です！

ラザンタルクもひどくどんよりとした表情になっていて、いつも元気な栗色の目が恨《うら》めしそうに髪飾りを見つめています。理由を理解して表情を緩めたケントリプスと違う反応に、わたくしは首を傾げました。

「……ラザンタルク、もしかしてこの髪飾りは似合いませんか？」

「いいえ。とてもよくお似合いです。私が混沌《こんとん》の女神に魅入られる瞬間を実感してしまうほど大変お似合いです」

混沌の女神は、妬《ねた》ましさや恨めしさが混じった複雑な気分を表す時によく使われる女神です。とても褒められている気がいたしません。ラザンタルクは何を妬ましく思っているのでしょうか。

……ハイルリーゼと違って自分用の髪飾りが欲しいというわけではないでしょうし……。

「ハァ。まさか私の恋敵《こいがたき》がローゼマイン様だったとは……」

「え？　ローゼマイン様が恋敵？　つまり、ラザンタルクはフェルディナンド様に懸想を……？」

「どういう冗談ですか⁉　全く笑えません。私はハンネローレ様の婚約者候補ですよ！」

ラザンタルクに涙目で怒鳴られて、わたくしは思わず「ごめんなさい」と謝りました。けれど、ローゼマイン様が恋敵だと言われれば普通はフェルディナンド様に懸想しているのだと思うでしょう。

「ハンネローレ様はアインリーベ様の髪飾りを羨ましがっていらっしゃったではありませんか。ですから、婚約のお話が決まればハンネローレ様にとって初めての髪飾りを私がレスティラウト様を通じて手配するつもりだったのです。それなのに……ローゼマイン様の専属に直接注文した最高級の髪飾りを贈られてしまっては、とても勝ち目がないでしょう！」

頭が真っ白になるというのは、こういう時のことを指すのかもしれません。ラザンタルクの言葉に全身の血が逆流するような気がしました。顔に全身の血が集まったように熱くなり、耳の後ろでドクンドクンと鼓動が聞こえてきます。

「……あの、一つ確認させていただきたいのですけれど、もしかしてラザンタルクの想い人はわたくしですか？」

次の瞬間、ラザンタルクだけではなく、ケントリプスまで目を大きく見開いてわたくしを凝視《ぎょうし》しました。

「ちょっと待ってください、ハンネローレ様。今の私の言葉で注目したところはそこですか⁉　婚約者候補として求婚中の私の想い人がハンネローレ様以外にいるわけありませんよね⁉　貴女を守りたかったとか、戦いに出るようになった貴女と共に戦いたいとか、かなりわかりやすく想いを伝えてきたと思うのですが！」

ラザンタルクにそのように想いを伝えられたことがあったでしょうか。思い返してみたものの、わたくしの記憶にはございません。

「アレキサンドリアとディッターするために結婚したい……と言われた記憶ならばあるのですけれど……。わたくし、今まで、その、ラザンタルクがわたくしに対してそのように考えているとは存じませんでした」

咎めるような二人の視線に居心地の悪さを感じて、わたくしが体を後ろに引きながらそう言うと、ラザンタルクが「まさか全く通じていなかったとは……」と頭を抱えました。

わかりやすく落ち込んでいるラザンタルクに、コルドゥラが更に追い打ちをかけます。

「ローゼマイン様はダンケルフェルガーの歴史書を現代語訳するというご自身の趣味に大金貨十八枚を出せる方ですもの。お二人の懐事情《ふところじじょう》で誂《あつら》えた髪飾りでは見劣りするでしょうから、殿方には辛《つら》いところですね。アウブ・アレキサンドリアからの贈り物を外すように、とは言えませんし、お揃いでつけるとお約束している以上、ハンネローレ様につけないという選択肢はございません」

容赦《ようしゃ》ない言葉の数々にラザンタルクが胸元を押さえて「うぐっ」と呻きました。目を逸らしたい現実を突きつけてくる時のコルドゥラは鋭く、的確に心を抉ってくるのです。

「あ、あの、コルドゥラ……。わたくし、そんなつもりは……」

「現実を直視なさいませ、姫様。本物のディッターに盛り上がる騎士ばかりの戦場で深く考えずに新しい髪飾りに飛びついた結果がこちらですよ」

ラザンタルクだけではなく、わたくしに対するお説教でもあったようです。

「あの時はまだ婚約者候補もいませんでしたし、お礼の品をお断りするのもよくないでしょう？　わたくし、このようなことになるとは思わなかったのです」

もちろん新しい髪飾りは欲しかったですし、どんな花が良いのか、どの色が自分に合うのか、ローゼマイン様の専属と決めるのはとても心躍る時間でした。けれど、こんな形で殿方の心を抉るような真似をするつもりはなかったのです。愕然《がくぜん》としているラザンタルクにわたくしはどのように声をかければよいのかわからなくなりました。

「深く考えなかった上に間が悪かったのです、姫様。……いえ、間が良かったのかもしれませんね。他領の求婚を断るための盾とするならば、これ以上の品はございませんもの」

「他領からの求婚、ですか？　アウブが定めた婚約者候補がいながら……？」

ケントリプスが淡い緑の髪を揺らして顔を上げると、コルドゥラがゆっくりと唇の端を上げます。

「えぇ。ハンネローレ様は本日ドレヴァンヒェルのオルトヴィーン様から講義中に求婚され、初めて殿方に想いを寄せられたと心を揺らしていたのですよ。婚約者候補である貴方達が先に想いを伝えていれば、このような事態にならなかったでしょうに。まったく不甲斐ないこと……」

「は⁉　ドレヴァンヒェルが講義中に⁉」

「我々という婚約者候補がいるにもかかわらず求婚ということは嫁盗りディッターですか⁉　受けて立ちます」

ケントリプスが声を裏返らせ、ラザンタルクが栗色の目をギラリと光らせます。

「落ち着きなさい、ラザンタルク。まだ正式な求婚ではございませんし、姫様はオルトヴィーン様に一度お断りを入れていますわ」

「そうですか。では、ローゼマイン様に贈られた髪飾りを日常使いにし、エスコート相手が決まったように見せかければオルトヴィーン様も諦めるでしょう」

ラザンタルクはあからさまに安堵の息を吐きましたが、わたくしは何だかひどく気が重くなりました。

コルドゥラの言う通り、お父様が定めた二人の婚約者候補がいると告げて、求婚を退けたのはわたくしです。けれど、その後でオルトヴィーン様の真摯《しんし》な想いを知りました。今はローゼマイン様からいただいた髪飾りでエスコート相手が決まったと誤解させてお断りしたいと思えません。

……求婚した翌日にエスコート相手が決まったことを主張する髪飾りをつけているところを見れば、オルトヴィーン様は傷つくでしょう。

今日、オルトヴィーン様が一瞬だけ見せた「失敗した」という表情を思い出せば、取り繕った顔の向こうで傷ついている表情を何となく想像できます。

……わたくし、あまり傷ついてほしくないのです。ローゼマイン様からいただいた物だと先に説明すれば誤解はされませんよね？

誤解されないようにしたいと思った自分に驚いていると、ケントリプスは難しい顔で問いかけてきました。

「ハンネローレ様、講義中に求婚を受けたそうですが、ヴィルフリート様は何と？」

「え？　ヴィルフリート様、ですか？」

「ドレヴァンヒェルの求婚を止めたり彼自身が求婚者として名乗り出たりしなかったのですか？」

胸が痛くなりました。喉がひりひりとして声が出ず、すぐに答えられません。ヴィルフリート様はわたくしが求婚される様子をただ見ていただけです。そのような行動はなさいませんでした。わたくしが不利な立場に立たされないように紳士的に見張ってくださいましたと言えばよいのでしょうか。求婚する対象とは考えられていませんという報告が必要なのでしょうか。

「ヴィルフリート様は特に何も……。オルトヴィーン様は盗聴防止の魔術具を使っていましたし、講義中でしたから……」

「そうですか」

嫁盗りディッターに関する諸々はもう終わったことなのです。何かにつけ、ヴィルフリート様の名前を出すのは止めてほしいのですけれど、ダンケルフェルガーではわかってくれないでしょう。

次の日、わたくしは色々な意味でドキドキしながら新しい髪飾りをつけて領主候補生コースの講義へ向かいました。講義室の中にヴィルフリート様はいらっしゃいますが、オルトヴィーン様のお姿は見えません。

ヴィルフリート様はすぐに髪飾りに気付き、「それがローゼマイン様と揃いで誂えた新しい髪飾りですか？」と声をかけてくださいました。

「ええ、そうです」

エーレンフェストでは髪飾りをつけている女性は珍しくないのでしょう。ヴィルフリート様はエスコート相手の話題にも移らず、シャルロッテ様が新しい髪飾りを作らせたことやローゼマイン様の専属以外の髪飾り職人がエーレンフェストで育っていることなどを教えてくださいます。わたくしもこの髪飾りを注文した時のことを話します。

「ほぅ、自分に似合う髪飾りはそのように職人と話し合って決めるのですか。ローゼマイン様の専属の目は確かですね。ハンネローレ様に赤いリューツィの花がとてもよく似合っていらっしゃる」

「恐れ入ります、ヴィルフリート様」

真っ直ぐに褒められたため、わたくしは嬉しいけれど少し恥ずかしくなりました。

「ハンネローレ様、それはエーレンフェストの……？」

講義室に入ってきたオルトヴィーン様が昨夜のケントリプスやラザンタルクと同じような表情でわたくしの髪飾りを見つめました。

「オルトヴィーン様、この髪飾りは……」

「うむ、そうだ。ローゼマイン……様の専属職人はこのように素晴らしくて、ユルゲンシュミットには存在しない赤のリューツィが作れるのだ。ハンネローレ様によく似合っているであろう？」

ヴィルフリート様が得意そうに胸を張ると、オルトヴィーン様が髪飾りとヴィルフリート様とわたくしを見比べて、力のない笑みを浮かべました。

「本当に、よくお似合いです」

わたくしが想像した通りに取り繕った笑顔で、褒めてくださる声には力がありません。

「あの、オルトヴィーン様。これは……」

「大変よくお似合いです、ハンネローレ様。ラッフェルの実りを祝います」

……ラッフェルの実り？

その一言で、婚約者候補からエスコート相手を決めたのではなく、ヴィルフリート様がエスコート相手だと思われていることに気付いて、わたくしは慌てて首を横に振りました。

「違います。これは……」

「また其方等か……。早く自分の席に着け」

「アナスタージウス先生」

嫌そうな顔でアナスタージウス先生が手を振ると、オルトヴィーン様はするりとわたくしを避けるように自席へ移動しました。きちんと訂正することもできずにわたくしも自分の箱庭が置かれた机に向かいます。

……アナスタージウス先生、いつもはもっとゆっくりいらっしゃるのに、間が悪いにも程があるでしょう！

昨日のように何とか休憩時間を合わせてオルトヴィーン様とお話しする時間を取ろうとしましたが、完全に避けられているようで全く時間が合いません。四の鐘が鳴ってお昼のために寮へ戻る時も素早く去ったようで、わたくしが振り返った時にはもう姿がありませんでした。

……うぅ、完全に避けられていますね。

誤解を解けないまま一日が過ぎました。わたくしがオルトヴィーン様の様子を窺っている間にとんでもない方向に事態が動いていることには全く気付かず、わたくしは肩を落として寮へ戻りました。

「ハンネローレ様、ヴィルフリート様の求婚を受けられたというのは本当ですか？」

「……初耳ですけれど、一体何のお話ですか？」

寮に入るなり側近達に問われて、わたくしは首を傾げました。側近達が揃って焦《あせ》りを含んだ顔をしていますが、何を言っているのかわかりません。

「午後の講義中にそのような噂がロスレンゲルやリンデンタールなどの複数の領地から流れてきましたが……」

「どちらも一緒に講義を受けている領主候補生がいる小領地ですから、出所が領主候補生ということはわかるのですが、何故そのような誤解が広がっているのかわかりません」

オルトヴィーン様はそのような迂闊《うかつ》な発言をしない方だと思うのですが、もしかしたらヴィルフリート様をエスコート相手だと勘違いして何か話をしたのでしょうか。

「予想の範囲内ではありませんか、姫様。既製品とは明らかに趣《おもむき》の違う最高級の髪飾りを贈れる殿方は限られています。姫様がエーレンフェストの髪飾りをつけていれば、エスコート相手として最初に思い浮かぶのはヴィルフリート様でしょう」

平然とした顔でコルドゥラはそう言っていますが、そのような誤解が貴族院で広がってはヴィルフリート様にも迷惑がかかります。一気に血の気が引きました。

「どうしましょう、コルドゥラ。そのような誤解が広がっては困ります」

わたくしが振り返ると、寮へ戻ってきていたらしいケントリプスと目が合いました。

「あのようにひどい扱いをされたのです。ハンネローレ様の求婚の盾として使えるならばよいではありませんか」

冷めた物言いに籠もったケントリプスの怒りを感じて、わたくしは反論しかけた口を閉ざしました。ケントリプスは嫁盗りディッターの後、ヴィルフリート様への当たりが最も厳しくなった者達の一人です。反論は火に油を注ぐだけです。

「お礼の品として髪飾りを贈ってくださったのがローゼマイン様ではなく、エーレンフェストからであればヴィルフリート様に責任を迫ることもできたので、その点は残念でした」

「ケントリプス、止めてくださいませ」

「エーレンフェストへの嫁入りが希望でしょう？　ハンネローレ様が望むのであれば私はできる限りの協力をいたします」

「……わたくし、そのような方法は望んでいません」

ヴィルフリート様やエーレンフェストに迷惑をかけたくないのです。わたくしが精一杯睨むと、ケントリプスは仕方なさそうに息を吐きました。

「では、ローゼマイン様にご相談してはいかがです？　音楽や奉納舞《ほうのうまい》の実技にはローゼマイン様もいらっしゃるとルーフェン先生が教えてくれました。講義でご一緒できる時だけ髪飾りをつけるとか、贈り主を当人から明言してもらうなど、贈り主であるローゼマイン様から何か協力いただかなければ周囲の誤解が解けるとは思えません」

「そうですね。ローゼマイン様にお話をして、お願いしてみます。ヴィルフリート様が巻き込まれているのですもの。ローゼマイン様も協力してくださるでしょう。ありがとう存じます」

周囲に迷惑をかけずに誤解を解ける提案だったので、わたくしはその案を採用することに決めました。見上げると、ケントリプスの表情がひどく複雑なものでした。眩《まぶ》しいような、哀《かな》しいような、歯痒いような、そんな顔です。

「ケントリプス？」

「ハンネローレ様、ヴィルフリート様に対してお優しいのも結構ですが、ご自分の望みに少しは忠実になってください。……そうでなければ、我々のうちのどちらかと望まぬ星を結ぶことになりますよ」

そう言いながらわたくしの横を通り過ぎていくケントリプスの笑みがひどく寂しそうに見えて、わたくしは思わずその袖をつかんでしまいました。

「ハンネローレ様？」

わたくしを見下ろすケントリプスが訝《いぶか》しそうな顔をしています。先程の表情は見間違いだったのかもしれません。特に意味もなく殿方の袖をつかんだとは言いにくいです。

「……そ、その、ケントリプスの望みは何か尋ねようと思ったのです。わたくしに望みを尋ねるばかりで、ケントリプスこそ自分の望みを口にしていないではありませんか」

「ハンネローレ様はすでに私の望みをご存じのはずですが？」

フッと笑ってケントリプスはわたくしの手から袖を取り返すと、そのまま通り過ぎていきました。

……わたくし、すでに知っているのですか？　全く思い浮かばないのですけれど……。

音楽と疑問

ケントリプスの望みはわからず、ヴィルフリート様との噂はどんどんと広がり、オルトヴィーン様の誤解は一向に解けないまま、音楽の実技の時間になりました。

……ローゼマイン様にご相談するのです！

ケントリプスの望み以外はローゼマイン様と相談すれば解決するはずです。わたくしは音楽の実技を行う教室に向かいました。音楽の実技は領主候補生と上級貴族が一緒に受けるので、普段の講義に比べてずいぶんと人数が多いように感じます。

「ハンネローレ様、ローゼマイン様がいらっしゃいましたよ」

ハイルリーゼが指差す先に紺色のマントを見つけて、ふふっと笑いました。ローゼマイン様がお揃いの髪飾りをつけているのが見えたからです。

「ハンネローレ様、ローゼマイン様の髪飾りも同じように赤から白のリューツィですけれど、ずいぶんと色合いが違うのですね」

「ローゼマイン様の専属がそれぞれの髪に映える赤を選んでくれましたから。わたくしはピンクに近い華やかな赤ですけれど、ローゼマイン様の赤はもっと温かみがあるでしょう？」

同じデザインでも、それぞれに合わせた色を選んでくれています。わたくしは髪飾りを揺らしながらローゼマイン様に近付きました。

「ローゼマイン様、ごきげんよう」

「ハンネローレ様。ごきげんよう。わたくしの髪飾りのせいで大変なことになっているとヴィルフリート兄様からお叱りのオルドナンツを受けました。こんなことになるとは思っていなくて申し訳ありません」

「わたくしも髪飾りでこのようなことになるとは思っていなかったのです。新しい髪飾りに浮かれていたら、これ以上の品を贈れないとお父様が決めた婚約者候補に嘆かれました」

ラザンタルクとのやり取りを面白く聞こえるように告げると、ローゼマイン様が少し笑った後、何か思いついたように軽く音を立てて手のひらを合わせました。

「では、ハンネローレ様のエスコート相手が正式に決まったら、その方からの注文は特別にお受けするというのはいかがでしょう？　わたくしが初めてを奪ってしまいましたけれど、ハンネローレ様もお相手からいただきたいでしょう？　髪飾りはいくつあっても嬉しいですものね」

良いことを思いついた、と微笑むローゼマイン様を見つめます。毎年、違う髪飾りをつけていますし、エーレンフェストへお邪魔した時はその季節の花や貴色を使った髪飾りをつけていました。花の髪飾りと一緒に必ず揺れているのが虹色魔石の髪飾りです。

「ローゼマイン様は花の髪飾りと魔石の髪飾りを併《あわ》せてつけていらっしゃいますけれど、卒業式の時はこれ以上に増えるのでしょうか？」

「一度につける花の数は増えませんけれど、成人の衣装に合わせた新しい飾りになります。エーレンフェストとは別の特産を作るためにアレキサンドリアで見つけた新しい素材を使う予定なのですけれど……詳しくはまだ秘密です」

楽しみにしていてくださいませ、とローゼマイン様が悪戯っぽい笑みを浮かべました。エーレンフェストの流行はローゼマイン様が作り出したと伺ったことがあります。初めて耳にした時には、とてもお一人の功績《こうせき》とは思えませんでしたが、今はどのような非常識でも「ローゼマイン様ならばそうなのでしょう」と当たり前に受け入れられるようになりました。

「……何だかアレキサンドリアでは新しい特産が次々と生まれそうですね。ローゼマイン様の笑顔が明るくて、お幸せそうで、何だかわたくしまで嬉しくなりました」

「念願の図書館都市とずっと欲しかった海の幸が手に入りましたし、段々遠ざかって切れそうだった繋がりを繋ぎ直すこともできました。わたくしは幸せですよ」

わたくしも同じように自分の幸せを手に入れたいものです、と思った直後、ローゼマイン様が欲しい物を手に入れるために行ったことを思い返して、わたくしは少し真顔になってしまいました。

……わたくしにはとても真似できませんね。

頬に手を当てて、ほぅと息を吐いていると、ローゼマイン様が金色の瞳で楽しそうにわたくしを覗き込んできます。一気に成長されて、ローゼマイン様はわたくしより少し身長が高くなりました。唯一身長で勝てる方がいなくなったことが少し寂しく感じます。

「ハンネローレ様、どうされますか？　卒業式のためにエスコート役の殿方から髪飾りの注文を引

き受けた方がよろしいですか？」

「……ご迷惑でなければお願いしたいです」

ラザンタルクの嘆きは回避できますし、ローゼマイン様とお揃いの髪飾りが殿方の心を抉ることに変わりはなくても、傷は浅く済むはずです。

「それは私の依頼でも受けてくださるのですか？」

「オルトヴィーン様？……え、と……」

ローゼマイン様が戸惑ったようにわたくしに視線を移しました。わたくしも驚いてオルトヴィーン様を見上げました。誤解して去っていったのではなかったのでしょうか。

次の瞬間、オルトヴィーン様の後ろでヴィルフリート様が応援するように拳を握っている姿が見えました。誤解が解けてよかったという安堵の気持ちを、ずしりと重くて暗い気持ちが塗り替えていきます。

「ハンネローレ様が選んだ方の注文であれば、わたくしは構いませんけれど……」

「ほぉ、それはぜひ我がアウブに報告しなければなりませんね」

突然聞こえたコリンツダウムの上級貴族の言葉に、わたくしやローゼマイン様の側にいた者達が一斉に振り返って彼を見つめました。情報収集のために周囲で聞き耳を立てている者がいることは決して珍しくありません。けれど、聞きつけた内容をあからさまに口にする者は非常に少ないものです。わたくしはローゼマイン様と顔を見合わせました。

……とても無礼ではありませんか？

何だか嫌な気分になったわたくしがわずかに眉を寄せるのと、少し離れたところからこちらの様子を見守っていたらしいラザンタルクがツカツカと近付いてくるのはほぼ同時でした。

「僭越《せんえつ》ながらアウブ・コリンツダウムに報告するには少々情報が足りないのではございませんか？　その情報だけをもたらされては、ハンネローレ様への求婚が認められたように受け取られるかもしれません」

ラザンタルクが全く目の笑っていない笑顔を浮かべながらコリンツダウムの上級貴族を見据えます。獲物を見つけて栗色の目がギラリと光るのがわかりました。

「ハンネローレ様の父親であるアウブ・ダンケルフェルガーが定めた婚約者候補に、他領の者の名はございません。ハンネローレ様の婚約者候補は二人だけ。それ以外の者がハンネローレ様を奪いたいならば、嫁盗りディッターでダンケルフェルガーを納得させてからの話になります」

「ラザンタルク、お止めなさい」

講義前に余計な騒ぎを起こされては困ります。いきなりコリンツダウムの上級貴族に対して嫁盗りディッターを宣言しそうなラザンタルクを制止しました。

「コリンツダウムは元王族のジギスヴァルト様が治める上位領地ですもの。そのように念押ししなくても、アウブ・ダンケルフェルガーの定めた婚約者候補以外の者がわたくしに求婚する方法についてジギスヴァルト様はよくご存じでしょう」

わたくしが釘を刺すと、コリンツダウムの上級貴族がバツの悪そうな顔でそそくさと離れていきます。これで本当にジギスヴァルト様が求婚してきた場合は、お父様がディッターに飢えたダンケルフェルガーの騎士達を率いてコリンツダウムへ向かうことになるかもしれません。

……コリンツダウムが余計なことをしないでいてくださることを祈るしかありませんね。

「ラザンタルク、もう大丈夫ですから、これまで通りに友人達と過ごしていてもよろしくてよ」

少し離れて控えているように指示を出しましたが、何故かラザンタルクはわたくしの護衛騎士見習いであるハイルリーゼの隣に控えました。

「ラザンタルク……」

「また同じようなことが起こる可能性は高いので、ご一緒させてください。婚約者候補として前に出なければならない時以外は上級貴族として分を弁《わきま》えますから。ここで下がってはコルドゥラやケントリプスから婚約者候補失格だと叱られます」

ニコリと笑うラザンタルクの警戒が今度はオルトヴィーン様とその近くにいるヴィルフリート様に向かっているのがわかります。ドレヴァンヒェル相手でも嫁盗りディッターを主張しそうで、婚約者候補として引かない姿勢を見せているラザンタルクをどうしたものかと考えていると、不意にクスクスとローゼマイン様が笑いました。

「正面からコリンツダウムやオルトヴィーン様から守ろうとしてくれるのですから、ハンネローレ様は婚約者候補の方に大事にされていらっしゃるのですね。アウブ・ダンケルフェルガーの定めた婚約者候補がどのような方なのか、少し心配でしたが、安心いたしました」

ローゼマイン様の言葉にハッとして、わたくしは改めてラザンタルクを見上げます。ラザンタルクはディッター目当てで結婚を申し込んできたのだと思っていましたが、そうではありませんでした。今日も領主候補生同士が挨拶や会話をしている場面では少し下がって控えてくれていました。コリンツダウムの上級貴族やオルトヴィーン様が髪飾りについて口にしなければ、このように警戒心を強めてわたくしの側に立つことはなかったでしょう。

……多少わたくしの望みからずれている部分があるとはいえ、気遣いがないわけではないのです。わたくしはラザンタルクとケントリプスの気持ちや望みを今まであまりきちんと考えていませんでした。ですが、ラザンタルクは婚約者候補としてわたくしを守ろうとしてくれています。わたくしも二人と向き合う必要があるのではないでしょうか。

「……そうですね。大事に、されていると思います」

自分の言動を振り返り、二人が気遣ってくれているほど自分は二人を気遣っていないことに気付きました。他領の貴族を相手に「婚約者候補」の立場でどこまで踏み込んでよいものか距離を測ってくれていることに感謝しなければなりません。

「ハンネローレ様がそのようにおっしゃるということは……私がローゼマイン様に髪飾りの注文をしてもよいということでは？」

「ラザンタルク、領主候補生の会話に入ってくるのはダメですよ」

自省とほのかな感動は一瞬で霧散《むさん》しました。わたくしがニコリと微笑み、ラザンタルクを見上げて手を上げると、「少し独り言が大きかったようです」と反射的にラザンタルクが一歩後ろに下がりました。

「今年の音楽は様々な楽器を持った者がいますね」

ローゼマイン様がおっしゃる通り、教室内にはフェシュピールだけではなく、笛や打楽器などを持ち込んでいる学生が半分ほどいます。

「卒業式の奉納音楽を見据えてのことでしょう。フェシュピール以外の楽器が得意な者は、その楽器で選出されるように先生の目に留まろうとしているのです。卒業式で剣舞《けんぶ》にも奉納舞にも選出されない学生は、全員が演奏か歌に分けられて、五年生である今年から練習が始まりますから」

「そう言われると卒業が近付いていることを実感しますね。……わたくし、四年生の大半を始まりの庭で過ごしたせいで、どうにも五年生という意識が薄いのです」

……ローゼマイン様はアウブに就任していらっしゃいますから、まず、学生という意識が薄いのではないでしょうか？　貴族院の期間中も半分ほどは帰還されていらっしゃいますし……。

口には出しませんけれど、ダンケルフェルガーを率いて本物のディッターを起こし、アウブに就任したローゼマイン様は学生という意識や未成年であるという自覚が薄いと思います。

「今となっては姿形が成長していてよかったと思えますけれど、あの時は本当に神々をお恨みしたい気持ちでいっぱいでした」

溜息混じりに呟きながらローゼマイン様は視線をついっと少し上に向けました。何となくその視線の先に神々がいらっしゃるような気がして、わたくしはつい背筋を伸ばしてしまいます。

「卒業式といえば、ローゼマイン様は奉納舞でどの女神の役どころを舞うのでしょうね？」

ローゼマイン様の視線の先を変えたくて奉納舞の話題を出すと、オルトヴィーン様やヴィルフリート様にも聞こえていたのか、近付いてきました。

「奉納舞の配役は私も気になっていたことです」

「領地の順位から考えるとハンネローレ様が光の女神ですが、ローゼマイン様はアウブですから」

騎士コースの中から剣舞が選出されるように、領主候補生から奉納舞が選出されます。誰がどの神の役どころで舞うのか、領主候補生にとっては最も気になるところです。皆の視線を受けたローゼマイン様は頬に手を当てて、困ったように微笑みました。

「……わたくし、奉納舞には参加いたしません。おそらく卒業式には音楽で参加することになると思います」

「え？」

わたくしだけではなく、その周辺にいた上級貴族達も含めて目が丸くなりました。あまりにも想定外ではありませんか。一年生の頃から群を抜いて美しかった舞が卒業式で見られないとは誰も考えていなかったでしょう。

「何故ですか？」

「わたくしはすでにツェントの継承の儀式で舞ったので、神々に舞の奉納を終えました。それに、わたくしが舞うと始まりの庭への道が開く可能性が高いので、恙《つつが》なく卒業式を終えるためには舞わない方がよいのです。神々の関与が起こると、事態の収拾《しゅうしゅう》に奔走するフェルディナンドやツェントが大変なことになりますから」

……卒業式の心配事が、神々の関与ですか……。

ローゼマイン様は言葉を濁《にご》し、笑顔で何となく誤魔化《ごまか》していらっしゃいますが、奉納舞を辞退する理由の規模が違いすぎて、咄嗟《とっさ》にはどのように反応してよいのかわかりません。どの神の役どころで舞うのかという自分達の心配事があまりにもちっぽけに感じられます。

呆然《ぼうぜん》としつつ、表情だけは取り繕って言葉を探すわたくしやオルトヴィーン様と違い、ローゼマイン様の規格外さに慣れているらしいヴィルフリート様はむぅっと眉を寄せて首を傾げました。

「其方は音楽でも祝福を撒《ま》き散らしているが、そちらに参加するのは大丈夫なの、ですか？」

ヴィルフリート様はハッとしたように最後を取り繕いましたが、言葉遣いよりもその内容にわたくしとオルトヴィーン様と周囲の側近達はビクッとしました。確かに講義中にもローゼマイン様がフェシュピールを奏でて歌えば、美しい祝福の光が溢《あふ》れています。舞でも音楽でも神々に奉納するということでは変わりはないのです。どちらに参加しても結果は同じではないでしょうか。

「奉納舞を行う舞台の上にある魔法陣や、祭壇の神像に魔力を流す儀式用の敷物の上に立たなければ大丈夫だと思うので、わたくしは魔法陣から外れる隅の方で演奏させてもらうつもりです。祝福の光は溢れるでしょうが、おそらく光の柱が立つくらいで収まると思いますよ」

……あの、当たり前のようにおっしゃいますが、光の柱が立つのは何人分もの魔力が集まった時だけなのですけれど……。

ダンケルフェルガーの寮で光の柱が立つ時はディッター前後の儀式の時だけで、十人以上は人数がいなければ光の柱は立ちません。それをローゼマイン様は比較的小規模な事象として考えているのですから、神々からグルトリスハイトを授《さず》けられ、女神の化身と皆から呼ばれるのも納得です。

「ローゼマイン様。お言葉ですが、アウブ・アレキサンドリアを舞台の隅に配するなど、あり得ないと思うのですが……」

親睦会でもツェントと並んでいたのです。大勢いる卒業生の端に配されることはないでしょう。

「オルトヴィーン様のお言葉もわかりますが、真ん中では危険ですからフェルディナンドが許可しないと思いますよ。一人だけ舞台に上がらず、豪華な椅子でも準備してもらえば特別扱いに見えるでしょうか？」

ローゼマイン様は真剣に舞台の真ん中へ出ずに済む方法を考えていらっしゃいます。音楽の演奏を「危険」と判断する者は少ないでしょう。周囲を言い包《くる》めるのが大変な気がしてきました。

「どちらにせよ、わたくし、卒業式では裏方に徹するつもりなのです。祝福の光や光の柱が立つくらいならば演出の範囲でしょう？」

……規格外にも程があります、ローゼマイン様！

演出の範囲が大きすぎて眩暈がしそうになりました。どう考えても領主候補生が奉納舞を舞う時に、一人だけ音楽を奏でて祝福の光を講堂内に溢れさせる学生アウブを裏方とは呼ばないと思います。ディートリンデ様が奉納舞で光を放っていた時よりずっと観客の注目を集めるでしょう。裏方に徹しようと張り切れば張り切るほど、全ての視線がローゼマイン様に集まるのが今から目に見えるようです。

「演出の範囲に収まるかどうかはともかく、叔父上《おじうえ》がすでに対策を講じているならば何とかなるのでしょう。私達が考えることではありませんね」

「何とかなるようにツェントと話し合うそうですよ。わたくし達の卒業式まではまだ一年ありますからフェルディナンドが何とかしてくれるでしょう」

ヴィルフリート様とローゼマイン様がよくわかりあっている者同士の空気を醸《かも》し出しています。婚約が解消されて、口さがない者達に色々と言われているようですけれど、こうしてローゼマイン様のことを案じていらっしゃるなんて本当にヴィルフリート様はお優しいです。

「さぁ、皆様。今年の課題曲は卒業式で演奏する奉納音楽で、自由曲は自分の楽師と共に作った曲を演奏していただきます。新しい曲をたくさん聴けることが、わたくしの毎年の楽しみなのです。皆様はどのような曲を作ってくださるのでしょうね？」

パウリーネ先生がニコリと微笑んで課題を発表しました。あまり短い曲ではやり直しになるそうですが、どの神様に捧げる曲でも構わないそうです。

「学生の人数分、毎年新しい曲ができるということでしょうか？」

「作曲が課題になるのは上級貴族と領主候補生のコースだけですよ、ローゼマイン様」

中級貴族や下級貴族は作曲について相談できる専属楽師がいない者も多いですし、卒業式のために猛練習が始まるため、作曲に時間を使うことはないはずです。音楽に触れる時間が短い者も多いため、個々の技量を見極めながら少しでも慣れたフェシュピールをさせる方がよいのか、他の楽器をさせる方がよいのか、どの楽器が向いているのかを考える先生方も毎年苦労されているようです。ルーフェン先生がそのようなことを毎年言いながら、楽器の振り分けを発表しています。

「ダンケルフェルガーではそうなのですか。エーレンフェストの寮監は滅多に寮へ立ち入ることがないヒルシュール先生ですから、わたくし、実は先生方の苦労についてはあまり詳しくないのです。今年からは寮に寮監がいるので不思議な気分です」

フラウレルム先生の代わりに女性の寮監がアレキサンドリアからいらっしゃったようですけれど、わたくしは文官コースを取っていないので直接の面識はありません。ランツェナーヴェ戦で夫を亡《な》くした方だとケントリプスから聞いています。

「わたくしとしては、寮監が寮にいないという事態が想像もつきません」

「それが普通なのでしょうね」

講義に対する要望や再試験の申し込み、ディッターの要請が出た時に寮監がいなくてはどのように対処するのでしょうか。もしかしたらオルドナンツで連絡して、ヒルシュール先生に対応してもらうのでしょうか。

寮監がいない状況がどのようなものか考えていると、ローゼマイン様が「パウリーネ先生、質問です」と挙手していました。

「楽師と共に作曲した曲であれば、これから作曲するのではなく、今までに作曲したものでも構いませんか？」

今までに何曲も新しい曲を発表しているローゼマイン様の質問に、パウリーネ先生が少し考え込みました。冬の間に曲が完成するかどうか、できた曲を合格するレベルで演奏できるかどうかわからないので、例年であれば許可されています。わたくしもお兄様から五年生の音楽の課題を聞いていたので作曲自体は終わっています。これは決して珍しいことではありません。

けれど、ローゼマイン様が今までに楽師と作った曲では少し範囲が広すぎますし、すでに公開されている曲が何曲もあります。パウリーネ先生はローゼマイン様の新しい曲を心待ちにしているのでしょう。

「……そうですね。今までに発表されていない曲であれば構いませんよ」

「今までに発表されていない曲……。どの曲にしようかしら？」

うーん、と考え込むローゼマイン様を見て、わたくしは目を逸らしたくなりました。そのように考え込まなければならないくらいの曲数があるのでしょう。わたくしは今年の課題のために他の勉強をしながら合間を見て一曲を何とか作っただけなのです。もう少し楽師と良い曲になるように考えるつもりですが、何曲も作ることはできません。

「なぁ、ローゼマイン」

こそこそと小声でヴィルフリート様が敬称を省略した以前の呼び方で尋ねると、ローゼマイン様も周囲を気にするように声を潜め、敬称を以前の形に戻して答えます。

「何ですか、ヴィルフリート兄様？」

「叔父上と作った曲ではなく楽師と作った曲だぞ？　あるのか？」

「当然ありますよ。ロジーナが新しい曲を欲しがりますから、フェルディナンド様の不在時期にもいくつか作りましたもの。わたくしが曲を作るのは、フェルディナンド様との交換条件のためだけではないのです」

すぐ側でひそひそと交わされる会話に、わたくしはオルトヴィーン様と視線を交わし合いました。お互いが同じ疑問を抱いていることが何となく察せられます。

「ローゼマイン様はいつもフェルディナンド様とご一緒に曲を作られるのですか？　その、エーレンフェストにいらっしゃった時から……？」

おずおずとした様子で質問するオルトヴィーン様にローゼマイン様は当たり前の顔で頷きました。

「一緒に作るというか……。わたくしが思いついた主旋律《しゅせんりつ》を歌うと、フェルディナンドがフェシュピールで演奏しやすいように編曲したり、歌詞をつけてくださったりするのです。実は大半がフェルディナンドの手によるものなのですよ。すごいのはフェルディナンドなのです」

フェルディナンド様のすごさを強調して微笑む表情から察するに、今まで貴族院で発表された恋歌などもフェルディナンド様と作られたということなのでしょう。

「あの、ローゼマイン様がヴィルフリート様と一緒に作られた曲にはどのようなものがあるのですか？」

わたくしが尋ねると、ローゼマイン様はキョトンとした顔でわたくしを見ました。

「ありませんよ。新しい曲が欲しいとねだられたこともございませんし……。ねぇ、ヴィルフリート兄様？」

「まぁ、そうだな。私に新しい曲が必要なのは今だ」

「さすがに今はこっそり横流しするのも難しいですから、ご自分の楽師と作ってくださいませ」

一曲くらいならばまだしも、何曲もの恋歌を婚約者以外の殿方と二人で作るのは少しおかしいのではないか、と指摘したかったのですが、全く質問の意図が通じていません。わたくしにはヴィルフリート様と一曲も作っていないということが不思議でならないのです。

……フェルディナンド様が不在の期間も楽師と作曲自体はしていたようですのに、ヴィルフリート様とは全く作っていないだなんて……。もしかして婚約者であった頃からヴィルフリート様は、ローゼマイン様から何の悪気もなく無邪気な笑顔で蔑ろにされてきたのでしょうか？

そんな考えが思い浮かんで、何だか胸がざわざわしました。フェルディナンド様とローゼマイン様が相思相愛になり、婚約されたことは非常におめでたくて嬉しいことなのですけれど、あまりにも元婚約者であるヴィルフリート様への配慮が感じられない気がします。

「先生の手が空いたようですから、わたくし、試験を受けて参りますね」

朗《ほが》らかな微笑みを浮かべ、ローゼマイン様は例年通りに一度で講義を終えるため、フェシュピールを持ってパウリーネ先生のところへ向かいました。課題曲である奉納音楽から始めるように、と指示する先生の声が聞こえます。

ローゼマイン様がフェシュピールを構えると、個々で練習していた音が途切れて、皆がそちらに集中します。他の者が試験を受ける時とは違う雰囲気になるのは例年通りですが、今年はローゼマイン様が見目麗《みめうるわ》しく成長されていて、これまでとは全く違うお姿になっているため、フェシュピールを構えただけでも目を奪われました。

「我は世界を創り給《たま》いし神々に祈りと感謝を捧げる者なり」

ローゼマイン様が神々への祈りと感謝を口にしながら奉納音楽を奏でると、白くて細い指を飾る青い指輪から祝福の光が溢れ始めました。高く澄んだ子供の声とはまた違う、高いけれど柔らかな女性の声で神々への賛歌が響きます。その美しい光景に感嘆の溜息があちらこちらから漏れるのがわかりました。

「お体が急成長されて、大人用のフェシュピールに苦労していらっしゃると伺いましたけれど、見事な演奏でした。次は自由曲をお願いいたします」

「かしこまりました。自由曲は最高神に捧げる曲です」

ローゼマイン様が奏で始めた曲は、結ばれた相手と永久に共にあることを誓う歌でした。ローゼマイン様がフェルディナンド様と婚約された過程は、領主会議で発表されているので、どの領地でもわかっていることです。まるで恋物語のような波乱を乗り越えて、自分の愛《いと》しい方と婚約した喜びを奏でているようにしか聞こえません。

「ローゼマイン様は水の女神に守られ、火の神に導かれ始めた頃から、ずっとラッフェルの実りを心待ちにしていらっしゃったのですね」

「ラッフェルが収穫の女神フォルスエルンテの手に落ちたようで、わたくしも安心いたしました。いつかこのお話をエラントゥーラ様の本として読んでみたいものです」

「わかります。今年の恋物語も楽しみですもの」

現実に起こった恋物語に目を輝かせる女子生徒達が口元を押さえて、小声でひそひそと会話している様子が見られますが、わたくしは何だか心がざわざわとして落ち着かなくなりました。

……ローゼマイン様はこの曲をフェルディナンド様がご不在の時に作られたのですよね？

ならば、曲が完成した時はヴィルフリート様と永久にいることを誓うおつもりだったのでしょうか？　それとも、ジギスヴァルト様へ嫁ぐことが内定している時期で、ジギスヴァルト様への想いを歌った曲だったのでしょうか？　全てを放り出す勢いでフェルディナンド様を助けに向かったのです。どちらもあり得ません。

永久の想いを歌い、そこに最高神の貴色の光が舞うのですから、ローゼマイン様とフェルディナンド様お二人の前途が輝かしいことは誰の目にも明らかに思えます。その輝かしさの分だけ、婚約解消を余儀《よぎ》なくされたヴィルフリート様の境遇が浮き彫りになっている気がしました。

ちらりとヴィルフリート様に視線を向けます。けれど、俯きがちで目が少し伏せられていて、どのような気持ちでローゼマイン様の演奏を聴いているのかわかりません。

……ローゼマイン様はヴィルフリート様の今の境遇をどのように考えていらっしゃるのでしょう？　ヴィルフリート様がこれ以上の不利益を被《こうむ》らないように、わたくしが協力できることはないでしょうか？

光と闇が舞う幻想的な演奏風景を見つめながら、わたくしはグッと拳を握りました。一人で考えていてもどうしようもありませんし、お友達に対する漠然《ばくぜん》とした不満を抱えたまま生活したくありません。勝手な憶測《おくそく》で動いて迷惑をかけないためにも直接ローゼマイン様のお考えやエーレンフェストの現状を伺ってみるしかないでしょう。

「ローゼマイン様、折り入ってご相談したいことがございます。大変急なのですけれど、明後日の土の日にお時間をいただけませんか？　お茶の準備はこちらで整えますから……」

意を決し、わたくしはローゼマイン様をお茶に招待しました。

「フェルディナンドに許可を得てからになりますが、ハンネローレ様との社交は反対しないでしょう。せっかくですから、ハンネローレ様にわたくしの新しい側近達も披露《ひろう》したいと思っていたのです。とても可愛らしいのですよ」

ふふっと笑ってローゼマイン様は急すぎるわたくしの申し出を受け入れてくださいました。

お茶会での相談

「お招きありがとう存じます、ハンネローレ様」

「ローゼマイン様、ようこそおいでくださいました。お休みの日である土の日にわざわざありがとう存じます」

「気にしないでくださいませ。土の日でなければ、今の時期はまだ側近達が動けませんもの」

挨拶をしていたわたくしは、ローゼマイン様と一緒にお茶会室へ入ってきた者達に驚いて目を見張りました。シュバルツ達のようなシュミルの動く魔術具がローゼマイン様を取り巻いています。

……まぁ、なんて可愛らしいのでしょう！

「ふふっ、フェルディナンドが新しく作ってくれたわたくしの側近達です。薄い緑色がアドレット。

資料の検索など図書館のお仕事を専門にこなします。茶色がリサ、赤色がネリー。図書館における護衛に特化した魔術具で、本を傷めないように戦います。普段はアレキサンドリア図書館を荒らす者を排除する図書館の守り手なのですが、貴族院ではわたくしの護衛騎士です」

ローゼマイン様がそれぞれの額の魔石を撫でながら教えてくれます。

「こちらの水色がディナン。シュミル達のまとめ役です。シュバルツ達と同じように図書館業務も護衛もできて、少し喋《しゃべ》るのですよ。ディーノ。わたくしのお友達のハンネローレ様です」

わたくしを紹介しながらローゼマイン様はディナンを撫でました。途中で呼びかけた「ディーノ」は愛称《あいしょう》でしょうか。ディナンがクリンとした目をわたくしに向けます。

「ハンネローレ、あるじのおともだち。おぼえた」

「まぁ、本当に可愛らしいこと。よろしくお願いしますね、ディナン」

「わたくし、レッサー君の護衛がよいと言ったのですけれど、貴族院にいる皆を驚かせるからと却下されてシュミル型にされてしまったのです」

ローゼマイン様は残念そうにおっしゃいますが、わたくしは周囲の者達の意見に賛成です。確かレッサー君はローゼマイン様の騎獣であるグリュンの名前でしょう。貴族院で連れ回すには少し問題があると思います。

わたくし達がシュミル達について話をしている間に、コルドゥラ達はアレキサンドリアから持ち込まれたお菓子を確認してテーブルに並べます。準備が整ったというコルドゥラからの合図を受けて、わたくしはローゼマイン様に席を勧めました。

「本日のお菓子はエーレンフェストからレシピを買い取ったクッキーです。以前、ローゼマイン様がダンケルフェルガーのロウレを使ってカトルカールを作ってくださったでしょう？　参考にしてクッキーにも入れてみたのです」

春の領主会議で買い取ったレシピをダンケルフェルガーでおいしくいただくために宮廷料理人達が試行錯誤《しこうさくご》をしていました。新しいレシピが入ってくることで料理人達が奮起《ふんき》するため、試作品が多くなってわたくしは少し嬉しいです。

干したロウレをそのまま入れるよりも少し刻んでから入れるようになったのも、彼等の研究成果です。クッキーの生地を薄く広げて焼き、クリームやロウレを挟むのもおいしいことを発見しました。けれど、美しく食べることが少々難しく、お茶会に出すためにはまだまだ改良する必要があるそうです。

ロウレのクッキーを一口食べて見せながら、わたくしは料理人達からの報告を思い出して伝えます。一口食べたローゼマイン様が少し真剣な顔で咀嚼《そしゃく》し、じっとクッキーを見つめた後、ほわりと顔を綻ばせました。

「ダンケルフェルガーでは他領から買い取ったレシピを上手く取り込んでいらっしゃるのですね。ロウレの甘みを利用することで砂糖の量を少し減らしているようですし……。とても研究熱心な料理人がいて、頼もしいこと」

……少し食べただけで、そのようなことがわかるのですか。

「本日のアレキサンドリアのお菓子はリコーゼのタルトです。わたくしもエーレンフェストとの差を出すためにアレキサンドリアの特産を使ってみました。本当は旧アーレンスバッハのお菓子と上手く組み合わせられればよかったのですけれど……」

ローゼマイン様が残念そうに微笑みましたが、仕方がないと思います。

「旧アーレンスバッハは砂糖菓子でしたから、ランツェナーヴェに繋がる国境門を閉じてしまうと難しいでしょうね」

ランツェナーヴェと取り引きがあり、砂糖の輸入を一手に担《にな》っていた旧アーレンスバッハでは、お菓子といえば砂糖だけでできている繊細な砂糖菓子でした。国境門を閉め、砂糖の輸入ができなくなると、作ることはできません。

「旧アーレンスバッハは唯一国境門が開いている領地であることを誇示するために、砂糖を前面に押し出しすぎていました。そのため土地の特産品を活《い》かした物が少ないのです。前領主一族や貴族街の者達は領地で作られた作物を平民が消費する物と考えていたのかもしれません。わたくし達がそう思うほど、日常食に輸入品が多く使用されていました」

ローゼマイン様は土地の特産品を取り入れることに注力しているようですが、食べ慣れた味覚を求める方も多くて難しいようです。

「旧アーレンスバッハの貴族達は味覚がランツェナーヴェの香辛料や砂糖によって作られていますから、懐かしむなとも求めるなとも言えませんもの。でも、おかげで、香辛料などの研究が熱心に進められています」

自分達が食べ慣れた物を食べられるように、アレキサンドリアの文官達は研究に没頭しているそうです。ローゼマイン様の口から語られる研究所の様子は、何だかとても微笑ましく思えます。

「砂糖は最も研究が進んでいるので、来年には少し生産できるようになるでしょう。気候的にダンケルフェルガーが生産に向いていると思うので、次の領主会議では砂糖の生産に関するお話もできれば、と思っています」


……お父様にそれとなく知らせておいてほしいということでしょう。

「クラッセンブルクやギレッセンマイアーの北で採れていた蜜に、今年はとても需要が集まりましたからね。……国境門を開くのも来年からですか？」


今年は領地の線の引き直しが多く、ブルーメフェルトやコリンツダウムといった新しい領地を整えることにツェントが力を尽くしていらっしゃいました。来年からは各地の態勢が整えば国境門を開くと領主会議で知らせがあったそうです。

「ダンケルフェルガーの準備は整っているのですか？」

「ローゼマイン様が現れた時から、いつ開くのかと民は待ち構えている状況です。ただ、ダンケルフェルガーも領地の境界の引き直しで土地が広がったため、今はそちらを整えることに力を注いでいます」


ダンケルフェルガーが「国境門を開いてほしい」とツェントに願い出るのは、もう少し先のことになるでしょう。今は旧ベルケシュトックの貴族をダンケルフェルガーの貴族として評価したり、土地を整えたりすることを優先しています。

「領地の境界に変化のなかったハウフレッツェやギレッセンマイアーは開門を願い出るのが早そう

ですね。特にギレッセンマイアーは少しでも早く汚点を埋めたいでしょうし……」

ローゼマイン様の言葉に頷きながら、わたくしは側仕え達にお茶を淹《い》れ替えるように指示を出しました。お茶が取り替えられ、お菓子がお皿に盛り直されます。話題の変換を察したのでしょう。ローゼマイン様の側近達もお茶を淹れ替えると少しだけ下がります。わたくしは盗聴防止の魔術具をローゼマイン様に差し出しました。

「ご相談とは何でしょう、ハンネローレ様？」

「もう少し元婚約者であるヴィルフリート様へのご配慮をいただけたら、と思いまして……」

「ヴィルフリート様への配慮と、申しますと？」

思い当たることがないようにローゼマイン様が首を傾げられました。わたくしの様子を窺っているのか、本当にわかっていないのかよくわかりません。ただ、このままはぐらかされて終わってしまうことは避けなければなりません。

「ヴィルフリート様と婚約していた頃から、フェルディナンド様とばかり恋歌を作っていたというのは、あまり聞こえの良いものではないと思うのです」

わたくしが意を決し、音楽の講義のことを説明すると、ローゼマイン様は困ったような笑みを浮かべて「少し皆の呼び方を以前に戻しますね」とおっしゃいました。そうでなければ伝わりにくいから、とローゼマイン様が微笑みます。

「フェルディナンド様と作曲していたのは、洗礼式前からフェルディナンド様がアーレンスバッハへ向かうまでの頃の話です。わたくしの外見が幼すぎたせいもあるのでしょうけれど、当時は後見人と作曲することを聞こえが良くないと注意する者はいませんでした。フェシュピールコンサートは受け入れられましたし、他の曲を、という声も多かったですから」

わたくしは現在のローゼマイン様とフェルディナンド様が一緒に作曲している姿を思い浮かべていましたが、実際に作曲をしていた頃はもっと幼い頃のことだったのです。けれど、幼い頃からの想い人なのですから、心情的には同じでしょう。

「それに、楽譜集を売るためには恋歌が一番周囲に受け入れられやすいだけで、実際に作った曲は恋歌以外が多いですよ。わたくしの専属楽師は神殿育ちで恋情への理解が浅いのです」

「ですが、フェルディナンド様ではなく、婚約者のヴィルフリート様とお作りになってもよかったのではございませんか？　どうしてもフェルディナンド様を優先して、婚約者を蔑ろにしているように思えるのです」

楽譜集を売るという言葉に何となくずれている部分を感じつつ、わたくしがそう言うと、ローゼマイン様はとても困った顔になりました。

「申し訳ありません。その、フェシュピールの練習さえ嫌がるヴィルフリート兄様をわざわざ神殿へ呼び出して、編曲に付き合わせることが婚約者として正しい姿とは思っていませんでした」

……あ……。

わたくしも決してフェシュピールの練習が好きなわけではありません。もしローゼマイン様が新しい曲を思いつく度に、共に編曲するように求められても困るでしょう。当時のヴィルフリート様はローゼマイン様がフェルディナンド様と作曲することを全く気にしていなかったかもしれません。

「わたくしこそ申し訳ありません。そうですね。ローゼマイン様はたくさん作曲していらっしゃいますもの。ヴィルフリート様が音楽を好んでいなければ無理にお誘いはしませんよね。フェルディナンド様は作曲がお好きなのですか？」

「えぇ。新しいレシピや曲を報酬とか交換条件にすれば頼み事を引き受けてくださるくらいお好きですよ。フェルディナンド様がお金や熱意だけで動いてくださらないことはディッターに誘い出そうとするダンケルフェルガーの方々がよくご存じでしょう？」

あまりにも予想外の言葉が出てきました。わたくしが想像したのは、秘密裏に想い合った二人が定められた婚約者から隠れて恋歌を作るという甘い情景でした。しかし、報酬や交換条件という言葉で、それが一気に崩れていきます。

……そう、ローゼマイン様はこういう方でした。何故わたくしは当然のように甘い情景を想像してしまったのでしょう。

恋愛話をしているつもりだったのに、図書館都市の構想を情熱的に語られて呆然としてしまった時のことを思い出しました。フェルディナンド様の魔力で作られた装身具の数々に、お二人の恋仲を確信したのですが、それが間違いだったのでしょうか。それとも、幼い頃からの想い人がフェルディナンド様であるというヴィルフリート様のお言葉が間違っているのでしょうか。

「あ、あの、ハンネローレ様。もちろんヴィルフリート兄様が新しい曲やレシピをお望みだったならば、わたくしはフェルディナンド様と同じように頼み事の交換条件としてお譲りしたり、養父様《とうさま》と同じ値段で販売したりしましたよ。でも、ヴィルフリート兄様は特に望んでいませんでしたし、養父様を通じて新曲を譲られているので、個人的な取り引きをしたことがないのです」

ローゼマイン様は取り繕っているつもりなのかもしれませんが、わたくしは「販売」という言葉に眩暈を感じました。まさかアウブ・エーレンフェストにお金を請求しているとは思わなかったのです。

「ローゼマイン様はご家族や婚約者が相手でも曲やレシピを販売するのですか？」

「えぇ。自分の知識にどれだけの価値があるのか示す必要があるでしょう？」

……家族に対して自分の価値を？……あ！

ヴィルフリート様やシャルロッテ様が本当の兄妹のようにローゼマイン様と非常に親しくしているので失念していましたが、ローゼマイン様は元々上級貴族で養女です。アウブの実子と違い、領主候補生として相応しい能力があることを示し続ける必要があったのでしょう。

邪推《じゃすい》した結果の思い違いを恥ずかしく思いますが、同時にローゼマイン様が周囲の視線を正しく理解していないこともわかりました。

「……恋情ではなく、非常に割り切った関係の中でできあがった曲であることは理解しました。けれど、今のフェルディナンド様とローゼマイン様の状態で音楽の課題に恋歌を選択するのは無用な誤解を招きますし、その度にヴィルフリート様は婚約を解消されたことについて噂されるのです」

せめて、音楽の時間に選択した自由曲が恋歌でなければ、これほどわたくしも無用な誤解や詮索《せんさく》をすることはなかったでしょう。わたくしの言葉に、ローゼマイン様は不可解そうに眉を寄せると、「音楽の課題のお話ですよね？」と首を傾げました。

「わたくしが弾いたのは、大事な人と交わした約束を守り続けることを誓う歌でしたが、どこから恋歌が出てきたのでしょう？」

わたくし達はお互いに顔を見合わせ、何度も目を瞬かせます。かなり食い違いがあったようです。

「ローゼマイン様、歌詞の中にあった、最高神の下で契約を交わして新たな家族を得る時とは、星結びのことですよね？」

「ち、違います。星結びではなく、わたくしが養子縁組をすることになった時のことです」

「どんな時にも心を寄り添わせていたい、というのは……？」

「立場や身分が変わっても、元々の家族と心は同じでありたい、と……」

ローゼマイン様が身を縮めるようにしてすまなそうに小さな声でおっしゃいます。養子縁組をする時に元の家族に対しての思いを綴《つづ》った歌だったそうです。丁寧に解釈されれば理解できるのですが、養子縁組という少々特殊な状況を歌ったものだったため、歌を聴いただけでそれがわかる者はいないでしょう。同じ歌詞でも作曲者と聴衆にこれほど乖離《かいり》があると思いませんでした。

「うぅ……。もしかして、皆様には恋歌だと思われているのでしょうか？」

「愛しい方と婚約した喜びを奏で、星結びを心待ちにしているようにしか聞こえませんでした。周囲の反応も、その、申し上げにくいのですが、わたくしと同じように感じていらっしゃる方がほとんどだと思います」

口元を押さえてローゼマイン様が固まってしまいました。あまり一般的ではありませんが、ローゼマイン様にとってはとても深く心に刻まれた思い出を歌にしたのでしょう。わたくしは何と声をかければよいのかわからなくなりました。

「少しお茶でも飲んで落ち着きましょうか」

わたくしは盗聴防止の魔術具を手放すと、周囲でハラハラしたようにローゼマイン様の様子を見守っている側仕え達に手を振って、お茶の取り替えを促しました。

「リーゼレータ、わたくしの音楽の自由曲は恋歌だと周囲に認識されているようです」

「上級貴族からの報告書にそのように載っていましたから、フェルディナンド様もご存じですよ」

「え？」

「ローゼマイン様が好んで恋歌を選曲するとは思えないが、周囲に誤解されたところで大して問題あるまい……だそうです」

ヴィルフリート様が蔑ろにされているように見えたり、噂で嘲笑《ちょうしょう》されたりしても表向きは王命で婚約しているお二人に何の被害もありません。ローゼマイン様に被害がなければフェルディナンド様は気にも留めないのでしょう、きっと。何となくランツェナーヴェ戦を思い出しました。

……あの時のように、フェルディナンド様は周囲に誤解させたいのでしょうか。

もそもそとお菓子を食べて、お茶を飲んだローゼマイン様が盗聴防止の魔術具を再び手に取りました。秘密のお話の再開です。ローゼマイン様に悪気がないことはわかりましたから、ヴィルフリート様の現状をお話しすれば配慮してくださるでしょう。

「色々な面で行き違いがあるようですが、ローゼマイン様はヴィルフリート様のお立場や噂についてもご存じないのでしょうか？」

「耳には入っていますけれど……」

うーん、と少し悩むように頬に手を当ててローゼマイン様はわたくしを見ました。

「ハンネローレ様はエーレンフェストの祝勝会にいらっしゃったのでご存じでしょう？　想定外の事態によって婚約する相手が変わっただけで、王命による婚約解消というヴィルフリート兄様の立場は前々から決まっていました」

わたくしは王族に嫁ぐことを嬉しそうに話し合っていたエーレンフェストの貴族達の姿を思い出します。あの時のヴィルフリート様は「王命であれば仕方があるまい」と明るく、気丈に振る舞っていらっしゃいました。

「王命なので、噂に関する根回しや対応は王族の領分です。わたくしに求められているのは今まで通りのお付き合いですから、協力を頼まれない限り、個人的にヴィルフリート兄様に対して何かするつもりはありません」

何だかフェルディナンド様を救出に向かった時の様子とずいぶん違うように思えます。突き放しているように思えるのは気のせいでしょうか。ヴィルフリート様の現状を知れば、ローゼマイン様はもっと親身になってくださるはずだと思っていたのです。

「ハンネローレ様に誤解されたくないので説明しておきますけれど、今の状況はヴィルフリート兄様の希望が叶った状況ですから、わたくしの助力など不要なのです」

「どういうことでしょう？」

周囲から不名誉な噂をされている現状を、希望が叶った状況と言われても意味がわかりません。

ただ、何だか嫌な予感がして、わたくしは膝の上で自分の手をぎゅっと握りました。

「ヴィルフリート兄様は王命による婚約解消が出る前から次期アウブの立場から外れたいと養父様に交渉していたようですし、わたくしとの婚約解消を望んでいたのです」

まるで頭を殴られたような衝撃を受けました。ヴィルフリート様が次期領主の立場から外れたいと考えていたなんて、わたくしはこれっぽっちも思っていなかったのです。

「何故ヴィルフリート様は次期アウブから外れたいとお考えになったのでしょう？」

「それは本人に尋ねてくださいませ。あれから時間が経って状況が変わりましたから、今のヴィルフリート兄様がどのようにお考えなのかは存じませんし、アウブ・アレキサンドリアになって領地を違えたわたくしがここで話すことではないと思います」

「確かにそうですね」

口では物わかりの良いことを言っていますが、本心では少しでも多くの情報が欲しくて仕方がありません。

「……わたくしはヴィルフリート様が婚約解消を望んでいたことにも驚きました。お二人はずいぶんと仲が良いと思っていましたから……。虹色魔石の髪飾り、わたくし、とても羨ましく思ったのですよ」

今はフェルディナンド様によって作り替えられていますが、ヴィルフリート様が贈られた髪飾りも素敵でした。わたくしの言葉にローゼマイン様は少し言い難《にく》そうに口を開きます。

「あれは……フェルディナンド様が作ってくださったお守りだったのですが、ディートリンデ様のお気持ちを考えて、ヴィルフリート兄様から贈られたことにしたのです。わたくしがヴィルフリート兄様からいただいた物はございません」

「そう、なのですか？」

そういえば、ローゼマイン様がヴィルフリート様に贈られた婚約魔石をつけているところを見たことがありません。幼い時期に婚約した時は婚約魔石を準備できないことも珍しくなく、魔力感知が発現した時に作ります。わたくしは正式な婚約魔石を作るまでの代わりに髪飾りをつけていると思っていたのですが、違ったようです。

「あの婚約はヴィルフリート兄様を次期アウブにするために必要で、魔力の釣り合いは度外視された政略的なものでしたから、わたくし達は婚約者らしいことを何一つしていないのです」

言葉は濁されましたが、魔力が釣り合っていなかったのでしょう。たとえ釣り合わなくても兄妹ではいられますが、婚約者であり続けることは辛いものです。魔力が感じ取れる年齢になり、お二人の間にどうしようもない溝ができたことは想像できました。

魔力の釣り合いが取れない婚約者と結婚しなければ次期領主でいられないヴィルフリート様も、子がなせないことが最初からわかっている結婚を強いられるローゼマイン様も幸せにはなれないでしょう。わたくしは婚約を決めたアウブ・エーレンフェストに怒りを覚えました。

「……いくら領地のためとはいえ、そのような結婚を強いるなんて……」

「決めた当時はどちらの魔力も成長前でしたし、領地内の貴族をまとめるにはちょうどよかったのですよ。貴族の婚姻はそういうものでしょう？」

「仕方がないことでも、お友達のことですもの。……確認ですけれど、お二人にとっては婚約が解消されてよかったのですね」

わたくしがそう言うと、ローゼマイン様は「ご理解いただけてよかったです」と安心したように笑いました。わたくしも勝手な思い込みで動かず、ローゼマイン様本人に確認できてよかったと思います。

「そのような事情なので、ハンネローレ様が気にかけるほど、ヴィルフリート兄様本人は噂や現状を気にしていないと思います。ですから、ヴィルフリート兄様のことは一旦置いておいて、もっと楽しいお話をいたしましょう。せっかく盗聴防止の魔術具があるのですし……」

ローゼマイン様がわたくしを元気づけるように微笑みます。お茶会でお客様に気を遣わせてはいけません。わたくしは「そうですね」とヴィルフリート様について考えることを一旦止めることにしました。

「ハンネローレ様も婚約者候補が決まったのでしょう？　ケントリプス様とラザンタルク様というお名前は存じているのですけれど……どのような方なのですか？　ラザンタルク様はハンネローレ様を大事にされていましたよね？　どちらがお好みですか？」

ローゼマイン様は楽しそうにキラキラと金色の瞳を輝かせ、やや身を乗り出すようにして問いかけてきます。

「どちらと言われても、わたくしはまだ……。ローゼマイン様はどうしてそのように楽しそうなのですか」

からかうような色が見えている金色の目を見て、少しむくれて見せると、ローゼマイン様は「あら？　ハンネローレ様もわたくしには楽しそうに尋ねていましたよ」とクスクス笑いました。

「今年のお茶会ではどこに行っても同じ話題が上がるでしょうけれど、わたくし、ケントリプス達の話をするために急ぎでローゼマイン様とのお茶会を開いたわけではないのですよ」

「それは存じていますけれど、ハンネローレ様はヴィルフリート兄様のことよりも彼等のことを最優先で考えてあげた方がよいですよ。ハンネローレ様はヴィルフリート兄様のことよりも彼等のことを最優先で考えてあげた方がよいですよ。たとえどのような危機に陥《おちい》っていても、婚約者以外の殿方の心配をすると周囲に咎められますから。……誰が誰の心配をしても周囲には関係ないですし、心配する気持ちを止めることなどできないでしょうに、ねぇ？」

ローゼマイン様は「ハンネローレ様もそう思うでしょう？」と同意を求めましたが、わたくしは恥ずかしさと情けなさで泣きたい気持ちになってきました。

婚約者だったヴィルフリート様を蔑ろにしていたのでは？　とローゼマイン様に対して不満を抱いていたわたくしは、今ケントリプスやラザンタルクを蔑ろにしています。そして、それを自覚したにもかかわらず、気にかかるのは婚約者候補のことではありません。ヴィルフリート様が現状をどのように感じているのか、どうして次期領主の立場を手放したいと思ったのか、何か役に立てることはないのか、そんなことばかりがずっと頭を巡っています。

……わたくし、ローゼマイン様に不満を抱く資格などなかったのです。

自分の胸の中に積もっていく苦い思いを見ない振りで、わたくしは笑顔を浮かべてお喋りを続けます。できるだけ自然に話題を婚約者候補達から、わたくし達が講義を受けている時にどのようなことをしているのか、今までのように領地へ戻るのかなど、ローゼマイン様の貴族院生活へと変えていきます。

「では、ローゼマイン様はやはり奉納式には領地へ戻られるのですか？」

「ええ。領地のためには大事な儀式ですし、わたくしは冬の社交界を全てフェルディナンド様に任せているので、戻った時に顔を合わせておかなければならない貴族も多いのです」

遠方のギーベと顔を合わせる大事な時期に貴族院へ行くのは少し気が引けるそうです。けれど、貴族院で寮内をまとめ、レティーツィア様を始めとしたランツェナーヴェ戦の孤児達の扱いに目を光らせることも領主の重要な仕事だそうです。

「貴族院は図書館もございますし、ハンネローレ様とこうして過ごす時間を取れるので楽しいのですけれど、やはり少し寂しいですね」

「そうですか？」

「あら、ハンネローレ様は家族と離れて貴族院で生活するのは寂しくありませんか？」

ローゼマイン様が首を傾げていますが、わたくしも首を傾げました。洗礼式の後は北の離れで過ごしているので、忙しい時期は夕食くらいしか家族と顔を合わせないこともよくあります。お兄様は成人して北の離れを出たので、一緒に過ごすのはラオフェレーグとルングターゼだけですけれど、貴族院の方が周囲に人数も多く、食堂での食事は賑《にぎ》やかなくらいです。貴族院へ移動して寂しくなることはありません。

ラオフェレーグが何をしでかすのかわからないとか、親がいないために羽目を外してディッターをしたがる者をどうするのかなど、頭の痛い問題はありますが、寂しいとは縁遠いです。

……ローゼマイン様はどうして寂しいのでしょうか？

アレキサンドリアで過ごしている時もフェルディナンド様はまだ婚約者なので客室に滞在しているでしょうし、レティーツィア様は神殿で過ごしていると伺っています。貴族院と比べて領地での生活が賑やかとは思えません。

「お母様のお小言がなくなるので、わたくし、貴族院では気が楽になります。ローゼマイン様もアレキサンドリアの城で領主の居住区に住むのはお一人でしょう？　貴族院の寮の方が賑やかではございませんか？」

ローゼマイン様が虚を突かれたような顔になりました。わたくしは何かおかしなことを言ったでしょうか。

「普段側にいる者がいないので、城にいる成人側近達と距離ができることは少し寂しいかもしれません。でも、家族から、正確には両親から解放されるので、貴族院を喜んでいる学生の方が多いと思いますよ」

「……ハンネローレ様は家族に会いたくなるということはありませんか？」

ローゼマイン様はわたくしの反応を窺うように尋ねますが、そのような気持ちになったことは特にありません。

「わたくしも去年はそんな気持ちにはならなかったのですけれど……」

「あぁ、ローゼマイン様はエーレンフェストのご家族と離れて初めての貴族院ですものね。ヴィルフリート様やシャルロッテ様と離れたことが寂しいのではございませんか？」

わたくしもお兄様が卒業した次の年は少しだけ心細い思いをしました。それまでは寮内の揉め事にお兄様と対処していたのに領主候補生が一人になったからです。きっとローゼマイン様は相談できる相手がいない心細さを寂しいと感じていらっしゃるのでしょう。

「……そうかもしれません」

「わたくしはそういう意味で家族と離れたことがございません。普通の領主候補生が家族と領地を違えるのは結婚で他領へ行った時くらいですもの。……わたくしも他領へ嫁ぐと、そのような寂しい気分になるかもしれませんね」

……他領へ移動するというのは、どういう気分なのでしょう？

他領から嫁いできた女性と話をする機会はあったのですが、大半がダンケルフェルガーに馴染むのが大変だという苦笑混じりの愚痴《ぐち》でした。わたくし自身はダンケルフェルガーから離れたいと漠《ばく》然《ぜん》と思っていましたが、他領へ移動することについてあまり真剣に考えていませんでした。ダンケルフェルガーの領主候補生として結婚後に公的な場でどのように立ち回るのか教えられましたが、移動した自分がどのような生活をして、どのような気分になるのか私的な部分を考えたことがありません。ローゼマイン様の言葉を聞くと、婚姻によって新しい環境へ飛び込むのが少し怖いような気分になります。

「クラリッサはどうでしょう？　家族に会えなくて寂しがっていますか？」

わたくしとローゼマイン様の両方が知っていて、婚姻によって領地を移動したクラリッサの様子を聞いてみました。ローゼマイン様は少し考えて困ったように微笑みました。

「クラリッサは夏に星結びをいたしましたが、エーレンフェストでもアレキサンドリアでも家族を恋しがる姿を見たことはありません。もしかしたらハルトムートには見せているかもしれませんが、わたくしが知るクラリッサはいつも生き生きしています」

「ローゼマイン様にお仕えするために、ローゼマイン様の側近と結婚したいと公言していましたから、クラリッサは特殊な例でしたね」

他領へ嫁いだ者の心境を知りたいと思いましたが、クラリッサでは何の参考にもなりませんでした。他に誰か参考になりそうな者がいないか考えていた時に寮と繋がる転移扉が開きました。急ぎ足で入ってきた学生がコルドゥラに何か耳打ちして去って行きます。伝言を受け取った彼女が少し眉を顰めたことで、何か良くないことが起こっているのだろうと予測できました。

けれど、わたくしが招待したお茶会をこちらの都合で中断することはできません。寮内で何が起こっているのか不安になりながらお茶を淹れ替えるように指示を出しました。そうすれば、お茶のおかわりを持ってきたコルドゥラがそっとわたくしに知らせてくれます。

「ラザンタルクとケントリプスが訓練場で喧嘩《けんか》しているように見えるけれど、許可を得ているのかという問い合わせがございました。ルーフェン先生に連絡を取ってもらっています」

……何をしているのですか、あの二人は⁉

ダンケルフェルガーでは寮内での喧嘩は禁じられていますが、寮監の許可を得たディッターは禁じられていません。そのため、訓練場での喧嘩は許可を得たディッターなのか、訓練の延長なのか、私的な喧嘩なのか、周囲が察知しにくいのです。

普段ならば寮監に連絡が行き、ルーフェン先生が対応します。他領とお茶会中の領主候補生に問い合わせが来るということは、寮監が不在なのでしょう。

……どうしましょう。

「ハンネローレ様、ドレッファングーアの糸が絡まったのではございませんか？　わたくし、お茶は結構です。すぐにお暇《いとま》いたしますから」

ローゼマイン様はこちらに不都合が起こったことを察したようで、すぐに帰り支度《じたく》を始めました。

「お待ちくださいませ、ローゼマイン様」

「わたくしのことはお気になさらず、絡まった糸はなるべく早く解いた方がよろしいですよ。近いうちに図書館のお茶会も開きますから、そちらでまたお話しいたしましょう。リーゼレータ、帰り支度をお願いします」

わたくしが主催として引き留めるより早く、ローゼマイン様はお暇の挨拶を始めます。コルドゥラは苦笑気味に「ローゼマイン様の仰《おお》せのままになさいませ」と耳打ちすると、お客様を送り出すための準備を始めました。

「本当に申し訳ございません、ローゼマイン様」

「ハンネローレ様はお気になさらないでください。たくさんの来客がいらっしゃるお茶会ならばともかく、個人的なお茶会ですもの。不都合が起こった時に長引かせる必要はございません。それに、わたくしが気を失って突然お茶会がお開きになったことに比べれば何ということもありませんよ」

ローゼマイン様は悪戯っぽく微笑んでそう言うと、側近やシュミルの魔術具を連れて退室されました。状況を見て柔軟《じゅうなん》に対応できるローゼマイン様に感心しつつ、わたくしはお客様に気遣われる自分の至らなさに落ち込みます。

「ハンネローレ様、そこで考え込むのは止めて訓練場へ参りましょう。あの二人は許可を得ていないのでしょう?」

「えぇ。わたくしは許可を出していません。ケントリプスは文官見習いですから、喧嘩に見えるならば騎士同士の訓練でもないでしょう。すぐに止めなければ」

そうです。落ち込んでいる場合ではありません。ラザンタルクとケントリプスが喧嘩をしているならば、わたくしは自分の護衛騎士で二人を止めなければならないのです。

「お茶会室の片付けはアンドレア達に任せます。コルドゥラはわたくしと一緒に来てください。ハイルリーゼ達は訓練場から見物人や訓練中の騎士を出してください。一旦、訓練場は閉ざします。ルイポルト、二人に事情を聴くことになります。会議室の準備をお願いします」

「かしこまりました」

わたくしは側近達に指示を出すと、コルドゥラと護衛騎士を連れて、お茶会室を出ました。

後押し

訓練場へ到着すると、観客席に物見高い見物人が多数いて、競技場を見下ろしているのが見えました。やはりルーフェン先生は寮内にいなかったようです。

「ケントリプス、逃げてばっかりじゃなくて一撃くらい入れてやれ！」

「ラザンタルク、熱くなりすぎだ！　隙が多いぞ！」

茶化すように野次《やじ》を飛ばしている見物人の向こうで小さく青いマントが翻るのが見えました。騎士見習いと文官見習いでは勝負にならないのに、何をしているのでしょうか。

「訓練場から出てください！　一旦閉鎖します！」

「この二人は許可を得ていません。私闘を止めなかった者も連帯責任になるかもしれませんよ！」

ハイルリーゼ達が見物人を追い出し始めました。連帯責任を恐れて、見物人は我先に訓練場から出て行きます。視界が開けると二人の戦う様子がハッキリと見えました。ラザンタルクが一方的に次々と攻撃を繰り出し、ケントリプスは防戦に徹しています。

「二人とも、そこまでです！」

わたくしは声を上げましたが、二人の動きは止まりません。ケントリプスはちらりとこちらを見ましたが、ラザンタルクは攻撃に夢中で周りが全く見えていないようです。もしかすると、敢《あ》えて聞こえない振りをしているかもしれません。

「コルドゥラ、少し下がってちょうだい」

わたくしはラザンタルクが嫌でも気付くように、シュタープを出して魔力を集め始めました。青白い光がシュタープの先端に集まり、バチバチと音が鳴り始めます。ラザンタルクがハッとしたようにこちらを見上げるのを確認してから、わたくしはシュタープを大きく振り下ろしました。

「いい加減になさいませ！」

シュンと長い尾を引きながら青白い光がラザンタルク目がけて一直線に落ちていきます。ラザンタルクが咄嗟に盾を持った腕を上げながら回避するのが見えました。コルドゥラやハイルリーゼ達が「ゲッティルト！」と盾を構えます。直後、大きな爆発音がして、こちらまで衝撃がやってきました。

「ハンネローレ様、いくら何でも危険ではありませんか！」

「文官見習いのケントリプスに武力で襲いかかるラザンタルクも非常に危険です。一体何を考えているのですか？　今回の件は許可を得たディッターではありませんね？」

わたくしがキッと睨むと、ラザンタルクが一瞬怯《ひる》みました。

「ですが、ハンネローレ様。男には戦わねばならないことがあるのです！」

「私闘は禁じられています。戦いたいならば許可を取って、正々堂々とディッターで戦ってくださいませ。何の準備もない文官に対して感情的になった騎士が武力で襲いかかることをダンケルフェルガーでは許していません。お兄様に報告いたしますからね」

その時、訓練場の扉が開いてルーフェン先生が慌てた様子で飛び込んできました。

「申し訳ございません、ハンネローレ様。私が対応しなければならないところ、お手数をおかけいたしました。……ケントリプス、ラザンタルク。其方等は禁じられた私闘を行ったのだ。それに対する罰は覚悟できているな？」

ルーフェン先生が二人に視線を移すと、ケントリプスは「申し訳ございません」とすぐに謝罪しました。けれど、その様子を見たラザンタルクがカッとしたようにケントリプスに再び飛びかかったのです。

「自分は一度も反撃していない、と何故言わない⁉　其方は一体何を考えているのだ⁉」

「ラザンタルク⁉」

わたくしは思わず悲鳴を上げましたが、ルーフェン先生は慣れた様子で観客席から飛び降りると、ラザンタルクの手を取って投げ飛ばしました。そのまま「少し頭を冷やせ」とシュタープから光の帯を出してラザンタルクを搦《から》め捕ります。

一度も反撃していない、とラザンタルクが言ったのは本当なのでしょう。ケントリプスは飛びかかられてつかまれた胸元を少し直しただけで、反撃しようとはしていません。その態度が腹立たしいのか、先生に取り押さえられた状態でラザンタルクが叫びます。

「絶対にあり得ないと思っていた幸運が転がり込んできたのだ！　私は神々に感謝のディッターを奉納したいくらい嬉しかった。其方も同じ気持ちだったはずだ。それなのに、何故幸運を手放すような真似をする⁉　答えろ、ケントリプス！」

ラザンタルクの栗色の目は、激しい感情のせいか揺らいで複雑な色合いが見えています。それを静かに見下ろしているはずなのに、ケントリプスの目も複雑な色合いになっています。

「……最初から手にしていないのだから、手放すも何もない」

「今は手にしていなくても、私は手に入れる。そのための努力は惜しまぬ。だから、手を伸ばす気がないならば邪魔をするな！」

「それは約束できない。私は私の望みに従って動く。それが其方の邪魔になったとしても止めるつもりはない。お互い、自分の望みのために動く。それでよいではないか」

何がどうして拗《こじ》れたのか理解できませんが、ラザンタルクが一方的に突っかかり、ケントリプスが拒絶していることはわかります。二人は仲の良い異母兄弟で喧嘩をすることが少ないせいか、どのように仲裁すればよいのかわかりません。

「ハンネローレ様！」

ルーフェン先生に呼ばれて、わたくしはビクリと肩を震わせました。

「頭が冷えるまで二人を離しておいた方がよいでしょう。まだ冷静そうなケントリプスから事情を聴いていただいてよろしいですか？」

「ルーフェン先生、事情を話すならば私はハンネローレ様の方が……」

「熱くなりすぎた其方の相手は私だ。ケントリプス、ハンネローレ様のところへ行け」

ルーフェン先生が呆れた顔で、光の帯で巻かれたラザンタルクを担ぎ上げました。二人には強制的に距離を取らせるようです。ケントリプスが騎獣で観客席へ上がると、ルーフェン先生の肩でラザンタルクが不満顔になるのがわかりました。

「ハンネローレ様。大変お手数ですが、ケントリプスに癒しを。特に、文官としては致命的なその頭の悪さを念入りに」

ケントリプスに対してラザンタルクがそのような言い方をするのを初めて見て、わたくしは面食《めんく》らいました。

「ケントリプス、私は絶対に譲らないからな！」

ラザンタルクが最後までケントリプスに悪態を吐きながら連れ出されます。

「本当に、何があったのですか？」

防戦に徹していても避けきれなかったようで、傷だらけになっているケントリプスを見上げて、わたくしは問いかけました。

「ここで事情を聴きますか？　せめて、盗聴防止の魔術具は必要だと思います。このまま話をして、居た堪れない心地になるのはハンネローレ様ですから……」

婚約者候補二人の喧嘩の原因はわたくしだと言われて、咄嗟に耳を塞ぎたくなりました。けれど、逃げるわけにはいかないのでしょう。

「ルイポルトが部屋を準備してくれています。そちらに移動しましょう。その前に癒しが必要かしら？　ラザンタルクから文官として致命的な頭の悪さと言われていましたけれど……」

わたくしがそう言うと、ケントリプスは自分で持っていた回復薬を飲みました。

会議室に場所を移し、わたくしはケントリプスと向かい合うように座ります。本来ならばこのような事情聴取を行う場合、文官が立ち会って記録に残して先生に提出するのですが、事情を察したコルドゥラが首を横に振って盗聴防止の魔術具をテーブルに置きました。

「エルプベルクとブレンヴェルメが槍を交わしたということだけわかれば十分です」

山の神エルプベルクと情熱の神ブレンヴェルメは海の女神フェアフューレメーアを巡って戦った火の眷属神です。ケントリプス達の喧嘩をその神話になぞらえたコルドゥラを軽く睨み、わたくしはケントリプスに盗聴防止の魔術具を渡しました。

「じ、事情を、伺いますっ！」

……自分を巡った私闘の事情を聴かなければならないなんて……。

泣いて逃げ出したい気持ちで問いかけると、ケントリプスは「ローゼマイン様とのお茶会はいかがでしたか？」と逆に質問してきました。

「え？　あ、あの、わたくしは私闘の事情を……」

「ハンネローレ様の星結びについて、ラザンタルクと見解がわかれたことが原因です。それより、お茶会は首尾良く終わりましたか？」

「え？　しゅ、首尾良く、ですか？」

私闘の原因よりも、ケントリプスにはお茶会の方が大事だと言わんばかりに問われて、わたくしは目を瞬かせました。

「ローゼマイン様はどのように協力してくださるのですか？　お二人でどのような計画を立てたの

です？　それがわからなければ協力できないではありませんか。あぁ、ラザンタルクはハンネローレ様に協力するつもりなどないので、内密にしておいた方がよいですよ」

矢継《やつ》ぎ早《ばや》に言われても思い当たることがなくて、わたくしは何度か目を瞬かせました。ケントリプスは何を言っているのでしょうか。ローゼマイン様と立てた計画などありませんし、何かの計画を立てるためにお茶会を開いたわけではありません。

「あの、ケントリプス。……何の計画ですか？」

「ヴィルフリート様との間を取り持ってもらえるように協力をお願いしたならば、どのように立ち回るのか大まかな計画くらいは……」

「そのようなことはしていません！」

わたくしは急いで否定しました。ローゼマイン様にヴィルフリート様との間を取り持ってもらいたいと考えているように周囲には見られているのでしょうか。ぶるぶると頭を横に振ると、ケントリプスは「は？　何故ですか？」と心底理解できないような顔でわたくしを見ました。

「緊急のお茶会を開いたのは、ローゼマイン様が奉納式で領地へ戻られる前にヴィルフリート様との間を取り持っていただかなければならないからでは？」

「違います。ヴィルフリート様が色々と噂されている現状を少しでも改善するためにご協力いただこうと思ったのです」

「そのようなどうでもよいことのためにお茶会を？」

「わたくしにとってはどうでもよいことではありません」

反射的に言い返して睨むと、ケントリプスは頭が痛いと言わんばかりに顔を顰めました。

「ヴィルフリート様の現状など、新しく婚約が整えばどうにでもなることではありませんか。ハンネローレ様、時間がないのに何をのんびりとしていらっしゃるのですか？　貴女はこのまま私達のどちらかと星を結びたいのですか？　嫁盗りディッターにおいて領地を裏切ってまで手を伸ばした想いはその程度ですか？」

ケントリプスの灰色の目がじっとわたくしを見つめます。わたくしを詰《なじ》るような、追い詰めるような目にゴクリと息を呑みました。

「嫁盗りディッターの責任は、ヴィルフリート様だけではなくローゼマイン様にもあります。その辺りを詳しく説明し、協力を募れば否《いな》とはおっしゃらないでしょう。ローゼマイン様の協力があれば、ハンネローレ様がエーレンフェストへ嫁ぐことは難しくありません」

わたくしが当然望んでいることとして、ケントリプスはわたくしがエーレンフェストへ嫁ぐ話を始めました。難しくないと言われても困ります。

「ヴィルフリート様はローゼマイン様と婚約を解消したことで次期アウブではなくなったそうです。ですから……」

「婚約解消したことで次期アウブでなくなったならば、新しい婚約で次期アウブに押し上げればよいだけでしょう。ダンケルフェルガーの後押しがあれば可能です」

可能かもしれませんが、ヴィルフリート様がそれを望むかどうかわかりません。次期領主を放棄するために、ローゼマイン様との婚約解消を望んだとお茶会で言われたばかりです。

「何故ケントリプスはそのようにヴィルフリート様との婚姻を推すのですか？　わたくしの婚約者候補であることが嫌ならば、わたくしからお父様に進言いたします」

「私はお慕いしていますよ。幼い頃からずっと……」

「え？」

あまりにもさらりと言われて、一瞬何を言われたのかわかりませんでした。

「泣き虫姫を守らなければ、とずっと思っていました。たとえ騎士でなくても、私にできる限り守りたい、と……。ですが、私では駄目でした。嫁盗りディッターにおいて、貴女は私の魔術具ではなく、ヴィルフリート様の手を取りましたから」

わたくしは嫁盗りディッターの時に、自分が手にしていた魔術具の存在を思い出しました。わたくし以外を焼き尽くすような威力の、「最後の身を守る手段にせよ」とお兄様に渡されていた攻撃用の魔術具です。

「あれは、周囲の護衛騎士達も巻き込む可能性がある、あまりにも危険な魔術具だと……」

「はい。ですが、ダンケルフェルガーの騎士が中央の騎士と戦い、一人で陣に残されたハンネローレ様は敵を攻撃するわけでも、私が作った魔術具でご自身を守るわけでもなく、ヴィルフリート様の手を取りました。託した魔術具を使っていただけなければ、文官である私が守ることなど不可能です。貴女に私の想いなど必要ないのだと、あの時に理解しました」

わたくしはヴィルフリート様が心配して駆けつけてくれたことが嬉しかったのです。危険だから、と手を差し出して、わたくしに選択を委ねてくださったことに心が震えたのです。その行動がケントリプスの想いを踏みにじっていたことなど、知りませんでした。

「ケントリプス、わたくしは……」

「レスティラウト様の次期アウブの地位を確実にし、ダンケルフェルガーを安定させるためには、私かラザンタルクがハンネローレ様と婚姻するのが一番良いのです。我々はレスティラウト様の側近なので、婚姻によって別の派閥ができることもありませんし、夫が上級貴族であれば貴女はアウブになれませんから」

そのために婚約者候補がわたくしの側近ではなく、お兄様の側近から選ばれたのだ、とケントリプスは言いました。領主候補生をわたくしの婿にすることはお父様が絶対に許可しないそうです。

「……共にレスティラウト様を支えようと思ってくださらなければ、貴女はダンケルフェルガーの火種になります。ラザンタルクは、我々と星結びをすれば火種などなくなる。何故ヴィルフリート様のような無責任で卑劣な男のところへ貴女を押し出そうとするのか。文官ならば自領に取り込み、火種を消すことに頭を使え、と言いました。あれは真っ直ぐなのです、貴女に対して」

本当に自分とは違う、とケントリプスが自嘲するように笑いました。

「ラザンタルクはダンケルフェルガーの騎士らしい騎士です。本物のディッターに参加した貴女を称《たた》え、信用している。だが、私は……あのような土壇場《どたんば》で領地を裏切り、父親から婚約者候補を定められて尚《なお》、ヴィルフリート様の現状を心配しているハンネローレ様を、お慕いしていても信用できません」

ケントリプスの口から出た「信用できない」という言葉が胸に刺さりました。いくらディッターで恥を雪いだとはいえ、領地を裏切ったこと、ケントリプスの想いを踏みにじったことに間違いはないのですから、わたくしが傷つく権利などないのかもしれません。それでも、幼い頃から仲良くしてきた彼に面と向かって言われると、胸が痛いです。

「ハンネローレ様はダンケルフェルガーの領主候補生です。貴女は自分で自分の道を選べます」

テーブルの上で盗聴防止の魔術具を握るケントリプスの拳に力が入っているのがわかります。力が入りすぎて小刻みに震えています。

「あくまで私の考えですが、自領を裏切るほどの感情ならば胸に秘めるのではなく、ダンケルフェルガーの領主候補生に相応しい行動で貫いていただきたい」

「ダンケルフェルガーの領主候補生に相応しい行動、ですか？」

「……マグダレーナ様がトラオクヴァール様に求婚したことにより、エーレンフェストとの内々のお話は流れました。クラリッサもハルトムート様に求婚し、ローゼマイン様の側近に入りました。嫁盗りディッターと違い、エーレンフェストはダンケルフェルガーの求婚をご存じでしょう」

激情を内心に秘めているのか、ケントリプスの灰色の目が複雑な色合いに揺らめきました。突き刺さるように強くて真剣な目がわたくしを見ています。

「ローゼマイン様の協力を得られないのであれば、ヴィルフリート様に求婚して条件を得てください、ハンネローレ様」

ケントリプスの言い分はわかります。わたくしが再びお兄様を裏切る可能性がある以上、側近としては他領へ嫁いだ方が安心できるのでしょう。けれど、了承などできません。

「そのように言われても、自分の気持ちが固まっていないのに求婚など容易《たやす》くできることではありません。それに、他人に言われて行うことではないでしょう？　たとえ婚約者候補でも、そこまでわたくしの気持ちに踏み込まないでくださいませ」

わたくしが拒否すると、ケントリプスは驚いたように少し目を見張りました。それから、ものすごく困った顔になって額を押さえました。緊迫した空気が霧散して、わたくしが昔からよく知っている幼馴染みの顔になっています。

「失礼を承知で申し上げますが、ハンネローレ様は相変わらずのんびりというか、おっとりと構えていらっしゃいますね。こちらの懸念が全く伝わっていないようです」

自分ではお兄様の側近としてのケントリプスの懸念を理解しているつもりなのに、「全く伝わっていない」と言われて、わたくしは眉を寄せました。

「どういう意味でしょう？」

「ハンネローレ様、五年生は卒業式のエスコート役や将来の相手を考える大事な時期です。すでに婚約者が決まっている方も珍しくありません。ここまではさすがにご存じですよね？」

洗礼式前の子供に対して噛んで含めるような口調で、あまりにも基本的なことを言われたため、わたくしは少し血の気が引きました。ケントリプスがそこまで確認しなければならないほど大きな失点があったでしょうか。

「貴女は父親であるアウブからご自分で婚約者を選ぶように、と言われ、私とラザンタルクが婚約者候補として紹介されました。期限は領主会議までとされていますが、我々二人から選ぶ場合は私の卒業が正確な期限になります」

冬の終わりにエスコート役を務めなかったにもかかわらず、春の終わりに婚約者として領主会議でツェントに申請すると、他者の目に非常に奇異に映ります。そのため、ケントリプスの卒業までに決められなかった時は、自動的にラザンタルクが婚約者になると言います。

わたくしは「それくらいはわかっております」と先を促しました。

「ですが、ハンネローレ様は我々から選ぶのではなく、他領へ嫁ぐ道を模索しています。できれば、エーレンフェストへ嫁ぎたいと思っているでしょう?」

否定できません。わたくしはダンケルフェルガーから出る道を模索しています。だから、オルトヴィーン様の言葉を嬉しく思いましたし、ヴィルフリート様の反応のなさにガッカリしました。

「仮にオルトヴィーン様の想いを受け入れ、ドレヴァンヒェルへ出る場合、社交シーズン中にお互いの意見を擦り合わせ、コリンツダウムの申し入れをどのように退けるのか話し合わなければなりません。領地対抗戦までにお互いの両親を説得できるように根回しをし、アウブ・ダンケルフェルガーにハンネローレ様をドレヴァンヒェルへ嫁がせてもよいと思わせることが必須条件です」

お父様が決めた相手はケントリプスとラザンタルクです。意見を翻すための説得や根回しに失敗すれば、領主会議でラザンタルクとの婚約が自動的に決まります。期限はわたくしとオルトヴィーン様の卒業の年ではないと指摘されました。

……あら、予想外に時間がないようですね。

「また、ヴィルフリート様をお相手に想定した場合は、更に時間がありません。ハンネローレ様もご存じでしょう？　ローゼマイン様と繋がりのあるエーレンフェストの領主候補生に婚姻のお話が殺到していることを……」

エーレンフェストは今でこそ領地の順位を八位に上げていますが、ローゼマイン様が貴族院へ入るまでは十五位くらい、政変前は更に下位だった領地です。そのため、ローゼマイン様との関係を重視する上位の領地から、以前の領地順位とさほど変わらない下位の領地まで様々なところからお話があるとお父様に伺いました。

「次期アウブならば、将来自分が領主になった時に付き合いやすくて利があると考えられる領地の者を自分の意思で選ぶ余地がありますが、次期アウブではない領主候補生の婚姻は現在の他領との繋がりを重視するアウブの意向が優先されます。おそらくヴィルフリート様もアウブからいくつかの候補を挙げられているでしょう」

挙げられた候補の中から、自分に合う相手を探すように言われることは決して少なくはありません。ヴィルフリート様が次期領主を退いたならば、ケントリプスの言葉通りになっているでしょう。

「貴族院の社交シーズンにはお相手を決めるために皆が一斉に動き出しますが、先の領主会議でダンケルフェルガーはエーレンフェストへ申し入れをしていません。オルトヴィーン様が申し入れた時に反応がないことを考えても、ヴィルフリート様にとってハンネローレ様は候補にも入っていないと思われます」

……そのくらい、存じております。

ケントリプスの言葉は正しいのでしょうが、グサリと胸を抉られた気分です。もう耳を塞いで、この場を立ち去りたい気分になってきました。

「貴女の気持ちが固まるまで、時の流れも周囲も待ってはくれません。想いを伝えたいと思った時にはヴィルフリート様がすでにお相手を決めている可能性が高いです。そうなれば、貴女はどうしますか？」

ヴィルフリート様がお相手を決めると言われて、目を伏せました。わたくしにとってはローゼマイン様がヴィルフリート様の婚約者だったからでしょう。ヴィルフリート様が他の方を婚約者に選ぶところが想像できません。

……でも、ヴィルフリート様が次のお相手を決めてしまったら？

お相手が決まった後で気持ちを伝えると、領地の順位を笠に着たと思われ、様々な噂がされるでしょう。わたくしは上位領地の権力で割り込んで、場を混乱させるようなことは絶対にしたくありません。決まったということは、ヴィルフリート様も納得しているということですから。

「わたくしはとても自分の気持ちなど、伝えられないと思います」

私の回答にケントリプスは「私の予想通りです」と頷きました。

「付け加えるならば、別に間が悪いのではなく、決断が遅くて気持ちを伝え損なっただけですが、ハンネローレ様はいつも通りに間が悪かったと嘆くと思われます」

……うっ。

「ヴィルフリート様と結ばれるためにはどうしなければならなかったのか、自分の何が悪かったのか、しばらく落ち込んで悩むでしょう。浮上してきた頃には社交シーズンが終わりに近付いていて、オルトヴィーン様と話をする時間もなくなっているはずです」

……うぅ……。

「仕方なく我々から婚約者を選ぶことになった結果……心の準備をする時間が少しでも長くほしいのでラザンタルクにします、という流れになることは目に見えています」

「まるで見てきたように言うのは止めてくださいませ」

泣きたい気分でケントリプスの言葉を止めましたが、止めるだけです。とても否定はできません。ありありと目に浮かぶ未来の予想図でした。ケントリプスは出来が悪い子を見るような、仕方がなさそうな顔でわたくしを見下ろします。

「エーレンフェストやヴィルフリート様の事情云々《うんぬん》は後回しにし、ハンネローレ様がエーレンフェストへ嫁ぎたいならば社交シーズン前にご自分の気持ちをヴィルフリート様に告げることが何よりも重要です。親同士で全く何のお話もない現状では、ひとまず、ヴィルフリート様のお相手候補に入れていただかなければ、何もしないうちに全てが終わります」

真剣な目でそう言われ、わたくしは言葉に詰まりました。秘めていたい自分の気持ちに踏み込んでこられることが不愉快でしたが、ケントリプスが本当にわたくしの気持ちを大事にしてくれていることがわかったからです。

「何もしないうちに全てが終わってしまったとして、ハンネローレ様は納得できるのでしょうか？何に関しても決断は遅いですし、周囲に流されているように見えますが、自分の最終決断は頑固に曲げないところがあるでしょう？」

「……ケントリプスは、わたくしの性格を読み過ぎだと思います」

わたくしがむぅっとわかりやすく機嫌の悪い顔をすると、ケントリプスが苦い笑みを浮かべました。

「私は色々なハンネローレ様を見てきました。……ですから、実は、婚約者候補として我々に距離を詰められることを疎《うと》ましく思っていることも存じています」

軽く片方の眉を上げて茶化すような口調で言っていますが、その内容はとても笑えるようなものではありません。婚約者候補に対する不満が顔や態度に出ているということなのですから。

「疎ましくなんて……。そこまでは思っていません」

……今は、ですけれど。

わたくしが否定すると、ケントリプスは「おや、そうですか？」と面白がるような表情になりました。

「アウブから婚約者候補として我々が紹介された時、すごく嫌な顔をしたではありませんか」

「他領へ嫁ぐと思っていたので、領地内での婚姻話に驚いただけですよ」

……それほど嫌な顔はしていないと思います。コルドゥラにもお母様にも何も言われませんでしたもの。

「他の者には戸惑っているように見えたかもしれませんが、レスティラウト様に意地悪された時の表情と同じでした」

わたくしは思わず自分の頬を押さえてしまいました。気が進まなくて嫌だとは思っていましたが、それが相手に伝わっていると思っていなかったのです。気まずい気分でケントリプスを見上げると、ふぅ、と微《かす》かな吐息が落ちてきました。

「図星ですね？」

……確信を持たれてしまいました。わたくし、こんなはずでは……。

オロオロとするわたくしを宥めるように、ケントリプスが「すでにわかっていたことですから、落ち着いてください」と諦観《ていかん》の籠もった笑みを浮かべました。

「だから、私は何度も言っているのです。急がなければ我々のどちらかと星結びになります、と。お嫌でしょう？」

ケントリプスはわたくしの手を取り、話は終わりだというように盗聴防止の魔術具を返そうとします。わたくしは咄嗟にその手を握り込んで返却を拒否すると、ケントリプスの不思議そうな顔を軽く睨みました。

「ディッターのことしか頭にないダンケルフェルガーに留まることを気鬱に思いましたし、星結び自体をあまり身近なことだと考えられないだけで、わたくし、別にケントリプス達が嫌いなわけではありませんから」

息を呑んで呆然としているケントリプスに小さな勝利感を覚えながら盗聴防止の魔術具を取り上げると、わたくしは「コルドゥラ、話は終わりです。行きましょう」と会議室を後にしました。

迷いと決意

「姫様、ケントリプスと一体どのような話をしたのですか？　最終的にはずいぶんと清々《すがすが》しいお顔をしていらっしゃいましたが……」

自室に戻るとすぐにコルドゥラがそう尋ねてきました。わたくしは側近達がお茶会の後片付けを終えた報告を聞いた後で向き合います。

「わたくしと周囲の現状について、ですね。色々と認識が甘く、現状が見えていないことを指摘されました」

ヴィルフリート様に気持ちを伝え、嫁入りできるように早く行動しろと後押しされたことを詳しくは報告したくなくて、わたくしはできるだけ言葉を濁します。コルドゥラは呆れたように溜息を吐きました。

「せっかく二人で話をする機会を作ってあげたというのに、そのような当たり前のことを話していたのですか？　もう少し甘い言葉をかけて求婚すればよいのにケントリプスは一体何をしているのでしょう？」

「コルドゥラ、当たり前のこと、とはわたくしに対してあまりにもひどすぎませんか？」

主に対して言うことではないと思います。わたくしが抗議すると、コルドゥラは「申し訳ございいません」と口だけの謝罪を述べ、そっと溜息を吐きました。

「ですが、あまりにも周囲を見ていない姫様を見ていると、歯痒く思えるところが多々ございますよ。……どちらを選ぶか、お心は決まったのですか？」

どちらどころか、あれだけ後押しされてもヴィルフリート様に気持ちを伝えるかどうかさえ決めかねているくらいです。わたくしは首を横に振りました。

「……まだです。そう簡単には決められません。ケントリプスに指摘された通り、わたくしの性分なのでしょうね。おそらく期限が来ても自分では決められず、自動的にラザンタルクに決定するだろうと言われました」

「それを避けてほしいからケントリプスは注意したのでしょう？　できれば姫様にはご自分の将来をよく見つめ、ご自分で選択していただきたいと存じます」

コルドゥラは静かにそう言いながらお茶を淹れ、暖炉の火を調整すると、わたくしに考える時間を作るように側近達と共にその場を退きました。

扉の前の護衛騎士を残して側近達が側仕えの控え室に下がると、人の気配が一気に消えて周囲がシンとした静寂《せいじゃく》に包まれます。途端に室温が下がったような気がして、わたくしは暖炉の前へ移動すると椅子に座り、揺らめく炎を見つめながら湯気の立つカップに口を付けました。コクリと一口飲めば、熱いお茶が喉を通って冷たくなっていた体をじんわりと温めてくれるのがわかります。

……「今すぐに動け」と言われても困るのですよ。

領主候補生の星結びは自領に利をもたらすために行われます。領主が決めて整えることです。ダンケルフェルガーにおいて、求婚の課題を得ることは自分の想う者と添い遂げるために行われますが、相手に婚姻を受け入れてもらうための手段です。相手に受け入れられても、最終的には家長や領主など、結婚の許可を出す者に認めさせる必要があります。

ケントリプスはマグダレーナ様の求婚を例に出しましたが、わたくしとあの方では状況が全く違います。マグダレーナ様の婚姻は確かに領主の意思に反してご自分でまとめてきたものですけれど、明確にダンケルフェルガーにとっての利があったのです。

長く続く政変に終止符を打ち、後の世の中でダンケルフェルガーが勝利をもたらした領地として厚遇《こうぐう》されるように王族に働きかけることができました。マグダレーナ様の暴走とはいえ結婚に至ったのは下位領地の領主候補生を婿に取るより利があると領主が判断した結果なのです。

それに、王族であるトラオクヴァール様がマグダレーナ様からの求婚に利を見出《みいだ》したり、情に絆《ほだ》されたりすれば、王族からの申し出を領主が断ることはできません。けれど、エーレンフェストが相手ならば断ることは簡単です。わたくしがヴィルフリート様に求婚する場合、マグダレーナ様の求婚と同じ行動をしても絶対に上手くはいかないでしょう。

……領地への利が足りません。

もし、お父様が本気でエーレンフェストとの関係を望んでいらっしゃるならば、嫁盗りディッターのことや先の戦いで助力したことをちらつかせながらアウブ・エーレンフェストとお話をしたはずです。ヴィルフリート様が次期領主だと確定していて、わたくしの求婚が成功したならば、エーレンフェストとアレキサンドリア、両方の関係を保つために結婚は比較的容易に許されたかもしれません。

けれど、お父様はローゼマイン様の親友として遇されるわたくしをダンケルフェルガーに留めることが最善と判断して婚約者候補を決めました。アレキサンドリアを重視しているけれど、現時点でエーレンフェストを重視していないのだと考えられます。そのような現状ではわたくしがヴィルフリート様に想いを伝えたところで、お父様を説得するのは不可能でしょう。

……最初から無理な話なのです。

求婚が成功したところで、お父様を説得できないという結論に達した瞬間、身体中《からだじゅう》の力が抜けました。肩が落ちて、知らずに溜息が出てきます。

……そもそも、わたくしはヴィルフリート様と結婚したいのでしょうか？　好ましく思っていることに間違いはないのですけれど……。

時間がないとケントリプスに追い立てられ、嫁盗りディッターで手を取ったのだから嫁ぎたいと考えているのだろうと言われています。あの時わたくしがヴィルフリート様の手を取ったのは事実ですし、望まれているならば嫁ぎたいと思いました。

けれど、ヴィルフリート様もエーレンフェストも、わたくしを望んでいませんでした。それに、わたくしの想いは自分でもあやふやなものです。ただ一人の命を救うためにダンケルフェルガーを巻き込んでアーレンスバッハの礎を得たローゼマイン様や、他国の侵略を蹴散らし、中央や王族を相手に策を弄し、ローゼマイン様を情熱的にかき口説いて婚約者に収まったフェルディナンド様のような激しさはないのです。

大領地からの輿入《こしい》れで大変だったというエーレンフェストの事情や次期領主を望んでいないヴィルフリート様の話を聞いて尚、求婚を推し進めて両親やアウブ・エーレンフェスト達を説得して回るような強い感情が自分にあるでしょうか。

……恋物語に出てくるような激しい感情ではありませんもの。わたくしの場合はきっと恋ではないのです。

わたくしはカタリとカップを置いて立ち上がりました。窓の外を見れば、雪が降り始めているのが見えます。ゲドゥルリーヒを全て覆い隠してしまうエーヴィリーベのような想いが自分の中にあるとはとても思えません。わたくしのヴィルフリート様に対する想いは、こちらを向いてくれると何となく嬉しいとか、お話をしているとホッとするとか、反応がないと寂しくなるとか……もっと淡くてぼんやりとしたものなのです。

わたくしは書箱からエーレンフェストの恋物語を手に取りました。暖炉の前に戻って椅子に座り、パラリと本を開きます。

「全ての命の母にして豊かな実りをもたらす広く皓々《こうこう》たるゲドゥルリーヒよ。フリュートレーネに愛されて萌《も》え出《い》ずる緑をまとい、青い空から見下ろすライデンシャフトから力と熱を与えられ、強固なシュツェーリアの盾に守られる麗しの妹神。全てを導く光に照らされ、全てを包み込む闇に覆われた愛娘《まなむすめ》。不変に続く約束された営みの中、エーヴィリーベは再び巡り会える冬を待ち焦《こ》がれ、シュツェーリアの盾を削り続けています。シュツェーリアの夜の訪れを何よりも心待ちにする者は、何よりも白く冷たい衣にも手を伸べて全てを受け入れる慈愛の女神を望んでいます。神々の守りと御力による万象の美しさを知りながら、全てを雪と氷で覆い尽くすことをどうか許してほしいのです……」

このように甘く口説かれる恋物語は何度でも読みたくなるようなときめきを感じるのですけれど、この物語のようにただ一人を求め、お父様が決めた婚約者候補を退け、ダンケルフェルガーとエーレンフェストを混乱に落とし込んだとしても求婚を強行して星結びを望むほど自分の想いが強いのかと尋ねられると、そこまで激しいものではない気がしてきました。

……わたくしの想いはそれほど激しいものではないのですから、最初から諦めた方が周囲に迷惑をかけずに済みますよね。

自分の気持ちも領地の利も何も見えないわたくしにはとても求婚などできません。自分の気持ちにそっと鍵をかけることにしました。

儘ならない現実を確認しただけで一人の時間は終わってしまい、夕食の時間になりました。考え込んだ時間が長かったせいか、自分で出した答えが不満なのか、抑えようとしている感情が抑えきれていないのか、何だか頭がぼぉっとしてモヤモヤとした気分が胸に渦巻いているような心地がします。

食欲がないまま食堂へ向かうと、ラザンタルクが早足で近付いてきました。

「ハンネローレ様、ケントリプスと話をする時間を取ったのですから、どうか私にも二人で話をする時間をください！」

興奮気味にやや顔を赤くして言っていますが、今はとてもそんな気分になれません。わたくしは首を横に振りながらコルドゥラが引いた椅子に座ります。

「わたくし、今はとても大事なことを考えているので、後日にしてくださいませ」

「その大事なことに私との会話も入れてほしいのです！」

断られても引き下がらないラザンタルクに周囲の視線が集まります。注目を集め、どうにも居た堪れない気持ちになった時、ケントリプスが呆れた顔で近付いてきました。

「ラザンタルク、ハンネローレ様を困らせるものではないぞ」

「一人だけお話をする時間を得たくせに最初から諦めている其方は黙っていてくれないか？」

ラザンタルクの声が大きい上にケントリプスに対して喧嘩腰の態度を取っているせいか、注目は集まるばかりです。わたくしが仲裁しようとしたところで、コルドゥラがわたくしの肩を軽く押さえ、ラザンタルク達の間に入りました。

「ラザンタルク、姫様は本日ローゼマイン様とのお茶会があったのですよ。それを二人の喧嘩で切り上げることになり、仲裁をなさいました。お疲れになっていることは見ればわかるでしょう？それに、貴方は謹慎《きんしん》が終わらなければ自由時間がありません。お話し合いは後日になさいませ」

コルドゥラに叱責《しっせき》されたラザンタルクは反論したくてもできないような顔で口を少し開け閉めし、言い足りないような顔を見せた後、おとなしく引き下がりました。

ラザンタルクとの話し合いを引き延ばせたことに少しだけ安堵しつつ、わたくしは自分の頬を少し押さえて表情を取り繕います。コルドゥラが「疲れているのは見ればわかる」と言ったのですから、気を付けなければ不快感が顔に出すぎているに違いありません。

食事が始まると、すぐに皆の意識は食事に向かいます。ゼレールネのサラダを食べながら周囲の様子を窺いますが、いつまでもこちらの様子を気にしている者はいません。ホッとしたら少し食が進むようになりました。わたくしは温かそうな湯気が出ているボーネルビスのスープを口に運びました。少し甘みのあるトロリとしたスープはわたくしのお気に入りです。ぐったりとした疲労感を覚える自分の体に、まるで癒しの魔術のように優しい甘みが広がっていきます。

「ハンネローレ様。少し伺いたいことがあるのですが、よろしいですか？」

こちらの様子を窺いながらアンドレアがおずおずと質問を切り出しました。わたくしが頷いて先を促すと、緊張が解けたような表情になって口を開きます。

「ローゼマイン様がクラリッサのことをどのように思っているかご存じですか？　その、浮かれて失敗続きで呆れられているとか、長々とした賛辞を述べすぎて疎まれているといったことはございませんか？」

アンドレアとクラリッサはそれほど仲良しという関係ではなかったはずです。わたくしはどうして彼女がそのようなことを気にするのか不思議に思いながら「クラリッサはいつも生き生きと楽しそうにローゼマイン様にお仕えしているようですよ」と答えました。

「あのクラリッサですから心配でしたが、ローゼマイン様がダンケルフェルガーの者を不快に思うことはないようで安心いたしました」

「あら、もしかしてどなたかがアレキサンドリアの方との縁組を望んでいるのですか？」

「友人のヘルルーガです。彼女は中級貴族なので、文官見習いのローデリヒ様かフェルディナンド様の側近であるライムント様と縁を結びたいと考えているようです。ライムント様は最終学年ですから、もうお相手が決まっているかもしれませんが……」

ヘルルーガの姉は確かクラリッサと仲の良い友人だったはずです。姉の伝手を使って、クラリッサに後援を頼みたいのでしょう。納得していると、アンドレアが「できれば、わたくしもローゼマイン様かフェルディナンド様の側近とお近付きになりたいです」と言い出しました。初耳です。

「アンドレアはアレキサンドリアに嫁ぎたいのですか？」

「ローゼマイン様とハンネローレ様の友情に貢献《こうけん》できる者が必要だとアウブからローゼマイン様かフェルディナンド様の側近と縁を結ぶことを推奨《すいしょう》されました。自分で選べることは嬉しいのですけれど、ローゼマイン様が重用《ちょうよう》する側近は中級貴族と下級貴族が多く、上級貴族のわたくしには良いお相手が見当たらないのです。先にアレキサンドリアへ嫁いだクラリッサが上手く縁を繋いでくれるとありがたいのですけれど……」

お父様はわたくしがダンケルフェルガーに残ることを前提に、側近にも縁談相手を勧めているようです。結婚相手はお父様が決めることなので、それを前提にするのは当然なのですけれど、何だか周囲を高い壁で囲まれているようなとても息苦しい気分になってきました。けれど、自分の父親が一方的に決める相手ではなく、領主の条件に沿う範囲ならば自分で相手を選べることを喜んでいるアンドレアにそんなことを言うことはできません。

「良いお相手が見つかるとよいですね」

「はい。今すぐではなくても、旧アーレンスバッハの貴族からも側近を取り立てると思うのです。そちらで上級貴族が選ばれることを願っています」

アンドレアが笑顔で頷くと、今度はルイポルトがわずかに身を乗り出しました。

「ハンネローレ様、今年も本の貸し借りをするためにエーレンフェストとお茶会の予定があると思うのですが、その際、エドゥアルトを推薦してやっていただけませんか？　彼はエーレンフェストと縁を結ぶことを望んでいます」

恋する相手がいるわけではなく、相応しい相手がいないかどうかヴィルフリート様かシャルロッテ様に尋ねてほしいと言われ、わたくしの喉がコクリと鳴りました。

「……今のお話の流れでそのような頼み事が出てくるということは、もしかして、お父様がエーレンフェストとも縁を結ぶように言っているのですか？」

お父様はエーレンフェストを重視していないはずです。そのようなことを言うはずがない、と思いながら尋ねると、ルイポルトはニコリと笑って頷きました。

「はい。領主会議に神殿長の衣装で出席されたエーレンフェストの領主候補生とルングターゼ様を娶《めあわ》せられないか考えていらっしゃるようです。そのためにもダンケルフェルガーの者を少しでもエーレンフェストと縁付かせたいのではないでしょうか」

頭が真っ白になりました。ダンケルフェルガーからエーレンフェストに領主候補生を嫁がせたいと考えているならば、お父様がエーレンフェストを重視していないと思ったわたくしが間違えていたのでしょうか。お父様がダンケルフェルガーとエーレンフェストの関係を望まないのであれば、わたくしは諦められたでしょう。けれど、ダンケルフェルガーの領主候補生がエーレンフェストの領主候補生に嫁ぐことを望んでいるならば、わたくしにも全く望みがないわけではありません。……ダンケルフェルガーの領主候補生がエーレンフェストへ嫁ぐ道があるならば、ルングターゼではなくわたくしでもよいではありませんか。

どうにも手の打ちようがないために諦めるべきだと押さえ込んでいた心の鍵が弾《はじ》け飛ぶ音が聞こえました。

……今の状況をひっくり返すことができるかしら？

わたくしは頬に手を当てて少し考えます。側近でありながら今までそのような情報を出さなかったルイポルトを見つめました。ルイポルトもわたくしがどのような反応を示すのか確認しているように、じっとこちらを見ています。

……側近達はここでわたくしがヴィルフリート様と星を結びたいと打ち明けたとしても、味方にはなってくれなそうですね。

瞬時にわたくしはそう判断し、少しでも多くの情報を得ることを優先させることにします。嫁盗りディッターの後の話し合いで、大領地との縁組をアウブ・エーレンフェストは渋っていました。わたくしは過去のアーレンスバッハとの縁談によってエーレンフェストの内情が大変なことになったことを聞きましたし、側近達はそれを知っているはずです。

……エーレンフェストの方針が変わったかどうか、わたくしは知らされていないけれど、側近達は知っているのかしら？

エーレンフェストの方針はわたくしの行動にとっても非常に重要な事柄です。

「ヴィルフリート様達に尋ねるのは構いませんが、エーレンフェストは大領地との縁組に慎重な土地柄でした。それは知っているでしょう？　情勢の変化でエーレンフェストの方針が変わったのであればよいのです。けれど、お父様の独断による暴走でエーレンフェストに迷惑をかける行為には協力できません。ルイポルトはお母様の許可が出ているかどうか知っていて？」

わたくしが軽く睨むと、ルイポルトは少し考える素振りを見せた後で頷きました。

「領主会議の後で言われ始めたことなので、ジークリンデ様もご存じでしょう」

……つまり、ローゼマイン様がアウブ・アレキサンドリアになったことによって、嫌でも上位領地との関係を持つことになったからエーレンフェストも方針を変える必要が出てきたのかしら？

わたくしは頭の中で入ってくる情報を吟味《ぎんみ》しつつ、安堵した表情をルイポルトに向けました。

「お母様がご存じならばよいのです。……ただ、わたくしが推薦してもエドゥアルトの件が上手くいくとは限りませんよ」

「それは構いません。上手くいかないことが早めにわかれば、エドゥアルトも対応を変えることが容易になりますし、そのようにアウブにお知らせしますから」

……エーレンフェスト側はルングターゼとの縁組を了承したわけではないのですね。

貴族院にも入学していない者達のお話なので、たとえ内密でも縁談がまとまるはずはないのですが、特にお話が進んでいる様子ではないことに安堵します。同時に、ダンケルフェルガーとの縁組がエーレンフェストに受け入れられているかどうかわからないままであることに焦りが湧いてきました。

……お相手を決めるために皆が一斉に動き出す社交シーズンまでに想いを伝えて条件を得なければ間に合わないのですよね？

ケントリプスはそう言いました。実際に行動を起こそうと思うと、彼の言葉や焦りがわかります。本当に時間がありません。

夕食を終え、食後のお茶を飲みながらわたくしはひたすら考えます。

……とりあえず、ヴィルフリート様を押さえ込んで条件を得るところから始めなければ！

やるべきことは一つですが、ヴィルフリート様は殿方です。それに、今は次期領主でなくなっていたとしても、それまでは次期領主としての教育を受けていたはずですから、女性で次期領主としての教育や訓練を受けていないわたくしでは勝てない可能性も高いでしょう。

……ヴィルフリート様は本物のディッターにも貴族街を守る立場で参加していたのですもの。

祝勝会で戦果を誇っていた彼の姿を思い出しました。同時に、エーレンフェストの領主になれなかったフェルディナンド様や、虚弱な上に女性の領主候補生だったローゼマイン様の戦いぶりも思い出します。エーレンフェストの領主候補生が強いことは一目瞭然《いちもくりょうぜん》です。ヴィルフリート様を押さえ込むためには、わたくしも全力で取りかかる必要があるでしょう。あらゆる手段を使って勝利を手にするエーレンフェストの領主候補生に勝たなければ、わたくしは求婚の条件さえ得られないのです。

……ヴィルフリート様から条件を得ることがわたくしにできるかしら？

あまりにも大変な状況に少し憂鬱な気分になりましたが、戦う場所や時刻、戦術の見極めなど、できる限り自分に優位な状況を作って勝利の可能性を上げるしかありません。

……求婚しようと思えば側近が邪魔になりますね。

ヴィルフリート様を押さえ込もうとすれば、わたくしの側近もヴィルフリート様の側近も当然のことながら止めようとするでしょう。彼等全てを相手にして勝利するのは不可能です。側近が必ずついて回る領主候補生ではとてもお相手の方から条件を得られると思えません。先達はどのようにしてこの問題を解決したのでしょうか。

……わたくしが知っている領主候補生の先達はマグダレーナ様だけなのですけれど、一体どのようにしてトラオクヴァール様から条件を得たのかしら？

マグダレーナ様が求婚した当時はダンケルフェルガーの領主候補生で、トラオクヴァール様は政変中の王族でした。今以上に警戒した護衛騎士達に周囲を守られていたはずです。一体どのようにしてトラオクヴァール様から条件を得られたのでしょうか。

……それがわかれば、わたくしも突破口が開けるのですけれど……。

「ハンネローレ姫様、お茶を飲み終わったのでしたらお部屋へ戻りませんか？」

「……そうですね」

コルドゥラの声にハッとしたわたくしは、空になっているカップを置いて立ち上がりました。

「あの、ハンネローレ様。何だか戦いに赴くような面持ちになっていらっしゃいますけれど……」

「そうかしら？」

側近からの指摘に首を傾げつつ、わたくしは意識的に体の緊張を解きました。側近達に警戒させることは得策ではありません。せめて、ヴィルフリート様のお気持ちを確認するまでは周囲に知られるわけにはいかないのです。

……わたくしの側近達が協力的であれば、かなり楽になるのですけれど……。

嫁盗りディッターの後で居心地の悪い思いをしていたわたくしですが、当然側近達もわたくしのせいで嫌な思いをしていました。主の評判に傷を付けた、とヴィルフリート様に対して怒っていた側近も多かったのです。

ダンケルフェルガーに留まるようにお父様が言い、婚約者候補が定められ、オルトヴィーン様の求婚やコリンツダウムの動向に神経を尖らせているコルドゥラに「ヴィルフリート様に求婚して条件を得たい」とは言えません。コルドゥラが望むのは、父親の定めに従って婚姻し、領地に貢献する領主候補生です。

……わたくし、自分の力で何とかしなければならないのですね。

当時、父親から内々に縁談のお話をされていたマグダレーナ様も今のわたくしと同じ状況だったでしょう。父親の言うままに婚姻するのが正しいのです。敢えて、親の示す道から外れようとすれば周囲はそれを止めようとします。その際は自分だけの力で状況をひっくり返すしかありません。ヴィルフリート様に嫁ぎたいならば、負けるわけにはいかないのです。

求婚

考えても良案が出ないまま、朝になりました。今日は水の日です。朝食を終えて講義へ向かうために玄関ホールへ向かうと、たくさんの学生達がいる中で、淡い緑の髪と明るいオレンジの髪が並んで扉近くにいるのが見えました。ケントリプスとラザンタルクです。二人のエスコートで講義へ行くことになっているので、わたくしはそちらへ向かって足を進めました。

「ハンネローレ様、何やらずいぶんと考え込んでいらっしゃるようですね」

「考え込んでいるようには見えませんが、元気がないのであれば朝食が足りなかったのではありませんか？」

手を差し出した二人を交互に見て、わたくしは図星だったケントリプスには何も答えず、女性に対して失礼なことを言うラザンタルクを睨みます。

「朝食が足りなかったのはラザンタルクではなくて？」

「えぇ、全く足りません。最近は食べても食べても、すぐにお腹《なか》が空《す》く気がします。貴族院にいるので普段より訓練の量は少ないのですが……」

「どれだけ作っても足りないだなんて、料理人達が嘆きますよ」

「それで、ハンネローレ様……。えーと、あ、いえ、教室へ向かいましょう」

二人に手を取られてわたくしは講義に向かいます。何か言いたそうにそわそわとしていたラザンタルクが意を決したようにわたくしを見ました。

「ハンネローレ様、次の土の日ですが、予定は空いていらっしゃいますか？　昨日は友人達が東屋《あずまや》に行ったそうです。雪の中にシュルーメの花が美しく咲いていたと聞きました。できれば、私もハンネローレ様と見たいと思いまして……」

東屋への誘いを受けて、わたくしは思わず目を見張りました。ずっと考えていた問題の答えが出たのです。

……あぁ、時の女神の悪戯する東屋でしたら……。

文官棟を通り抜けた更に奥には貴族院の学生達が逢瀬《おうせ》の時に使用する東屋がいくつかあり、それらには時の女神が悪戯をすると言われています。恋人同士で過ごす甘い時間は時の女神に悪戯されたようにあっという間に過ぎるという意味です。

それらの東屋はそれほど広くないので領主候補生がお互いの側近を全員入れるのは難しいという事情もあり、領主候補生も護衛騎士達を外して二人きりで会話ができます。すぐに駆け込める程度に少し離れるくらいなので完全に二人きりとは言い難いのですが、普段に比べると親密な会話をしやすいのは間違いありません。意中の相手をそこの場に誘えれば求婚の勝率は上昇します。

ただ、東屋へ向かうこと自体が恋愛関係にあることを周知するようなものです。どのようにしてヴィルフリート様をお誘いすればよいのか、新たな問題が持ち上がりました。

……困りましたね。

「今年は正当なツェントが就任したからか、去年に比べて花畑の範囲がずいぶんと広がっていて、使える東屋の数が増えたそうです。いかがでしょう？」
「ラザンタルク、意気込みはわかったが、もう少し人が少ないところで誘え。ハンネローレ様が固まっているぞ」
ケントリプスの言葉にわたくしは目を瞬かせました。周囲の側近達も困ったような苦笑している
ような微妙な表情になっています。コルドゥラが少し呆れた顔になりました。
「ラザンタルク。ケントリプスもいる状態で姫様がその誘いをお受けできると思いますか？」
「う……。ですが、ケントリプスはすでにハンネローレ様と二人だけで過ごす時間を与えられてい
るではありませんか」
「寮の会議室での事情聴取と東屋に行くのでは全く違うでしょう。……とはいえ、ラザンタルクの
言い分にも一理あります。姫様、ケントリプスを婚約者と決めていないならばラザンタルクも公平
に扱うべきです」
ラザンタルクのために時間を取るように言われ、わたくしは少し考えます。
「ケントリプスとの話は突発的に起こったことを利用されましたが、本来は面会予約を取ることで
すもの。三日後の夕食の後できちんと時間を取るのでいかが？」
「恐れ入ります」
ラザンタルクが嬉しそうに笑う後ろで、ケントリプスがそっと溜息を吐きました。おそらく彼に
はまだ優柔不断で自分の気持ちを定められない呑気《のんき》なお姫様だと思われているのでしょう。

講義の時間は側近達が教室にいないので、ヴィルフリート様とお話ができる絶好の機会です。教室内を見回しながらそう思ったところで、側近のいない隙を突かれてオルトヴィーン様に告白されたことを思い出しました。

……東屋まで移動しなくても、講義の後にお話の時間を取っていただければ意外と簡単に二人きりになれるのではないでしょうか。

自室で一人悩んでいた時には思い至らなかった環境が自分の周りにありました。もしかすると今日のわたくしには時の女神ドレッファングーアの御加護があるのかもしれません。何だか少し心が軽くなってきます。

……時の女神ドレッファングーアに祈りを捧げましょう！

まずは、エーレンフェストの内情を調べ、講義の後にヴィルフリート様にお時間を取っていただけるようにお願いしなければなりません。

……領地の方針が変わっていなければ、求婚しても意味がありませんもの。

大領地の妻は不要だとアウブ・エーレンフェストがおっしゃったのはそれほど昔のことではありません。教室に入ったわたくしはヴィルフリート様のところへ向かいました。

「ヴィルフリート様、エーレンフェストの貴族の婚姻におけるアウブの方針について話を伺いたいのですけれど、少しお時間をいただいてよろしいですか？」

「どのようなお話でしょう？」

教室でする話ではないと打ち切ることなく、会話を進めようとしてくれるヴィルフリート様に感謝し、わたくしは口を開きます。

「ダンケルフェルガーの貴族がエーレンフェストの貴族と縁談を望んでいます。こちらとしては社交シーズンまでに領地の方針を知りたいと思っています。実は、昨日のお茶会でエーレンフェストの事情も伺おうと思ったのですけれど、ローゼマイン様はアウブ・アレキサンドリアで他領の者になったから、とおっしゃったので質問できなくて……」

「あぁ、確かにそうですね」

そう言った後、ヴィルフリート様が何かを思い出したように少し笑いました。

「どうかなさいまして？」

「叔父上がアーレンスバッハへ行った時は、ローゼマイン様が考えなしにエーレンフェストの事情を流していたことに注意したものですが、今は立場を弁えているのだと思ったのです」

ヴィルフリート様はそう言った後、少し考える素振りを見せてわたくしを見ました。

「領地間の婚姻に関するお話は少し込み入りそうなので、できれば講義の後でお時間をいただけませんか？」

ヴィルフリート様が深緑の目を輝かせ、何だか少し楽しそうにそう言いました。まさかヴィルフリート様の方からお誘いを受けるとは思わなかったわたくしは、ドレッファングーアに祈りながら申し出を受けます。

「わたくしは構いませんけれど……」

「講義が始まった時に話をしているとアナスタージウス先生に叱られるではありませんか」

「確かにそうですね」

ふふっと二人で笑い合っていると、オルトヴィーン様が教室に入ってきました。わたくしとの話を終えたヴィルフリート様が軽く手を振りました。オルトヴィーン様がこちらへ歩を進めます。

「おはようございます、ヴィルフリート、ハンネローレ様」

「おはようございます、オルトヴィーン様」

「昨日はローゼマイン様とお茶会だったそうですね。アレキサンドリアの様子はいかがでした？」

「ローゼマイン様はフェルディナンド様に支えられて復興《ふっこう》を頑張っているようです。詳しいことはお話しできませんから、わたくしは自席へ戻りますね」

父親の定めた婚約者候補がいる以上、想いを寄せてくださったことが嬉しくてもオルトヴィーン様のお気持ちを受け入れるつもりがないならば余計な接触を持つべきではありません。わたくしは挨拶を済ませると二人から離れました。

「オルトヴィーン、ちょっと耳を貸してくれ」

何やら楽しそうな声が背後から聞こえてきます。屈託《くったく》なく仲良くできる二人の様子を何とも羨ましく思っているうちに講義が始まりました。

「はい？　今から東屋へ行くのですか？　その、領主候補生が、三人で？」

講義の後に東屋へ場所を変えて話をすることになったと伝えると、側近達は揃って驚きの顔になりました。驚くでしょう。わたくしも驚いています。どうしてヴィルフリート様とオルトヴィーン様とわたくしの三人で東屋へ向かうことになったのか、まだ理解できていません。

「社交が始まる前に話をする必要があるのだ。男女二人きりで東屋を訪れればいらぬ誤解もされるかもしれぬが、三人であればハンネローレ様の評判にも問題あるまい」

「ヴィルフリート様、お話をするだけでしたら、このように急に決めずにお茶会の日程を打ち合わせればよいではありませんか」

側近達の言葉をヴィルフリート様は笑顔で却下しました。

「お茶会室はダメだ。今ならば東屋からシュルーメの花が見えるらしい。私はまだ見たことがないのだ」

ヴィルフリート様の強い言い方に側近達が揃って呆れたような顔になりました。

「姫様は了承したのですか？」

コルドゥラがわたくしに視線を向けました。頷くしかありません。

「ルイポルトの意見を聞いて、ダンケルフェルガーの貴族の輿入れについてエーレンフェストの意見を伺いたいと言い出したわたくしがそもそもの発端なのです。でも、講義の後でお時間を取ってくださるとおっしゃったので、わたくしとしては教室でお話をするのだとばかり……」

他領の者がいる場であまり大っぴらには止められないせいでしょう。コルドゥラが叱りたいのを呑み込んだような顔でわたくしを見ています。これは寮へ戻ったらお説教確実です。きっと教室でも東屋でも了承したことに変わりはないと言いたいのでしょう。

……そのような怖い顔をしないでくださいませ！

　領地の方針を話題にしつつヴィルフリート様から条件を得ようと考えていたので、側近を排せる状況を望んでいました。その意味では教室でも東屋でも構いません。しかし、オルトヴィーン様が話し合いに同席するなんて、わたくしにとっても計算外なのです。

「ヴィルフリート様、オルトヴィーン様。婚約者候補である私が東屋へ同席することをお許しください。それが許されないのであれば、後日、改めて場を準備させていただきます」

「ケントリプス……」

「婚約者候補としてもダンケルフェルガーとしても、男女が二人で向かうと恋仲を誤解されるような場所に、ハンネローレ様をお一人で向かわせることはできません」

　ケントリプスの申し出にヴィルフリート様とオルトヴィーン様は顔を見合わせ、コクリと頷いて了承しました。

「ハンネローレ様の名誉のためならば仕方があるまい」

　わたくし、ヴィルフリート様、オルトヴィーン様の三人はそれぞれの側近達を引き連れて東屋へ向かって歩き出しました。

「ハンネローレ様、講義の後にお時間をくださったことを感謝しています」

「いいえ。元々はわたくしが質問したのですもの。わたくしこそヴィルフリート様に感謝しております」

「ドレヴァンヒェルとしても、ダンケルフェルガーやエーレンフェストの方針をなるべく早く知りたいと思っていたのです。助かります」

わたくしはエスコートしながら無言で隣を歩くケントリプスをちらりと見上げました。ケントリプスがそっとわたくしの手のひらに丸みを帯びた物を滑り込ませました。

「私がオルトヴィーン様を押さえます。ハンネローレ様はヴィルフリート様に専念してください」

予想外の言葉にわたくしは視線だけでヴィルフリート様とオルトヴィーン様を見ました。二人がケントリプスの言葉に気付いている様子はありません。つまり、手に握らされた物は盗聴防止の魔術具でしょう。

「……何のお話かわかりませんけれど……」

「夕食後も今朝もディッターに挑む騎士のような目をしていた方が何をおっしゃるのです？」

知らぬ振りをしてみてもケントリプスに通じなかったようです。

「……ケントリプス、わたくし、わかりやすかったですか？」

「いいえ。わかりやすければ、コルドゥラが力尽くで寮へ連れ帰ったでしょう」

どうやらケントリプスは周囲に知らせないまま、協力をしてくれるつもりのようです。ダンケルフェルガーがわたくしに婿を取らせようとしている今、ケントリプスにとっては非常に危険性が高い行為です。どうしてわたくしに協力してくれるのかわかりません。

……何故？

そう問いたくなりましたが、わたくしは問いを呑み込みました。今重要なのは、ケントリプスに問いかけることではないのです。ヴィルフリート様に求婚できそうな唯一の機会を逃さないようにすることでしょう。自分一人で何とかしなければならないと思っていましたが、協力してくれる者がいるのです。それだけでとても心強く感じられました。

「心強いです。ケントリプス、オルトヴィーン様をお願いします」

「その場合、オルトヴィーン様の求婚を退けることになりますが、よろしいのですか？」

「申し出は嬉しかったですし、断るにしても傷つけたくないとは思いました。けれど、わたくし、ヴィルフリート様に求婚できる数少ない機会を逃すことはできないのです」

「全力で補佐します」

そう言ったケントリプスがわたくしの手から魔術具を取り除きます。文官棟を抜けるようにして外へ出ると、周囲から雪が全く見えなくなりました。薬草園が広がり、その向こうには花畑まで広がっています。その中にいくつもの東屋が見え、東屋へ続く道が白い石でできていました。騎獣で上空から見たことはありますが、こうして東屋に来るのは初めてです。

「シュルーメの花が見えるのはどこの東屋だ？」

ヴィルフリート様が首を傾げてそう言いました。無理もないでしょう。貴族院には東屋がいくつもあります。ローゼマイン様によると、貴族院ははるか昔王族が住んでいた聖地だったそうです。広い庭があり、何らかの催しの際には休憩場所として使われたに違いありません。

「わたくし、シュルーメの花を目にしたことがありません。どのような花でしょう」

いくつかある東屋のどれが一番シュルーメの花を見られる場所か、すぐにはわからないと思っていると、ケントリプスとオルトヴィーン様が「こちらです」と一つの東屋を示しました。

「ケントリプスは知っているのですか？　ダンケルフェルガーでは見ない花でしょう？」
「今朝ラザンタルクがハンネローレ様をお連れしたいと言っていた東屋ですから。二人きりではありませんが、ラザンタルクがハンネローレ様とここにいる状況を少々気まずく思います」

ケントリプスの答えに、わたくしは二人で話をしたいとか東屋に行きたいと言い募っていたラザンタルクの勢いを思い出しました。

「……ラザンタルク、怒るでしょうね」
「では、引き返しますか？」

ケントリプスに問われましたが、ここで引き返す気にはなれません。彼の腕を指先で軽く叩いて、わたくしは示された東屋へ足を踏み出しました。

雪に覆われた貴族院の中で、そこだけ春の彩《いろど》りが見える不思議な庭。その庭でもシュルーメの花がよく見える白い東屋へわたくし達四人が入ります。側近達は東屋の周囲に立ちました。

「あれがシュルーメの花ですよ、ハンネローレ様」

オルトヴィーン様がそう言って一つの花を指差しました。細い花びらがたくさんついた赤い花で、わたくしの手のひらほどの大きさです。十から二十くらいの花が固まって咲いています。

「この辺りは去年まで雪に埋もれていた場所で、今年初めて見ることができた花です。ドレヴァンヒェルの北西に群生していて、下級騎士の痛み止めにも使われます。雪がなくなると咲く花なのでフリュートレーネに救い出されたゲドゥルリーヒというお話があるほどです」

「とても美しい赤ですもの。ゲドゥルリーヒと言われても納得できます」

オルトヴィーン様のお話を聞きながらシュルーメの花を眺めていると、ケントリプスが軽く息を吐いてわたくしの手を取りました。

「シュルーメの花を見たのでしたらハンネローレ様はこちらへ。側近達をこれ以上困らせないように、お話を早く終わらせましょう。オルトヴィーン様はこちらにお願いします」

ケントリプスはわたくしを座らせると、オルトヴィーン様を一番離れた席に案内しました。ヴィルフリート様が不満そうに眉を寄せます。

「何故其方が席を決めるのだ？」

「婚約者候補がいることを知りながらハンネローレ様に求愛した方を近付けることはできません」

ケントリプスに反論されたヴィルフリート様は少し不満そうにわたくしの隣に座りました。上級貴族が差し出がましいことを口にしていると思っていらっしゃるのでしょう。

ケントリプスがちらりとわたくしを見ました。わたくしがヴィルフリート様を押さえ込み、ケントリプスがオルトヴィーン様を抑えるために都合の良い場所になっています。

……座ったままでは無理ですね。少し腰を浮かして体を捻《ひね》り……。

隣とはいっても少し距離が離れています。どのように動けばヴィルフリート様を逃がさずに押さえ込めるのか、目測で距離を測り、頭の中で効率の良い動き方を考えていると、オルトヴィーン様が盗聴防止の魔術具をわたくしとヴィルフリート様に差し出しました。

「ハンネローレ様の名誉のため、東屋に同席することは許したが、話は領主候補生で行うことだ。

それは呑み込んでほしい」

ケントリプスが了承したのでわたくしは盗聴防止の魔術具を手に取り、朝の会話を始めます。

「婚姻を希望するダンケルフェルガーの貴族が、ヴィルフリート様やシャルロッテ様からご紹介をいただきたいそうです。でも、以前お話をした限りでは、アウブ・エーレンフェストは大領地との縁談をお望みではなかったでしょう？」

「そうなのか？　ドレヴァンヒェルにもエーレンフェストの貴族に興味を持っている者は何人かいるのだが……」

わたくしの質問に、オルトヴィーン様が興味深そうにヴィルフリート様を見ました。大領地という括《くく》りになればドレヴァンヒェルも同じです。

「エーレンフェストの方針によっては、わたくし、領主候補生として彼等に説明し、ご迷惑をかけないように立ち回るつもりです。そのためにも教えてくださいませ」

「恐れ入ります。アレキサンドリアとの関係上、エーレンフェストは上位領地の振る舞いを覚えていかなければならなくなりました。ツェントとの約束によりエーレンフェストから貴族を出すことはできませんが、ダンケルフェルガーを始めとした上位領地の輿入れをアウブ・エーレンフェストは歓迎するつもりです」

ヴィルフリート様は笑顔でそう言いました。やはりアレキサンドリアの誕生によってアウブ・エーレンフェストは方針を変えざるを得なかったようです。エーレンフェストが上位領地との関係を望み、ダンケルフェルガーがエーレンフェストとの繋がりを必要としているならば、わたくしは求婚によって利を配れるでしょう。

「そうですか。では……」

わたくしは少し腰を浮かせ、できるだけ素早い動きでヴィルフリート様に体重をかけてのしかかり、反撃されないように押さえ込みます。驚きに大きく見張られた深緑の目が間近にありました。

「わたくし、ヴィルフリート様の光の女神になりたいと思っています。わたくしに求婚の条件をくださいませ」

何が起こっているのかわからないようなポカンとした深緑の目が間近にあり、何度か瞬きをしました。わずかに開いていた唇が震えるように少し動き、「な、何が……」という小さな呟きが漏れました。そんな自分の声で我に返ったのか、ヴィルフリート様がケントリプスやオルトヴィーン様を気にして視線を動かし始めます。くっと動いたヴィルフリート様をわたくしは押さえ込みました。

「ヴィルフリート様、わたくしに条件をくださいませ」

「……条件？　条件とは一体……？」

ヴィルフリート様はただ困惑しているだけで、求婚の条件も断りの文句も口にはしません。押さえ込んだまま、どうすればよいのかわたくしは一瞬迷います。

「ハンネローレ様、ヴィルフリートはダンケルフェルガーの求婚をご存じないのでは？」

こちらの様子を窺うオルトヴィーン様の冷静な声に、東屋の外にいる護衛騎士達の困惑したような声が被《かぶ》さります。

「ハンネローレ様⁉」

「ヴィルフリート様、どうなさいましたか⁉」

東屋には壁もあるので、外から見えるのは肩から上くらいです。護衛騎士達からはわたくし達の姿が突然見えなくなったからでしょう。焦りを含んだ声が近付いてくるのがわかりました。

「こちらは問題ありません。少しハンネローレ様が体勢を崩されただけです。……大丈夫ですか、ハンネローレ様？」

盗聴防止の魔術具を手にしていないケントリプスが護衛騎士達に向かって軽く手を振りながら、わたくしに起き上がるようにもう片方の手で示します。クラリッサの求婚があったことでエーレンフェストでも知られていることを前提に求婚を行いましたが、それが違っていたのでは意味がありません。

「ヴィルフリート様、大変申し訳ございませんでした。支えてくださってありがとう存じます」

護衛騎士達に聞こえるように盗聴防止の魔術具から手を離して起き上がると、わたくしはヴィルフリート様から少し離れて座り直しました。怪訝《けげん》そうな顔でわたくしを見ながらヴィルフリート様もゆっくりと起き上がります。

「ヴィルフリート様、お怪我は⁉」

「ない。大丈夫だ。まだ話が終わっていないから其方等は下がっていろ」

「かしこまりました」

ヴィルフリート様は自分の護衛騎士達を下がらせると、一人だけ状況が呑み込めていないことに明らかな困惑顔で東屋の中を見回しました。オルトヴィーン様はわたくしを見ながら少し肩を竦《すく》めます。何か企《たくら》んでいるような口元が目に付きました。

「……わかっていないのは私だけのようだな」

困惑した顔から説明を求める顔になり、ヴィルフリート様はケントリプスにも盗聴防止の魔術具を差し出します。

「……其方の話を聞く必要もありそうだ」

「恐れ入ります」

東屋にいる四人全員が再び盗聴防止の魔術具を握ったことを確認してから、ヴィルフリート様がゆっくりと息を吐きました。

「私以外は全員がこの状況を理解しているように見えるが、間違いないか？　一体何が起こったのだ？」

「やはり知らなかったか……。ダンケルフェルガーの女性が父親の意向に背いて、意中の相手との縁を得るために行う求婚だよ」

オルトヴィーン様の簡潔な説明に、ヴィルフリート様はそこで初めてわたくしに求婚されたことに気付いたようです。バッと振り向いて大きく目を見開いてわたくしを見、その後、ものすごく居心地の悪そうな顔になってオルトヴィーン様やケントリプスを見ました。

「ハンネローレ様が私に⁉　そ、其方等、何故そのように平然としていられるのだ⁉」

わたくしが何をするのか気付いていたケントリプスはともかく、オルトヴィーン様の落ち着きぶりはわたくしにも意外です。オルトヴィーン様は面白がるような笑みを浮かべました。

「何故と言われても……。まぁ、衝撃は衝撃だったよ。だが、私はハンネローレ様に対して似たようなことをしたからね。意趣返《いしゅがえ》しかと考えれば少しは冷静になれたよ」

「似たようなこと……？」

ヴィルフリート様は怪訝そうに首を傾げましたが、わたくしは軽くオルトヴィーン様を睨みました。今しか機会がなかったため、図らずもそういうことになりましたが、別に意趣返しのつもりはなかったのです。

「……それに、こちらにも多少の勝機が見えたからね」

何の勝機でしょうか。わたくしにはオルトヴィーン様の薄い茶色の目が何だか怖く思えます。

「私は元々ハンネローレ様に協力するつもりで同行しましたから」

「婚約者候補ならば止めるものではないか。何故……」

「私には私の理由がございます。ヴィルフリート様にご理解いただこうとは思いません。むしろ、こちらとしてはヴィルフリート様がダンケルフェルガーの求婚についてご存じないことが驚きでした」

ケントリプスの言葉にオルトヴィーン様が少し眉を上げました。

「ハンネローレ様、少々先走りすぎではございませんか？　ヴィルフリートは嫁盗りディッターの詳細についても知らなかったのだから、求婚を知らなくても不思議はないでしょう？」

「そうかもしれません。けれど、ヴィルフリート様がそれをご存じなのかどうか探りを入れる手段も時間もありませんでしたから……」

わたくしはそう言いながら、後押しをしたケントリプスに視線を向けました。ケントリプスが腕を組んで少し考えるようにしながらヴィルフリート様を見つめます。

「求婚の条件を達成することで、クラリッサはローゼマイン様の側近と婚約しました。当時はヴィルフリート様とローゼマイン様が婚約中でしたから、まさか知らないと思わなかったのです」

「あぁ、ダンケルフェルガーの女性がその手段を使ってローゼマイン様の側近に入っていたのですか。それでは確かに勘違いをするかもしれませんね」

なるほど、と納得するオルトヴィーン様と違い、ヴィルフリート様は納得できないようで不可解そうな顔をしたままです。オルトヴィーン様が軽く眉を上げました。

「婚約者の側近に他領の者が入るのだぞ。夫婦となれば側近を共有することもあり得るのだから、ただの婚約ではなく他領の者が側近入りを希望して許可を得た以上、普通は調べるなり話を聞くなりするではないか」

ヴィルフリート様は悔しそうに顔を顰めて呻くように「……私は知らぬ」と呟きました。

「クラリッサは領地対抗戦でローゼマイン様に挨拶に行き、そこで馴れ初《そ》めを尋ねられ、アウブや後見人からの指示で彼女に関する調査が行われたくらいです。当然ヴィルフリート様はどのような経緯で婚約が決まったのか、知っているものだとこちらは判断していました」

ケントリプスの言葉にヴィルフリート様は苦々しそうに「私はローゼマインからの報告を受けていない」と言いました。

……何故あの頃次期アウブでローゼマイン様の婚約者だったヴィルフリート様がご存じないのか

しら？

ひどく不思議な気分になりました。クラリッサは「ローゼマイン様に馴れ初めを尋ねられて少々恥ずかしかった」と寮で得意そうに公言していました。それもあって、エーレンフェストで求婚の条件を得たことが全く知られていないとは思わなかったのです。

「今まで知らなかったことについて今更何を言っても仕方がない。それよりも今後のことだ。ヴィルフリートはハンネローレ様の求婚を受けてどうするのだ？」

オルトヴィーン様が薄い茶色の目を鋭く光らせました。ヴィルフリート様はその様子を決まり悪そうな顔でちらちらと見ながら、「……ハンネローレ様の行動は、私への求婚で本当に間違いないのですか？」とわたくしに確認します。

求婚の条件を求める意味を知らない相手を押さえ込んだわけですから、できることならば、間違いだったことにしてしまいたいです。けれど、ここで逃げたら二度とわたくしが求婚の条件を得る機会は巡ってこないでしょう。

「間違いありません。わたくしに条件をください」

ヴィルフリートの返答

わたくしが条件を求めると、ヴィルフリート様は更に困った顔になって額を押さえ、ゆっくりと息を吐きました。

「ハンネローレ様、条件を出せない場合はどうすればよいのでしょう？　私がハンネローレ様を娶ることはできません」

「……え？　ですが、エーレンフェストは上位領地との縁を望んでいると……」

断りの言葉に頭が真っ白になってしまったわたくしと違い、オルトヴィーン様は面白がるように唇の端を上げました。

「何故だ、ヴィルフリート？　ハンネローレ様との縁を得れば、次期領主になることも難しくないではないか。ローゼマイン様との婚約解消によって失ったものを取り戻せるぞ」

「私が次期領主になることを誰も望んでいないからだ」

ヴィルフリート様はオルトヴィーン様に向かってキッパリとそう言いました。その言葉でヴィルフリート様を次期領主に望んでいるわたくしも同時に切り捨てられていることがわかってズキリと胸が痛みます。

「……誰も、ではございません。わたくしは望んでいますし、ヴィルフリート様に望んでほしいと思っています」

わたくしがそう言うと、ヴィルフリート様が信じられないというように目を丸くしました。それから、少し恥ずかしそうな深緑の目が言葉を探すようにさまよいます。そのせいか、わたくしの方もひどく落ち着かない心地になってきました。

「あ、えーと、ハンネローレ様。あまりにも突然のことに驚きましたが、ハンネローレ様のお気持ちはありがたいです。正直な気持ちを告白すれば、ローゼマインとの婚約中はハンネローレ様のような方が婚約者であればどれほどよかったか、と思ったことは何度もあります」

「ヴィルフリート様……」

まさかローゼマイン様との婚約中にヴィルフリート様がそのように考えてくださったことがあるなんて思いも寄りませんでした。花の女神エフロレルーメが舞い始めたような心地で見つめると、ヴィルフリート様がはにかむように微笑みました。

「その、私が誰かに想われるということを今まで想像できなかったので、本当に嬉しく思います」

そこで言葉を切ると、ヴィルフリート様は言うべきか言わざるべきか躊躇《ちゅうちょ》するように一度俯きました。

「……ですが、今の私はハンネローレ様を望む資格がありません」

「え？」

目を瞬かせる一瞬で氷雪の神シュネーアストが訪れ、エフロレルーメを吹き飛ばしました。心の芯から凍り付くような冷たさに唇が震え、何を言えばよいのか言葉さえ思い浮かびません。

「資格がないというのは次期アウブではなくなったから、という意味かい？　それならば、ハンネローレ様を娶れば……」

「それだけではない。違うのだ」

オルトヴィーン様の言葉を強く否定し、ヴィルフリート様が今のご自分の立場について話し始めました。

「エーレンフェストではメルヒオールとシャルロッテが次期領主を争い、私は成人したらゲルラッハとその周囲をまとめた土地のギーベになることが決まった。領地内、他領を問わず、上級貴族のギーベの娘から妻を娶るように私は父上から命じられている」

「……決まったというのはどういうことだ？　ローゼマイン様との婚約解消によって次期アウブではなくなったと聞いたが、まさか次期アウブを争う立場に戻るのではなく、完全に次期アウブの候補から外されたのか？」

オルトヴィーン様の疑わしそうな声にヴィルフリート様はゆっくりと頷きます。わたくしは思わず口元を押さえました。

「そんな……。それでは、まるでヴィルフリート様が罪でも犯したような扱いではありませんか」

実の父親であるアウブ・エーレンフェストからそのような仕打ちを受けて、ヴィルフリート様はどれほど傷ついたでしょう。

「私は幼い頃に領地内で罪を犯し、ローゼマインの取り成しで赦《ゆる》されました」

「……それでは、ローゼマイン様とヴィルフリート様の婚約にずいぶんと深い意味があったということではありませんか」

犯罪の赦しが関わるならば、普通の政略結婚と異なります。ダンケルフェルガーや王族からローゼマイン様とヴィルフリート様の婚約解消の申し入れがあった時も、アウブ・エーレンフェストは到底受け入れられなかったでしょう。

「領地内の派閥争いという点で考えると、私は最も不利な立場にいます。ローゼマインとの婚約はその不利を補うために行われましたが、色々な事情から解消することになりました」

様々な意味があったけれど、自分の不利を補うための婚約が苦痛で仕方がなかったこと、「次期アウブになれ」と言われ続けてきたけれど、自分の希望ではなく婚約の意味がわからなくなったことなどを、言葉を選びながらヴィルフリート様が語ります。

……なんてお可哀想《かわいそう》な立場でずっと我慢してこられたのでしょう。

「私には苦痛の多い婚約だったので、婚約解消自体は歓迎しています。私とローゼマインは兄妹であることが一番良かったのです。ローゼマインは以前ツェントの養女になることを望まれ、内々の婚約解消をツェントから命じられました。その際、私は父上から一年間の猶予《ゆうよ》が与えられました。この先、どのように過ごしたいのか考えろと言われたのです」

婚約を解消すればヴィルフリート様が次期領主ではいられなくなりますが、ツェントからの申し入れを断ることはできません。アウブ・エーレンフェストにも葛藤《かっとう》があったでしょう。ローゼマイン様のお立場だけを考えていたあの頃と違って、今ならば少しは理解できる気がします。

「しかし、領主会議でローゼマインがツェントの養女ではなく、アウブ・アレキサンドリアになりました。領主会議の後、私は父上から今後どうするのか尋ねられました。一年の猶予を終えたけれど、私はまだ明確な答えを出していませんでした」

すると、アウブ・エーレンフェストは答えの出せないヴィルフリート様に「ギーベになるように」と命じたそうです。

「ハンネローレ様がダンケルフェルガーの騎士達を率いて赴いたゲルラッハは、隣接するライゼガングと昔から反《そ》りの合わない土地でした。復興のためにライゼガング系の貴族を入れても、下の者が動かないのです。また、ギーベの館を修理したりアレキサンドリアとの窓口になったり、領地の南側に目を光らせたりするためにも、領主候補生である私がギーベに適任とされました」

ヴィルフリート様の説明を静かに聞いていたオルトヴィーン様が少し首を傾げました。

「領地の事情がある程度伏せられているから細かい部分がよくわからないが、領主候補生をギーベに任命した方がよいことはわかったよ。だが、その土地はヴィルフリートが成人するまであと一年以上も待てるのかい？　戦いで荒れた土地ならば成人している他の領主一族をギーベに任じた方がよいのでは……？」

「エーレンフェストには他に成人した領主一族がおらぬ。引退したボニファティウス様だけだが、領主会議などで父上が城を空ける際に代理を行う補佐役で、ギーベに任命できる立場ではないのだ。それに、ボニファティウス様の家系はライゼガング系が強い。私が選ばれた理由は、領主候補生の中で最も成人に近くて派閥が違うことが大きいのだ」

たくさんの領主一族を抱えるドレヴァンヒェルやダンケルフェルガーと、エーレンフェストには大きな違いがあることを思い知らされます。ヴィルフリート様が成人と同時にギーベに就任しなければならないほど厳しい領地の事情に眉を寄せました。

「同腹の弟妹《ていまい》と派閥が違うのかい？　珍しいな」

「私は生後半年ほどから祖母に育てられたから、母上の子の中で私だけ派閥が違うのだ」

「それは……」

オルトヴィーン様の驚きが混じった声に、わたくしも思わず頷きました。そのような育てられ方をすれば、同母の兄弟でありながら異母兄弟のような育ちになるではありませんか。ヴィルフリート様以外の子が母親の下で普通に育てられているのですから、母親が好んで我が子を手放したとは思えません。

……なんてひどいことを……。

口にこそ出しませんでしたが、わたくしの心にはヴィルフリート様のおばあ様に対する怒りが沸き上がってきました。

「他領からは神殿長職をローゼマインから引き継いだメルヒオールが次期アウブと目されています。お祈りによって御加護の数の変化が出るとわかっていて、成人の頃にシュタープを得る世代です。父上がまだ若い以上、今シャルロッテがいくら頑張ったとしても次期アウブはメルヒオールが一番有力だと私は思っています」

シャルロッテ様は女性ですし、一年生でシュタープを得ている世代です。早急に領主を交代しなければならない事情があるならばともかく、メルヒオール様に比べると圧倒的な不利は否めません。

「いずれにしても次期アウブを支える領主候補生は必要です。それはこの先できるかできないかわからない第二夫人の子より、同腹の兄姉の方が色々な意味で安心できます。メルヒオールを支える補佐として貴族街に残ることを考えると、私よりシャルロッテの方が向いています。シャルロッテは補佐が得意ですし、同性の年上で派閥の違う私が残るより諍《いさか》いが起こる確率は低いですから」

ご自分がギーベになることで一番エーレンフェストが丸く収まるとヴィルフリート様はおっしゃ

います。しかし、それで本当に彼自身が納得しているかどうか、今の笑顔からは読み取れません。

「ヴィルフリート、其方の予想が正しいとは限らぬ。貴族院で優秀な成績を収めている其方よりメルヒオール様の方が優秀に育つかどうかわからないではないか」

オルトヴィーン様の言葉にヴィルフリート様は何を思い出したのか、苦い笑みを浮かべながら首を横に振りました。

「いや、私の弟は優秀だ。本当に。……ローゼマインを目標にして必死に努力している。あの真剣さは私にはない。メルヒオールはこのまま育てば良い領主になれると思う」

ふぅ、と軽く息を吐いたヴィルフリート様がわたくしを見つめました。先程のはにかむような照れた顔はなく、様々なものを諦め、現実を受け入れた顔をしています。

「ハンネローレ様が領主候補生ではなく上級貴族の娘であれば、もしくは、メルヒオールやシャルロッテの立場を脅《おびや》かすことがない下位領地の領主候補生であれば、私は喜んで貴女の手を取ったでしょう。せめて、ハンネローレ様のお気持ちを知ったのが一年前であれば、死に物狂いで次期アウブを望んだかもしれません。けれど、自分で選択できる一年は過ぎ、すでにアウブ・エーレンフェストから命令が下されました。ハンネローレ様は第一位になったダンケルフェルガーの領主候補生です。中領地のギーベに嫁げる方ではありません」

「……そうですね」

ランツェナーヴェの侵攻がなければ、ダンケルフェルガーが第一位になることもなく、わたくしが女神の化身の親友と知られる範囲も広くなかったでしょう。ゲルラッハの土地が荒らされることはなく、急いでギーベを任じる必要もなかったはずです。領地の事情がない普通の領主候補生の立場であれば、ヴィルフリート様は次期領主を望んでくださったかもしれません。

……あまりにも間が悪いのではないでしょうか。

「ダンケルフェルガーの姫を次期アウブの第一夫人として娶ることは、これからのエーレンフェストのためになります。けれど、ギーベとなる私の妻にダンケルフェルガーの領主候補生は不要です。メルヒオールの第一夫人の立場が揺れ、余計な騒動の種になりますから」

……わたくし、エーレンフェストに騒動を持ち込みたいわけではないのです。

エーレンフェストを困らせたくはない。その気持ちに変わりはありません。わたくしはグッと奥歯を噛み締めました。わたくしをギーベになるヴィルフリート様の第一夫人にすることを望む者は、ダンケルフェルガーはもちろんエーレンフェストにもいないでしょう。

「ハンネローレ様、大変申し訳ありません。私はエーレンフェストの領主候補生です。領地に不和や騒動の種を持ち込むつもりはありません」

ヴィルフリート様が次期領主を望んでくださるならば、できる限りのお手伝いをしました。もし、領地を捨ててダンケルフェルガーへの婿入りを望んでくださるならば、わたくしは全力を尽くして周囲を説得したでしょう。けれど、領主の命令を受け入れ、ギーベになることを固く決意しているならばどうしようもありません。わたくしが嫁いだところで、どこにも利益を配ることができませんから。

「……そう、ですか」

どうなっていれば結ばれることがあったのか、ぐるぐると取り留めのない思考が頭を回ります。それと同時に、魔力が体の中を巡り始めました。

嫁盗りディッターに続いて、わたくしの存在は必要ないと二度も断られたせいでしょうか。それとも、ここ数日間ずっとヴィルフリート様のことばかりを考えていたせいでしょうか。心に大きな穴が開いたような心地がして、そこから溢れ出すような勢いで体内の魔力が膨れ上がります。

「……ハンネローレ様、大丈夫ですか？」

ケントリプスに声をかけられ、わたくしはコクリと頷きました。感情を荒らげないようにして魔力を抑え込みます。ここで取り乱すことはできません。お守りのある手首を握る手に、わたくしは力を入れました。

「ハンネローレ様、側近達がそわそわとした様子でこちらを窺っています。今日のお話は終わりにしましょう」

盗聴防止の魔術具を置いてオルトヴィーン様が立ち上がると、ヴィルフリート様も頷いて立ち上がりました。わたくしもケントリプスも盗聴防止の魔術具を置きます。

「時の女神ドレッファングーアの本日の糸紡ぎに祈りと感謝を捧げましょう」

偶然とはいえ、大事なお話ができました。そんな思いを込めた挨拶の言葉に、何故かわたくしの手首のお守りが光り始めました。コルドゥラが作ってくれた時の女神ドレッファングーアの記号が刻まれたお守りです。魔石が強く光り、黄色の光が魔石から飛び出して東屋の天井に立ち上ります。わたくし達が呆然と天井を見上げている内に、細い黄色の光が東屋の天井に魔法陣を描き始めました。

「何だ、これは⁉」

「何が起こっているのですか⁉」

護衛騎士達が東屋に駆け込んでくるのと、完成した魔法陣がカッと光るのはほぼ同時でした。その瞬間、何もない白い世界にわたくしは立っていました。

ドレッファングーアの紡ぐ糸

何が起こったのかわかりません。わたくしが身構えつつ白い世界を見回していると、不意に目の前に淡い黄色のヴェールをかぶった女性が現れました。高い位置で髪を結っているのがヴェールの形からわかります。顔の上半分は見えなくて、唇より下が見えるだけです。けれど、彼女からはわたくしが認識できるようで別方向を向くこともなく、こちらを見ています。近くにいるだけで逃げ出したくなるような圧力を感じ、何だか息苦しいような気分になってきました。

「ハンネローレ、貴女がわたくしに魔力を以《もっ》て呼びかけてくれて助かりました」

……呼びかけて？　まさか時の女神ドレッファングーア⁉

思い返せば東屋で女神の名を口にした途端、わたくしの魔力によって魔法陣が浮かび上がりました。わたくしは別に呼びかけたわけではなく、別れの挨拶をしただけのつもりだったのですが、時の女神の御名《みな》を口にしたのは事実です。目の前にいる女性が時の女神ドレッファングーアであることは間違いないでしょう。向かい合うだけで胸が押さえつけられているような重いほどの圧倒的な御力が、彼女が女神であることを裏付けています。

……時の女神の悪戯する東屋が、比喩《ひゆ》ではなく本当に女神と繋がる東屋だったなんて……！

「少し体を貸してくださいませ、ハンネローレ。メスティオノーラの書を持つツェント候補を呼び出さなければなりません。本来ならば、貴女の体を借りなくても呼びかけられました。けれど、今の彼女は強固な結界に阻《はば》まれていてわたくしの声も手も届かないのです。困ったこと」

今までに神々を降ろしたことがあり、強固な結界で守られているということはローゼマイン様でしょう。わたくしの知る限りですけれど、女神の声が届かないほど強固に守られている方が他にユルゲンシュミットにいるとは思えません。しかし、メスティオノーラの書を持つ者を呼ぶ際にツェントではなくツェント候補を呼ぶ意味がわかりません。

「……あの、ドレッファングーア様。ツェント・エグランティーヌではなく、ローゼマイン様で間違いありませんか？」

「えぇ。ローゼマイン、あの者はそのように呼ばれていますね」

唇が笑みの形になりました。エグランティーヌ様がツェントとして即位しましたが、神々にとっては未だにローゼマイン様がツェント候補なのでしょうか。エグランティーヌ様はローゼマイン様からグルトリスハイトを譲られました。けれど、もしかしたら神々からはツェントとして認識されていないのでしょうか。ローゼマイン様が王族と共に神々を謀《たばか》っているのに自分も知らずに加担しているようで、何とも言えないもやもやとした苦い気分が胸の内に広がります。

「ローゼマインをここに連れてくることができなければ、紡がれた歴史が二十年以上、崩れて消えてしまいます」

心に広がるもやもやした気分を一気に吹き飛ばすような信じられない言葉を聞いて、わたくしは目を見開きました。

「二十年以上の歴史が……消えるのですか？」

「この事態に関与できるのは、メスティオノーラの書を持つツェント候補だけなのです」

何が起こっているのかわかりませんが、歴史が二十年以上も消えるなんてとんでもない事態です。ローゼマイン様以外に関与できる者がいないならば、女神様に呼んでもらうしかありません。

「ドレッファングーア様、わたくしの体でよろしければローゼマイン様を呼び出すためにお使いくださいませ」

わたくしが了承すると、時の女神は「助かります」という声を残し、ヴェールを揺らしてフッと姿を消しました。

……簡単に了承してしまいましたが、わたくしの体は女神様を受け入れても大丈夫なのでしょうか？　ローゼマイン様と違って適任とは言えないようですけれど……。

真っ白の世界の中でぼんやりとそんなことを考えながら時の女神がローゼマイン様を呼んでくるのを待っていると、二人が突然姿を現しました。無事にローゼマイン様を呼び出せたようです。

「ハンネローレ様、ご無事ですか⁉」

新しい騎獣服でしょうか。胸元にずらりと魔術具の筒を差し込めるようになっている珍しい形の衣装を身にまとい、ローゼマイン様が血相を変えて駆け寄ってきました。髪は後ろで一つにまとめられていて、虹色魔石の髪飾りはついていますが、いつもの花の飾りが見当たりません。

……魔術具や魔石などをたくさん身につけていて、まるで武装しているようですね。神々に呼び出されたというのに、ずいぶん物騒な……。

そう考えたところでハッとしました。ローゼマイン様はこれから二十年以上の歴史が消えようとしている事態を防がなければならないのです。何があるのかわかりません。武装は必要でしょう。

「神々に何もされていらっしゃいませんか⁉　苦痛や記憶障害などは⁉」

ローゼマイン様がわたくしを上から下まで何度も確認していますが、わたくしには苦痛も何もありません。

「ご心配には及びません。わたくしはここでドレッファングーア様に体を貸し、二人が戻ってくるのを待っていただけですから」

「では、問題はこの後ですね。時の女神が降臨したのです。ハンネローレ様の体には女神の御力が残っているでしょうから、日常生活に支障を来《きた》す可能性が高いのです。銀の布の手配をエグランティーヌ様にお願いしなければなりませんね」

「え？　日常生活に支障があるのですか？」

ローゼマイン様の心配にわたくしが不安になっていると、ドレッファングーアが少し首を傾げました。ゆらりとヴェールが揺れますが、その面立ちは全く見えません。

「ハンネローレは貴女と違って、わたくしの力を受け取りにくく、魔力がとても染まりにくい性質です。わたくしの力が残るとしてもごくわずかでしょうし、すぐに消えると思いますよ。あの時と違って力を送り込んだわけでもありませんし……」

「では、ハンネローレ様の記憶などに障害が残る確率はどのくらいでしょう？」

「こちらが協力を求めたのですから、メスティオノーラと違ってわたくしは何もしていませんよ。貴女を呼び出したかっただけですもの」

色々と質問していたローゼマイン様が安堵したように胸を押さえて息を吐き、その後、少し顔を曇らせました。

「フェルディナンド様のお守りに神々の招きが阻まれていたため、ハンネローレ様を巻き込んでしまったようです。本当に申し訳ございませんでした。記憶が消されるという事態は回避できたようですけれど、日常生活には支障があると思います。女神の御力の影響があることはもちろんなのですけれど、ハンネローレ様が時の女神の化身だとすでに大騒ぎになっていますから……」

東屋で意識を失ったわたくしに時の女神ドレッファングーアが降臨したのです。その場にはダンケルフェルガーの者だけではなく、エーレンフェストとドレヴァンヒェルの者達がいました。東屋は文官棟の近くなので、他領の文官達や文官棟で過ごしていた教師達には女神が降臨した際の光がよく見えたそうです。

……それは大騒ぎになるでしょう。自分の体に戻るのが怖いです！

「ドレッファングーア様、ハンネローレ様を巻き込んでまで、わたくしを呼び出した理由を教えてくださいませ。二十年分の歴史が崩れるとか、フェルディナンド様の一大事とおっしゃいましたけれど……」

キッと強い瞳で女神を見据えるローゼマイン様が非常に不敬に思えてハラハラしましたが、問われた女神は意にも介さぬ様子です。しかし、その答えはわたくしの理解の範疇《はんちゅう》を超えていました。

「わたくしが人の運命の糸を紡いでいることはご存じかしら？」

「ユルゲンシュミットに神話で伝わっている範囲しか存じませんけれど……」

「わたくしの紡ぐ数多《あまた》の運命の糸を神具の織機にかけて交わらせ、歴史を織るのがヴェントゥヒーテだということは？」

「メスティオノーラの書には載っていましたから、おおよそは存じています」

ローゼマイン様は頷いていますが、わたくしはヴェントゥヒーテが運命の糸を織り、歴史を紡いでいるとは知りませんでした。ずっと機織《はたお》りの女神だと認識していました。

ヴェントゥヒーテの神話でよく知られているのは、元土の眷属で機織りの女神としてのお話です。自分の眷属達が追い出されたことを知った土の女神ゲドゥルリーヒが、ヴェントゥヒーテの織った布から作った服でなければ着たくないと泣いて抗議したと言われています。最高級の布を「まるでヴェントゥヒーテが織ったような」と形容することもあります。

「どなたの悪戯か、悪意あっての行動か存じませんが、ヴェントゥヒーテの歴史の布に織り込まれたあの者の糸が切られたのです」

「その運命の糸がフェルディナンド様のもので間違いございませんか？」

何故かローゼマイン様は「フェルディナンド様」を強調するように尋ねました。時の女神は小さく笑って頷きます。

「えぇ。運命を切られた位置が二十年以上前なのです。いつもならば途中で切れた糸を発見しても別の糸を繋いで代用したり、切れた糸を引き抜いたりして終わりにするけれど、フェルディナンドはここ最近のユルゲンシュミットの歴史に大きく関わったでしょう？　そのため、切れた糸を引き抜くと大きく歴史の絵柄が変わってしまうとヴェントゥヒーテが嘆いているのです」

本当にフェルディナンド様が歴史に影響を及ぼしているのか、わたくしはあの方の行いを思い返してみました。アーレンスバッハで救出された直後にランツェナーヴェと戦い、ゲルラッハの戦いに勝利して中央や貴族院での戦いに参加し、新しいツェントを選定する王族との話し合いに同席していました。お父様の話によると、フェルディナンド様が完全にその場を仕切っていたと聞いています。そして、今はローゼマイン様の婚約者としてアレキサンドリアを支えています。

……何だかわたくしが知らない部分での影響も大きそうですね。

「せっかく美しく織れたと喜んでいたヴェントゥヒーテが可哀想に思えて、わたくしは切られた糸を繋ぐために、フェルディナンドと同じ色になれる糸を探しました。……それが貴女です、ローゼマイン」

……まぁ！　それはお二人が時の女神ドレッファングーアも認める運命のお相手ということではございませんか⁉

ローゼマイン様は頑なに「芽生えの女神ブルーアンファの訪れはない」と恋心を否定していらっ

しゃいますが、やはり自覚されていないだけでしょう。おそらく縁結びの女神リーベスクヒルフェによって結ばれた運命の二人に違いありません。時の女神の言葉に胸の高鳴りを覚えていたわたくしは、続く言葉を耳にした瞬間、目の前が真っ暗になりました。

「今すぐシュテルラートの力で糸を結び、色を完全に同化させた貴女の糸の一部を代償にしてフェルディナンドの糸を繋ぎたいと考えているのですけれど、よろしくて？」

シュテルラートは星の神で、星結びの儀式で夫婦と認めてくださる神様です。今すぐにここで星結びを行って二人を夫婦にし、ローゼマイン様の運命の糸を代償にフェルディナンド様の切れた糸を繋ぐことを女神が望んでいるというのです。

……つまり、ユルゲンシュミットの歴史とフェルディナンド様を救うためにローゼマイン様の命を削るということでは……？

わたくしは時の女神の言葉に衝撃を受け、ゆっくりとローゼマイン様へ視線を向けて様子を窺いました。命を削るような提案をされたというのに、ローゼマイン様は至極当然の顔であっさり「わかりました」と答えます。

「ローゼマイン様、お待ちくださいませ。ご自分の糸が代償となるという意味を本当にわかっていらっしゃいますか？　他に方法がないのか……」

英知の女神メスティオノーラからグルトリスハイトを賜り、女神の化身と呼ばれているローゼマイン様ならば、わたくしとは違って神々とも少しは交渉の余地があるでしょう。そう訴えたわたくしに、ローゼマイン様はニコリと微笑みました。

「ハンネローレ様、ご心配ありがとう存じます。けれど、ドレッファングーア様のお言葉にフェルディナンド様や歴史が消えることに対する憐憫《れんびん》や後悔はないでしょう？　織った歴史が消えることを嘆くヴェントゥヒーテ様を哀れに思っているだけ、切れた糸を繋ぐための糸が欲しいだけなのです。神々とわたくし達では常識も理《ことわり》も違います。一見、似たような姿をしていますが、神々と自分達を同じように考えてはなりません。そもそも交渉できるような立場にないのですよ」

神々とわたくし達では立場が違う。頭ではわかっていても、話せば神々にわかっていただけるとわたくしは漠然と考えていました。けれど、ローゼマイン様にとって神々はそのような相手ではないようです。

「それに、切れた糸は仕方ないから繋ぐことを諦めなさいとヴェントゥヒーテ様を慰めることにされた場合、困るのはわたくしなのです。わたくしは何を犠牲《ぎせい》にしてもフェルディナンド様を守ると決めています。勝手に運命の糸を切られて助ける術《すべ》がないならばともかく、わたくしの命の一部で今更文句など言いません。……ドレッファングーア様、急いだ方がよいですよね？」

ローゼマイン様は覚悟などとうの昔に決まっていると言い切り、時の女神を急かします。その不遜《ふそん》な態度にわたくしは青ざめましたが、時の女神は「えぇ、そうですね」と気にも留めていないようにふわりと腕を動かしました。

ゆらりと揺れた長い袖が翻ると、次の瞬間には何もなかった白い世界に一つだけ立派な扉が現れました。ドレッファングーアはそれを開きます。扉の中はどこかの部屋に繋がっていたようです。機織りの手を止めて一本の糸をつまんでいる女性がいました。おそらく機織りの女神ヴェントゥヒーテでしょう。落ち着いた赤茶の色合いの髪を緩くまとめた穏やかそうな女性です。祭壇にある土の女神と雰囲気が似ているように見えるため、元眷属という神話に納得してしまいました。

「ドレッファングーア、助かりました」

「リーベスクヒルフェとシュテルラートは？」

「あちらの部屋にいます。シュテルラートがリーベスクヒルフェを隔離《かくり》してくれました。あの悪戯者はすぐに糸に触れようとするのですもの」

……縁結びの女神リーベスクヒルフェが運命の糸に悪戯をするというのは神話だけのお話ではなかったのですね。

妙に感心しながらわたくしは女神のやり取りを見ていました。神話の世界が目の前に広がっているけれど、全くそのように思えないような、けれど、何だか現実感がないような、おかしな心地がしています。自分勝手な夢を見ているような気分です。

「本当に連れてきたのね。せっかく織った歴史が崩れるのを嫌がるヴェントゥヒーテの気持ちはわかるけれど、そのために他人の糸を使って繋ぐなんて……」

呆れたような、咎めるような声が奥から聞こえてきました。そちらを振り向くと、縁結びの女神リーベスクヒルフェだろうと見当を付けられる女神と、彼女が勝手な行動をしないように押さえている男神がこちらへ近付いてきます。悪戯好きと神話に載っている縁結びの女神は確かに面白いことが好きそうで行動力旺盛《おうせい》な雰囲気があります。けれど、今その女神は顔を少し曇らせて心配そうにローゼマイン様を見つめていました。

「別にヴェントゥヒーテやドレッファングーアに付き合わなくても構わなくてよ。二百年ならばまだしも、たった二十年ですもの。また織り直せるし、一からやり直した方が綺麗《きれい》な模様になるかもしれないでしょう？」

……たった二十年とおっしゃいましたか⁉

神々とは時間に対する感じ方が全く違うようです。それに、「織り直せば綺麗な模様になるかもしれない」という言葉は歴史が変わる可能性が高いことを示しています。ユルゲンシュミットでは政変が起こるより前に戻るのですから、当時の者達の選択が少し違えばわたくし達が生まれなくなる可能性もあるでしょう。

……わたくし達の命や歴史を消す行為をそのように簡単に提案しないでくださいませ！

そう叫びたいのを呑み込んで、わたくしは笑顔を保ちます。ローゼマイン様がおっしゃったように神々とは感覚が全く相容《あいい》れません。もしかすると貴族が感情を抑えるように教育されるのは、神と接することのあるツェントが神々を怒らせないようにするためだったかもしれません。

「リーベスクヒルフェ様、織り直しても今よりも美しく織れると限りません。わたくしは自分達の生きてきた歴史が消え去るより、今のままヴェントゥヒーテ様に糸を繋いでいただきたいのです」

ローゼマイン様の答えに縁結びの女神は不思議そうに首を傾げます。

「そう？　貴女達は今に不満はないの？　やり直せる機会なんて滅多にないわ。貴重よ？」

……今に不満？　やり直せる機会？

その言葉にわたくしは思わず胸元を押さえました。わたくしは不満があります。二十年以上前で

はなく一年前に戻れるならば、わたくしはきっとやり直せる機会を最大限に利用したでしょう。

「今の模様をヴェントゥヒーテ様は美しいと感じてくださっています。わたくしもまた、今の歴史を崩したくないのです」

ローゼマイン様が固く決意している様子に、機織りの女神ヴェントゥヒーテは同意して嬉しそうに微笑みました。

「せっかく美しく織れましたし、あの箱庭も安定したでしょう？　それを崩すなんて勿体《もったい》ないではありませんか。シュテルラートもそう思わなくて？」

縁結びの女神リーベスクヒルフェの肩を押さえている星の神シュテルラートは、非常に苦々しい表情で機織り機を見ました。前髪の一部が金髪ですが、それ以外は黒い髪をしています。

「気分で勝手に糸を絡ませられるリーベスクヒルフェと違って、私が糸を結ぶには両人の了承が必要なのだが？」

「あら、シュテルラートはすでに切られた糸に意思の確認なんてできるのですか？　初めて知りました」

「切られた糸を繋ぎたいと彼女が望んでいるのですから結んでくださいませ」

「もうこれだけ染まっているのに、今更確認なんて愚問《ぐもん》じゃなくて？　これで相手が結ばれることを拒否するような男ならば、わたくしがもう一度糸を切りますよ」

男神が一言意見すれば、周囲の女神達が口々に反論します。何倍にも言い返されるシュテルラート様は面倒臭そうな顔になって、その特徴的な前髪をいじり始めました。神々の様子はわたくしの周囲でもよく見られる光景で、神々が本当に偉いのか、自分達とどれだけ違うのかわからなくなりました。

「わかった、わかった。貴女達の言う通りだ。確かにこれだけ染めたのだから、どちらも夫婦となることを望んでいると考えても問題はないだろう」

結局、女神達に押し切られた形で星の神は渋々引き受けました。指を一つ鳴らすと、その途端に星の神の衣装が黒色に金色の縁取りのある重厚な物に替わりました。胸元のブローチが本当の星のように光っています。おそらく神としての盛装ではないでしょうか。

「フフッ……。では、わたくしも……」

縁結びの女神がにんまりと笑って指を鳴らしました。金色を主にした衣装に替わります。それぞれの主神の貴色をまとっているようです。彼女の盛装で最も目を引いたのは、髪飾りが多く増えていることでしょうか。

「ローゼマイン、前へ」

時の女神に促されたローゼマイン様はコクリと頷き、星の神と縁結びの女神の前に跪いて頭《こうべ》を垂れました。星の神が大きく袖を翻すと、機織りの女神の部屋にいたはずのわたくし達は星空の中に浮かんでいました。床が見えなくなっているのに、落ちることもありません。驚きのあまり声を上げかけたわたくしは慌てて口元を押さえます。周囲を見回して驚いているわたくしと違って、ローゼマイン様は静かに跪いたまま顔さえ上げていません。

縁結びの女神は自身の髪飾りを引き抜くと、二本の細い髪飾りをそれぞれの手に持ち、星空に向かって投げます。再び髪飾りが女神の手に落ちてきた時、虹色に光る細い糸が一本ずつ引っかかっていました。彼女はその糸を髪飾りから外して星の神に渡します。

「なるほど。急ぐ必要がある」

二本の糸を手にした星の神は少し顔を顰めてそう言うと、ブローチを外しました。わたくしにはブローチに見えましたが、それは星の神の神具だったようです。

「星の祝福を」

彼はそう言って手にある糸をまとめて挟むと一気に引っ張りました。二本だった糸が太い一本になったように一度絡み合い、再び離れていきます。ローゼマイン様の頭上から星の輝きにも見える光の粉が降り注ぎます。

あまりの神々《こうごう》しさに言葉も出せず、わたくしはただ神々による本物の星結びの儀式を見つめていました。お兄様からお話を伺ったり、描かれた絵を見たりして想像していた星結びの儀式よりずっと畏《おそ》れ多く、自然と涙が浮かぶほど美しいのです。

「終わりましたよ」

時の女神ドレッファングーアの声にハッとすると、周囲は夜空ではなくなっていて機織りの女神の部屋に戻っていました。星の神と縁結びの女神の衣装は元の軽装に戻っています。

「では、ローゼマイン。この切れた時点へ向かって命の危機に陥っているあの者を救い、切れた糸を繋いできてくださいませ」

機織りの女神がそう言うと、彼女の指輪が光り、まるで初対面の挨拶の時のような光がローゼマイン様に向かってふわふわと飛んでいきました。その光に包まれた途端、ローゼマイン様が虹色に輝く糸に変化しました。しなやかで輝きの強い糸が機織りの女神の指の動きに合わせて宙を舞い、織機に広がっている布の中に飛び込みます。

「貴女の望む糸の下へ」

機織りの女神はこちらには目を向けず、織機にかかる布を真剣な眼差《まなざ》しで見つめています。時の女神がホッとしたように胸元を押さえて、わたくしの方を見ました。

「助かりました。おそらくこれで糸は繋がれるでしょう。ローゼマインをここに連れてくることができたのは貴女が協力的であったからです。お礼に一つ、貴女の願いを叶えましょう」

「……お礼など……」

畏れ多いと固辞《こじ》しかけて、わたくしはハッとしました。

「あ、あの……大変不躾なお願いなのですが、わたくしもローゼマイン様のように過去へ向かえますか？　その、一年前に戻れたら……と思うのですけれど」

「……ローゼマインが糸を繋ぎ終わるまでならば干渉《かんしょう》の余地はありますけれど、模様が変わってしまうのではないかしら？」

時の女神は無言で布を見つめ続ける機織りの女神を見て、少し表情を曇らせました。

「それに、神々の影響をできるだけ受けないように肉体ごと連れてきたローゼマインと違って、今の貴女の存在は意識だけです。過去へ向かえば今よりもわたくし達の力の影響を受けますし、自由に動ける肉体を得て過去へ行けるわけではなく、過去の自分へ意識を飛ばすだけになりますよ」

「いいじゃないの、ドレッファングーア。本人がお礼として、変化を望んでいるのだから。仮に何か失敗しても一年くらいならば織り直しも容易でしょう?」

縁結びの女神が愉《たの》しそうに笑いながら、わたくしの後押しをしてくださいました。ヴィルフリート様との関係に何らかの変化を求めているわたくしには縁結びの女神の後押しが非常に心強く思えます。過去の自分に意識だけを飛ばすことも何だか怖くないような気分になってきました。

「今までの歴史が大きく変わることはないと思われます。わたくしが変化を及ぼしたいのは個人的な未来ですから。お願いいたします。わたくしにやり直す機会をくださいませ」

「フフッ、面白いじゃない。わたくしが許します。いってらっしゃい!」

ドンと強く縁結びの女神に突き飛ばされました。他の神々の「あ!」「待ちなさい!」と驚いた顔を最後に、わたくしは大きく広がった歴史の布に吸い込まれていきました。

一年前の貴族院

「ハンネローレ、よく聞きなさい。貴女がそちらにいられるのは、ローゼマインが糸を繋ぎ直すまでの間です。それから、ヴェントゥヒーテの邪魔になる行為を禁じます」

ゆっくりと落ちていく感覚の中、時の女神ドレッファングーアの声で少々早口の注意事項が響きました。縁結びの女神リーベスクヒルフェが何の前触れもなく突然わたくしを突き飛ばしたので、必要なことを言えなかったせいでしょう。

「貴女が未来の情報を開示することは厳禁《げんきん》です。また、周囲に貴女の存在が不審に思われた時は危険と見做し、即座に回収して貴女の関わった部分の記憶を消します」

神々にとって重要なのは機織りの女神ヴェントゥヒーテの織った歴史が崩れないように修復することなので、今までの歴史を変えることは厳禁ということでしょう。わたくしはローゼマイン様や神々の邪魔をするつもりはございません。「一年前ならば」とおっしゃったヴィルフリート様のお言葉を信じて、自分の想いを伝えたいだけです。

「かしこまりました。最初からわたくしは歴史を大きく変えるつもりなどありません。ヴィルフリート様に想いを伝えたいだけです」

「ヴィルフ……」

時の女神の声が遠ざかっていき、わたくしはストンとどこかに収まりました。

わたくしが目覚めたのは、寮の自室でした。このようなことを考えては失礼なのでしょうけれど、神々の時間の感覚はわたくし達と違うのです。本当に一年前なのでしょうか。むくりと起き上がり、自分の着ている寝間着を確認します。

……去年の貴族院のために誂えた寝間着で間違いなさそうですね。

ダンケルフェルガーの領地と貴族院では気候が大きく違うので、毎年必ず寝間着を誂えます。それを確認して、一年前の貴族院だと確信しました。ただ、一年前の貴族院のいつ頃なのでしょうか。すでにローゼマイン様は長い不在に入っているのでしょうか。そんなことを考えながら、わたくしは着替えて訓練の準備をします。

「おや、ハンネローレ様も訓練に参加されるのですか?」

わたくしはいつも通りの訓練のつもりでしたが、騎士見習いから妙に棘《とげ》のある視線と含みのある言葉を受けました。周囲の空気が尖っていて厳しく感じられ、わたくしの側近達はわたくしを守るように側近くにいます。朝の訓練を始めながら思わず眉を顰め、思い出しました。

……あぁ、一年前とはこの時期でしたね……。

四年生の貴族院は、嫁盗りディッターでダンケルフェルガーを敗北させ、尚且つ、下位のエーレンフェストから不要と言われた領主候補生としてわたくしが扱われていた時期です。本物のディッターで恥を雪ぐ前のことなので、騎士見習い達やお兄様の側近達の態度が刺々《とげとげ》しく、わたくしが最もダンケルフェルガーを出たいと考えていた時期であることをありありと思い出しました。

ディッター中に中央騎士団の襲撃《しゅうげき》があった際、観客席にいた者達へ声をかけて魔力の盾で自領の者達を守ったローゼマイン様と、我が身一つ守らずに恋情に駆られてヴィルフリート様の手を取って陣を出たわたくしは非常に比べられたものです。ダンケルフェルガーにおけるローゼマイン様の評判が上がれば上がるほど、わたくしは不出来な領主候補生だと言われました。

嫁盗りディッターに敗北したとしても、ヴィルフリート様との婚約を整えていれば何も言われなかったでしょう。己の恋を手にするためにお兄様を踏み台にしたところで、それは己が勝利するための策略の一つと言い切ればダンケルフェルガーでは問題なかったのです。

けれど、わたくしはエーレンフェストに迷惑をかけられないと考えて自分から手を引きました。領地に敗北を与えた上に、己が得るはずだったものさえ手放したことで、ダンケルフェルガーの領主候補生には相応しくないと言われるようになりました。

それに加えて、お兄様が卒業し、ただ一人の領主候補生として寮を管理しなければなりませんでした。前年までお兄様が行っていた仕事を担当しようにもわからないことばかりで戸惑っていると、やはり領主候補生として失格では？　という目で見られます。嫁盗りディッターの一件さえなければ、お兄様の側近達が手助けしてくれたでしょう。しかし、隔意のある状況ではどのように対処すればよいのか尋ねることも躊躇ってしまい、難しいものでした。

わたくしにとってこの一年前のダンケルフェルガーの寮内は非常に居心地が悪く、何日もいたい場所ではありません。訓練を終えて周囲を見回したわたくしは決意しました。

……短期決戦です。できるだけ早くヴィルフリート様に想いを告げて、元の時代に戻りましょう。

そう決意したところでハッとしました。こちらの世界にいられる期限はローゼマイン様が糸を繋ぎ終わるまでと言われていますが、早く用件が終わった時にはどうすればよいのか教えられていません。

「時の女神ドレッファングーア……」

わたくしはお守りに手を当てて呼びかけてみましたが、全く反応はありませんでした。もしかすると、ローゼマイン様が終わるまでは想いを告げ終わってもわたくしはここから離れられないのでしょうか。

「姫様、お祈りより先に着替えて朝食を済ませてくださいませ」

コルドゥラに声をかけられ、わたくしは水浴びと着替えを済ませて側近達と食堂へ向かいました。少し離れた席に座っている婚約者候補達の様子を窺います。一年前はまだ婚約者候補ではありませんでしたけれど。

ラオフェレーグはまだ入学していないのでいません。彼は友人や側近と食事中もよく騒いでいるので、姿がないと何だかとても静かで落ち着く気がしました。食堂へ入ると挨拶に来ていたラザンタルクはこちらを見ることなく食事を進めています。ケントリプスは誰が入ってきたのか確認するように少しこちらを見ただけで、すぐに視線を元に戻しました。

立場が変わると一気に距離感が変わることは知っていましたが、何だかずいぶんと距離が遠くてよそよそしい感じがします。わたくしが知っている最近の二人とは違っていて不思議な気分です。ただ、距離があるのにケントリプスと時折目が合うのは何故でしょうか。

「ケントリプス、何か……?」

食後にわたくしが声をかけると、ケントリプスが不意を突かれたような顔になった後、近付いてきました。

「中級貴族の奉納式のことです」

ケントリプスにそう言われると、すぐに参加希望者が決まったことがわかりました。貴族院の奉納式は希望者のみです。お祈りをした方が御加護を得やすいので、できるだけ多くの者が参加する方がよいことは間違いありません。けれど、低学年の中級貴族や下級貴族にとっては魔力の奉納が負担で、講義に差し支《つか》える可能性もあります。

ダンケルフェルガーでは領主候補生と上級貴族は強制参加ですが、中級と下級貴族は希望者を募る形になりました。ケントリプスは最初から参加希望者の一覧表を作成してくれています。

「参加希望者が決まったならば一覧表を見せてくれますか？」

わたくしはそう言ってニコリと微笑みましたが、ケントリプスは一覧表を出してくれるわけではなく、怪訝そうな顔になりました。

「……レスティラウト様からお話がございましたか？」

「え？」

「いえ、ルイポルトに尋ねることなく、私に資料を求められたので……」

そういえば、去年も今年も資料を準備してくれていたのがケントリプスなので当たり前のように求めましたが、そうです。最初はルイポルトに確認をとっていました。そして、ルイポルトの準備ができていなくて、ケントリプスに二人まとめて叱られたのです。ルイポルトは領主候補生の側近としての心構えができていない、わたくしは側近に的確な指示を出していない、と。

……わたくし、そのような細かいことまで覚えていません！

「え、えぇ。そうです。お兄様が……。助かりました。ありがとう存じます」

このままではあっという間に周囲から不審がられるのではないでしょうか。わたくしは内心の焦りを誤魔化すように微笑んでケントリプスから資料を受け取りました。当然ですが、資料の内容は一年前と同じです。

「ルイポルト、これを書き写してクラッセンブルクとエーレンフェストに一部ずつ提出しておいてくださいませ」

「かしこまりました」

不自然ではなく、対応ができたでしょうか。内心ビクビクしながら、わたくしはケントリプスの様子を窺います。ケントリプスは少しの間だけ不思議そうに灰色の目でわたくしを見ていましたが、踵《きびす》を返して去って行きました。何とか誤魔化せたようです。

自室に戻ると体の強張《こわば》りが解《ほぐ》れていきました。わたくしは安堵の息を吐きます。いきなり中身が違うことが露見してしまうのではないかと、とても怖い思いをしましたけれど、大きな収穫もありました。中級貴族の一覧表を提出する頃合いなのですから、領主候補生と上級貴族向けの奉納式が終わって数日というところでしょう。

「コルドゥラ、できるだけクラッセンブルクに先んじてエーレンフェストから奉納式の詳細を得るように、とお父様がおっしゃったでしょう？　わたくし、お茶会を開こうと思うのですけれど……」

「お茶会はローゼマイン様が回復されてからでよろしいでしょう。ローゼマイン様が臥せっていらっしゃる今、奉納式以外でエーレンフェストに近付く必要はございません」

講義の準備を整えるコルドゥラが冷たい瞳できっぱりと却下しました。けれど、簡単には引き下がれません。わたくしにはヴィルフリート様とお話をする時間が必要なのです。

「奉納式についての情報はローゼマイン様以外からでも得られますし、なるべく早くとお父様が……」

「領主会議で姫様と同じように王族からお招きを受けていたローゼマイン様は王族からも重要人物として遇されています。不遇の状況に陥っている今の姫様にとっては必要な友人でございます」

ローゼマイン様が声をかけてくださったことで、わたくしは領主会議で王族のお手伝いをすることになりました。王族からの評価を得て、お兄様達や騎士見習い達を除いたダンケルフェルガーの上層部では、嫁盗りディッターでの失態から少しわたくしの評価が上書きされたのです。コルドゥラはローゼマイン様に非常に感謝しています。

「コルドゥラの言う通りですよ、ハンネローレ様。ローゼマイン様と仲良くするのはよいですけれど、嫁盗りディッターで条件を出しておきながら断ったヴィルフリート様は別です。あの方のせいで姫様は無用の傷を負い、肩身の狭い思いをしながら生活することになったではありませんか」

講義に向かう準備を整えたアンドレアとハイルリーゼが頷き合います。

「あれほどひどいことをしておきながら、何事もなかったかのような顔で接してくるなんて、わたくしには信じられません。エントリンドゥーゲに叱られたフェアベルッケンでももう少し気を使うでしょう」

隠蔽《いんぺい》の神フェアベルッケンがそれぞれに隠しながら数多の女性と恋をするのですが、それを出産の女神エントリンドゥーゲに咎められます。それでもフェアベルッケンは行いを改めませんでした。そんなお話から厚顔無恥《こうがんむち》を表す時にフェアベルッケンはよく使われます。

「わたくし、姫様はあのような殿方には勿体ないと思っています。これ以上余計な噂をされないように極力近付かないでくださいませ」

「コルドゥラ……」

……本物のディッターに参加したことで周囲の態度が軟化したことはわかっていましたが、これほどの差があったのですね。

ヴィルフリート様に対するわたくしの側近達の怒りは凄《すさ》まじいものです。わたくしを大切に思ってくれているからこそ皆が怒っていることはわかります。

……でも、どうしましょう？

これではとてもヴィルフリート様に告白したいなんて相談できるわけがありません。「だったら、どうして領地対抗戦で手を引いたのか」とお説教されることは目に見えています。今ならば領地対抗戦の話し合いで自分から手を引かずに別の手立てを考えたでしょう。

けれど、あの時点ではそのようなことを考えられませんでした。異母妹のルングターゼがエーレンフェストへ嫁ぐという話が耳に入らなければ、わたくしはヴィルフリート様への想いさえはっきりと自覚することはなかったでしょうから。

そこではたと思い当たりました。一年前ではなく、二年前の領地対抗戦や嫁盗りディッターの頃に戻してもらった方がよほど簡単だったのではないでしょうか。少し考えて、わたくしは首を横に振りました。

あの頃、ヴィルフリート様はローゼマイン様と婚約中でした。わたくしが想いを告げたところで、王族からの正式なお知らせがあるまで婚約者の振りを続けるほど律儀《りちぎ》なヴィルフリート様のことですもの。きっと受け入れてくださらなかったでしょうし、婚約者のいる方に想いを告げるような愚かなことはできません。

「姫様、講義に出発するお時間です」

……どうすればヴィルフリート様と内密のお話ができるかしら？

階段を下りて玄関へ向かうと、講義へ向かう者達が集まっているのが見えました。わたくしは相談相手を探して視線を巡らせます。ケントリプスと目が合って「あ」と思った瞬間、ふいっと逸らされてしまいました。

今は婚約者候補でも何でもないのです。ケントリプスに目を逸らされただけで、何だか無視されたように感じる方がおかしいでしょう。嫁盗りディッター以後のお兄様の側近達がどのようにわたくしと接していたのか思い出せば、わたくしと話をしたり、相談に乗ってくれたりするなどあり得ません。それなのに、何故こんなふうに傷ついたような気分になるのでしょうか。

……わたくし、自分で思っていたよりずっとケントリプスに頼っていたのですね。

五年生の時点でもヴィルフリート様に想いを告げることに協力してくれたのがケントリプスだけだったからでしょう。側近には囲まれているものの、周囲は刺々しい雰囲気です。一人で歩くのも何だか心許《こころもと》なく思えます。ラザンタルクとケントリプスにエスコートされながら講義へ向かうことに慣れてしまっている自分を発見して、わたくしは何とも複雑な気分になりました。

……ケントリプスの協力もなく、本当に上手くいくかしら？

前回の求婚と違って協力してくれる者もいないまま、独力でヴィルフリート様と接触して想いを伝えなければなりません。コルドゥラ達がローゼマイン様以外のエーレンフェストに近付くことを拒んでいる今、オルトヴィーン様を真似て講義の時間を利用する以外にヴィルフリート様に近付くことはできなそうです。

……確かローゼマイン様は長期にわたって臥せっているため、途中で領地に帰還していたはず……でしたよね。

実際は神々に招かれていたようですが、一年前のわたくしはエーレンフェストの知らせを信じていました。コルドゥラ達もローゼマイン様が帰還すると、シャルロッテ様とのお茶会を許してくれるようになった記憶があります。

けれど、今のわたくしには悠長《ゆうちょう》にそれを待つことができません。ローゼマイン様がどのくらいの時間で糸を繋ぐのかわからないのです。

……講義の途中は迷惑ですから、終わった後に教室に少し残っていただくのが一番自然でしょうか？

誰にも相談できずに一人で悩んだまま、わたくしは教室へ入っていきました。

「おはようございます、ハンネローレ様」

「オルトヴィーン様、ヴィルフリート様、おはようございます」

教室へ入った途端に二人から声をかけられて、わたくしは少し驚きました。挨拶をした後、オルトヴィーン様を見つめます。わたくしへの想いを告げてくださいましたが、一年前の今は全くそのような感情は見当たりません。彼が領主候補生として優秀だということでしょう。

「つい先程までヴィルフリートにローゼマイン様のお加減について尋ねていたのです。まだしばらく臥せっているそうですよ」

「うむ。……その、ローゼマインは領地へ帰還できるように根を詰めて講義を取っているのだが、貴重な休日である土の日に奉納式だったからな。疲れが溜《た》まっていたのだろう。しばらくは寝込むのではないか、と側仕え達が言っていた」

オルトヴィーン様の言葉にヴィルフリート様が困ったように微笑みました。一年前に伺った時は、その少しそわそわとした部分を隠せていない笑顔がローゼマイン様を心配している表情に見えました。けれど、真実を知っている今はもっと余裕を持って観察できます。

……ヴィルフリート様が本当に心配されている時の顔と少し違うのですけれど……。

どこがどう違うのか、はっきりと言えるほどわかるわけではありません。けれど、心配とは違う感じに見えます。周囲に嘘を吐くのが心苦しいと思っているのかもしれません。オルトヴィーン様と違って些細《ささい》な違いがわかるなんて、我ながらヴィルフリート様のことはよく見ているようです。

「あの、ヴィルフリート様」

「何でしょう、ハンネローレ様？」

ニコリと微笑んだ深緑の瞳にはわたくしに対する恋情など見当たりません。嫁盗りディッターのことも完全に終わったことになっているのでしょう。後ろめたさも困惑もありません。

おそらくダンケルフェルガーでわたくしがどのような扱いになっているかもご存じないでしょう。わたくしはエーレンフェストに余計な気を使わせないために知らせていないのですから、ヴィルフリート様やローゼマイン様の表情に暗さがないことを誇りに思います。

その無邪気な表情のままでいてほしい気持ちもありますが、わたくしの告白を聞いたヴィルフリート様が信じられないというように目を丸くするところを再び見たいという気持ちの方が今は大きいです。

「大事なお話があるのです。講義の後、少しお時間をいただいてもよろしいでしょうか？」

「……講義の後、ですか？」

「えぇ。お時間は取らせません。本当に少しの時間で構わないのです」

何があるのか見当も付かないというような顔で「それは、もちろん構いませんが……」と言いながらヴィルフリート様が頷きます。了承してくださったことが嬉しくて、わたくしはニコリと微笑んで自席へ向かいました。

「皆様、講義を始めましょう」

エグランティーヌ先生の声がかかりました。一年後にはローゼマイン様からグルトリスハイトを授けられてツェントになるなど、誰が信じるでしょうか。未来のツェントから講義を受けられるという非常に贅沢《ぜいたく》な時間だったのです。

エグランティーヌ先生の指示通り、それぞれが自分の箱庭を整備します。ローゼマイン様は一週目の講義であっという間に染めて、魔石を金色の魔力粉にし、魔法陣を描いていました。けれど、異常な速度です。他の誰も同じことはできないでしょう。進度の遅い方はまだ箱庭を魔力で満たし終えていません。

わたくしは魔石に魔力を込めて金色の魔力粉を作りつつ、魔法陣を描いている最中です。魔力粉を作ると一気に魔力を使うのでぐったりします。そのため、魔力用の回復薬を飲んで回復する時間が必要になるのです。

そして、魔力が回復するまでの間、時間を有効利用するために少しずつ魔法陣を描きます。こちらも領主候補生だけが使用する創造の魔術です。ローゼマイン様は一気に描きましたが、多くの記号が使われた複雑な魔法陣を一気に描き上げる魔力と集中力は普通の領主候補生にありません。

……ローゼマイン様とは比べものになりませんけれど、これでもわたくしは早い方なのですよ。

姿のない隣の席を見ながら、わたくしはそっと息を吐きました。今頃ローゼマイン様はどうされているでしょうか。無事に糸を繋いでいるでしょうか。神々から直接依頼されるローゼマイン様はやはり特別なのでしょう。

……講義と同じようにあっという間に糸を繋いでしまうかもしれませんね。

わたくしがここにいられる時間はローゼマイン様次第です。できるだけ早く想いを告げなければ、と考えながら魔法陣を描きます。

……今日、講義が終わったら……。

スティロを握る手に力が籠もって少し線がぶれました。どうやら緊張しすぎているようです。

わたくしが想いを告げたら、ヴィルフリート様はきっとまた信じられないというように目を丸くするでしょう。その後で少し恥ずかしそうに深緑の目が言葉を探してさまように違いありません。

「ハンネローレ様のお気持ちはありがたいです」「本当に嬉しく思います」「ハンネローレ様のような方が婚約者であればどれほどよかったか、と思ったことは何度もあります」

ヴィルフリート様はそう言った後、今度はきっと「まだアウブから与えられた一年の猶予に時間があります。私はこれから死に物狂いで努力し、次期アウブを望みます」と言ってくれるでしょう。

そんなことを想像していたら、また魔法陣の記号を間違えました。わたくしはいくつか失敗した魔法陣を見下ろして溜息を吐きます。今日は自分の心が魔法陣を描くのに向いていません。

……魔法陣は諦めて、魔力粉を作りましょう。

スティロで描いた魔力のインクを落とせる液に失敗した紙を浸《ひた》します。黒いインクがすぅっと液に溶け出し、後に残ったのは真っ白の紙だけになりました。

四の鐘が鳴りました。学生達が少しずつ教室を出て行きます。帰り支度をしながら他の学生が出て行くのを待っていたわたくしは、オルトヴィーン様がこちらを一度振り返ったことに気付きました。目が合うと、彼は背を向けて歩き出しました。

「ハンネローレ様、ヴィルフリート様。帰り支度が済んだのでしたら、お二人も早くお戻りなさいませ」

「エグランティーヌ先生……。あの、わたくし、ヴィルフリート様とお話があるのです。少しの時間だけ見逃してくださいませ」

オルトヴィーン様の時は講義中に話をすることさえアナスタージウス先生が見逃してくれていました。ですから、講義の後ならば特に問題なくヴィルフリート様と二人きりになれる、とわたくしは何となく考えていたのです。

けれど、わたくしがお願いすると、エグランティーヌ先生は明らかに困った顔になって、明るいオレンジ色の瞳でわたくしとヴィルフリート様を見比べました。それから、頬に手を当てて少し考え込み、「ハンネローレ様のお心に添えなくて残念ですけれど、それはできません」と静かにおっしゃいました。

「ハンネローレ様、わたくしは貴族院時代の講義中や講義の前後にアナスタージウス様から声をかけられていました。当時はわたくしが領主候補生で彼が王族だったことから、逃れることも拒否することも難しかったのです」

講義中や講義前後に意中の方を口説いていた経験を持つアナスタージウス先生はオルトヴィーン様の言葉に退きました。逆に、王族から口説かれていたエグランティーヌ先生は同じ状況が自分の教室で起こることは「教師として見逃せません」とおっしゃいます。

「ハンネローレ様が大領地の権力でエーレンフェストに無理強いをしないように、教室でお話しするならば教師であるわたくしが同席させていただきます。わたくしがいると口にできないような内容でしたら、今すぐに教室を出てくださいませ。従来のしきたり通りに側近達も交えてお話しできる場所を設けるべきでしょう」

……クラッセンブルクはダンケルフェルガーとエーレンフェストが近付くことを警戒している様子でしたから、そちらも理由の一つでしょうね。

わたくしは予想外の状況に少し困ってしまいました。そのお言葉は正しいのでしょうが、正直なところ、わたくしは面倒なことになったと思わざるを得ません。まさかエグランティーヌ先生の見ている前でヴィルフリート様に想いを告げることになるとは思っていませんでしたから。

わたくしの内心の葛藤を知らないヴィルフリート様はにこやかに同席を認めました。

「私はハンネローレ様がエーレンフェストに対して無理強いするようなことをおっしゃるとは思っていません。エグランティーヌ先生が気になるならばどうぞ同席してください」

「恐れ入ります、ヴィルフリート様。ハンネローレ様、わたくしが同席してもよろしくて？」

エグランティーヌ先生が最後の確認だと言わんばかりにオレンジ色の瞳でじっとわたくしを見つめます。ヴィルフリート様への告白を止める方がよいのかどうか、わたくしは少し悩みました。しかし、ここで諦めて教室を出ることを選択することはできません。

エーレンフェストに無理強いするような内容の話をする予定だった、とヴィルフリート様やエグランティーヌ先生に思われることになります。また、側近達が神経を尖らせている今、この機会を逃せばヴィルフリート様と話をする時間さえなくなるでしょう。

……前回の求婚はケントリプスやオルトヴィーン様が同席する中で想いを告げたのですもの。それに比べれば……。

エグランティーヌ先生がいたとしても、前回とさほど変わりません。想いを告げてくれた者達の前で求婚したことに比べれば心が重くなることもないでしょう。わたくしは胸元を押さえ、ゆっくりと呼吸を整えて、目でヴィルフリート様との距離を測りました。

……少し遠いかしら？

けれど、ヴィルフリート様は完全に油断しています。エグランティーヌ先生がこちらを少し警戒しているように見えますが、この立ち位置ならば負けません。先生がわたくしを制止したり、ヴィルフリート様に助力したりするより、わたくしが押さえ込む方が速いでしょう。

「わかりました。同席してくださいませ」

わたくしが頷くと、エグランティーヌ先生は少しだけ安堵した顔になります。先生がニコリと笑い、ヴィルフリート様の意識がそちらへ向いた一瞬を見逃してはなりません。わたくしはヴィルフリート様に飛びつき、可能な限り速く彼の足を払って重心を崩しました。

「は？」

「ハンネローレ様⁉」

……そういえばヴィルフリート様はダンケルフェルガーの求婚をご存じなかったのですよね？

前回、ヴィルフリート様はダンケルフェルガーの求婚についてご存じなく、オルトヴィーン様とケントリプスから説明されていました。二人がいない今、わたくしが自分で説明する必要があるでしょう。頭の片隅でそのようなことを冷静に考えながら、ヴィルフリート様が頭を打ってひどい怪我をしないように一度強く引き、できるだけ痛みがないように押し倒すと、そのまま押さえ込みました。驚きに目を丸くしているヴィルフリート様の深緑の目がよく見えます。

「これはダンケルフェルガーの女性が父親の意向に背いて、意中の相手との縁を得るために行う求婚です。ヴィルフリート様、わたくしに求婚の条件をくださいませ」

起き上がれないように完全に押さえ込み、わたくしは自分の想いを伝えました。説明もしたのですが、ヴィルフリート様はやはりわけがわからないというように目を何度か瞬き、「……は？」と呟きます。

「もう少し説明が必要でしょうか？」

オルトヴィーン様とケントリプスがどのようにヴィルフリート様に説明していたのかを思い出していると、エグランティーヌ先生がひどく動揺した顔でわたくし達を見下ろします。

「ハンネローレ様、領地外でその求婚が通じる方は少ないですし、そのように求婚されて結婚を決意する殿方はいらっしゃいません。ダンケルフェルガーの求婚は普通ではないことを自覚してくださいませ」

「え？　押さえ込まずに、ですか？　では、他領の女性はどのように求婚するのでしょう？」

他領では押さえ込んで条件をいただくわけではないようです。ならば、他領の女性の求婚方法を知る必要があります。前回のケントリプスもオルトヴィーン様もそのような方法は口にしていませんでした。

わたくしの質問にエグランティーヌ先生は少し遠い目になりつつ、教えてくれます。

「言葉や贈り物などを通して自分の意図や求婚してほしいことを伝え、それから、殿方に求婚していただくのです。女性から求婚はいたしません。あくまでも求婚は男性から行うことです」

押さえ込むことはなくても、何かしら女性からの求婚する方法があると思っていました。けれど、ダンケルフェルガー以外では女性からの求婚自体が行われないそうです。

……何ということでしょう。存じませんでした。

相手を押さえ込んで条件を得て、それを達成すれば結婚できるという方法は、己の本気度と根性が試されるため、とてもわかりやすくて良いと思います。これから他領の女性にも流行として広げた方がよいのではないでしょうか。

「ハンネローレ様、まずはダンケルフェルガー式の求婚を止めましょう」

エグランティーヌ先生から溜息混じりにそう言われ、わたくしはヴィルフリート様の上から退きました。ヴィルフリート様もゆっくりと起き上がります。じりじりと少しずつヴィルフリート様がわたくしから距離を取っているのがわかりました。

「あの、大変失礼とは存じますが、ハンネローレ様は本気で私に求婚したいとお考えなのですか？　去年のディッターの話し合いは済んでいると思うのですが……」

驚いているというよりは訝しんでいるような表情になったヴィルフリート様に、わたくしは前回と同じように言葉を重ねます。

「はい。わたくしはヴィルフリート様との婚姻を望んでいますし、ヴィルフリート様にも望んでほしいと思っています」

けれど、ヴィルフリート様は、わたくしが記憶している嬉しそうな素振りを見せることは全くなく、むしろ、迷惑そうな顔になりました。

……何故これほど反応が違うのでしょうか？

わたくしにとってはたった一日の差ですが、あまりにもヴィルフリート様の反応が違います。「一年前ならば」とおっしゃっていたのに、反応が芳《かんば》しくないことを不思議に思っていると、エグランティーヌ先生が頬に手を当てて困惑の表情になっていました。

「ハンネローレ様、婚約者が臥せっている時にそのような想いを聞かされてはヴィルフリート様がお困りになるのは当然でしょう？」

その言葉にヴィルフリート様が安堵した様子を見せて頷きました。わたくしは一年前のヴィルフリート様の状況を思い出して、「あ」と声を上げました。そうです。水面下では婚約解消がされていますが、わたくしはそれを知らないはずなのです。

……何か言い訳が必要です。どうしましょう？

少し考えたわたくしは、ローゼマイン様と王族が近付いた時期を思い出しました。

「……でも、ヴィルフリート様とローゼマイン様の婚約は解消されるでしょう？　領主会議中、わたくしは王族の方々やローゼマイン様とご一緒しました。お二人の立場に変化があることに気付かなかったと思いますか？」

ハッとしたようにエグランティーヌ先生とヴィルフリート様がわたくしを見ました。未来の情報を出さず、上手く誤魔化せたと思います。

「仮に、変化があったことを公表できるようになった時で結構です。わたくしの想いを思い出してくださいませ。わたくしはヴィルフリート様が次期アウブになるための助力は惜しみません」

その瞬間、ヴィルフリート様は顔色を変えました。血の気が引いた蒼白《そうはく》の顔で、信じられないと言わんばかりにわたくしを見つめます。その目に好意的なものは全くなく、どちらかというと敵意と警戒が浮かんでいました。胸元にあったヴィルフリート様の拳が強く握られて、小刻みに震えています。

「ローゼマインが何か余計なことを言ったのですか？」

「何かとは何でしょうか？　ローゼマイン様は領地内の詳しい事情はお話しできないとおっしゃいましたけれど……」

様々なお話をしていましたが、ヴィルフリート様のお怒りの原因に思い当たるようなことはありません。わたくしが首を傾げると、ヴィルフリート様はグッと一度息を呑んで頭を横に振りました。

「何でもありません。ハンネローレ様、大変申し訳ございませんが、私は仮に立場が変わったとしても貴女の想いを受け入れることはできません」

「え？」

予想もしなかった断りの言葉にわたくしは全身が凍り付いたように動けなくなりました。耳の奥でキーンと高い音が響きます。呼吸が浅くなり、胸が苦しくなってきました。けれど、ヴィルフリート様は怒りを露《あら》わにした目でわたくしを睨んでいます。

「私はどのような状況になったとしても、貴女やダンケルフェルガーの力で次期アウブに就くつもりはありません。……お互いの領地のため、このお話は聞かなかったことにいたします」

あまりにも激しい拒絶に頭が全くついていきません。「一年前ならば」とおっしゃったのは一体何だったのでしょうか。

「ハンネローレ様のお話がそれだけならば失礼します」

わたくしの言葉はこれ以上聞きたくないというように、ヴィルフリート様は険しい顔でくるりと踵を返しました。明るい黄土色のマントが教室を出て行くのを、わたくしはただ呆然としたまま見送ります。後に残されたのは立ち尽くすわたくしと、かける言葉を探すエグランティーヌ先生だけでした。

「ハンネローレ様」

気遣うような柔らかい声がわたくしを呼びました。のろのろと視線をそちらに向けると、深く溜息を吐いたエグランティーヌ先生はわたくしを安心させるように優しい笑みを浮かべます。

「ヴィルフリート様とローゼマイン様の関係が変化することを察していらっしゃったのでしたら、ご自分のお気持ちを伝えるのは変化が起こってからにした方がよかったのではございませんか？　まだお二人が婚約関係にあると周囲が思っている今はあまりにも時期が悪いと思います」

……時期が悪かったのでしょうか？　いつも通りに間が悪かったからこの結果になったのでしょうか？

自分に問いかけますが、答えは出ません。ただ、一つだけ、わたくしにもはっきりと言えることがあります。

「……いくら時期が悪いように思えても、わたくしには今しかなかったのです」

ヴィルフリート様のおっしゃった「一年前」を真に受け、神の協力が得られたことでわたくしは

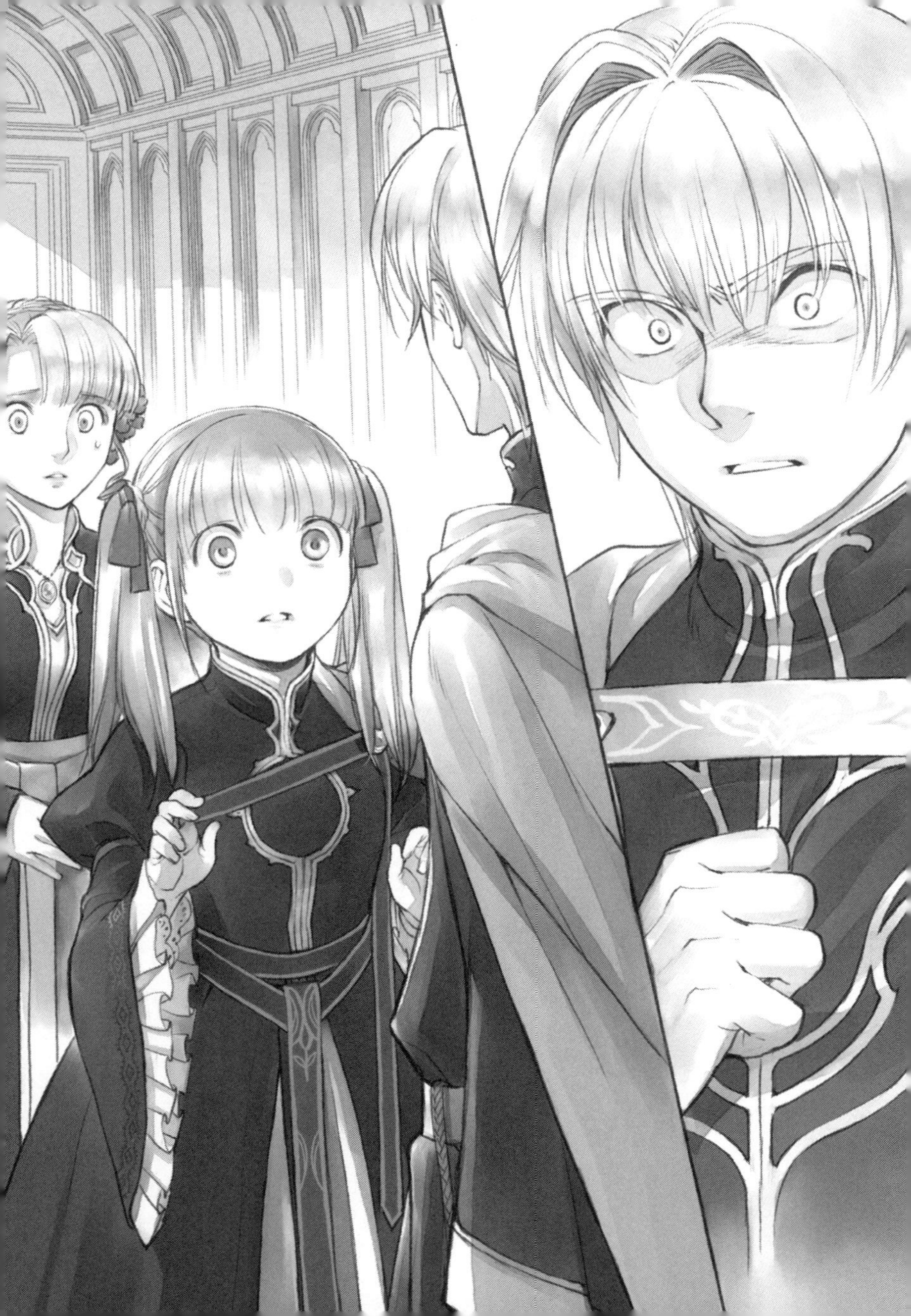

自分で望んでこの場に来ました。期限はローゼマイン様が糸を繋ぎ終わるまでという曖昧なものです。側近達の協力を得られない以上、ヴィルフリート様とお話ができるのは講義前後だけでした。

「エグランティーヌ先生、大変ご迷惑をおかけいたしました。わたくしも失礼いたします」

お礼を言って教室を後にしました。

寮に戻って昼食を摂り、わたくしは隠し部屋に籠もりました。頭が真っ白になった状態では午後の講義へ向かうこともできません。何事にも反省は必要です。

……何が悪かったのでしょうか？

わたくしの意識では、ヴィルフリート様に想いを告げて「一年前ならば」と言われたのは、ほんの一日前のことです。けれど、全く反応が違いました。

「ヴィルフリート様のお返事自体が、ただの社交辞令だったということかしら？」

わたくしが最初に想いを告げた時、微かに頬を染めたヴィルフリート様が嬉しそうに微笑んだことは事実です。あの時のヴィルフリート様の全てが嘘だったとは思いたくありません。しかし、彼が口にしていた「一年前」に、わたくしが想いを告げたら拒絶されたこともまた事実です。

「一年前にわたくしの想いを知っていれば死に物狂いで次期アウブを目指したかもしれないとおっしゃったのに、一年前のヴィルフリート様に想いを告げても次期アウブを目指すつもりがないのですよね」

今の状況を整理していたわたくしは、ふとローゼマイン様のお言葉を思い出しました。ヴィルフリート様が次期アウブの立場から外れたいと願っていて、ローゼマイン様との婚約を解消したいと望んでいたというお言葉を。

わたくしはヴィルフリート様からの肯定的なお言葉が嬉しくて、深く考えないようにしていたようです。ローゼマイン様はあの時「状況が変わったので心境に変化があったかもしれない」とおっしゃいました。

様々なことが起こり、ヴィルフリート様を取り巻く状況や立場が変化したからこそ気持ちも変化したのかもしれません。一年前の今はローゼマイン様がおっしゃった通りの状況なのでしょう。

「そうでしたら、ヴィルフリート様の反応が違うことにも納得できますね」

納得はできますが、疲れ切った溜息を隠すことはできませんでした。結局、神々まで巻き込んだわたくしの行動は何の意味もなかったのです。いえ、どちらかというと状況を悪化させただけと言えるでしょう。

「わたくし、何をしていたのかしら？　ローゼマイン様やヴィルフリート様のお言葉の裏をよく見ずに……」

一年間の変化がなければヴィルフリート様はわたくしの想いを受け入れられない。そして、一年間の変化があると、お互いの立場や状況が受け入れることを許さない。どうにも八方塞がりに思えます。

「わたくしに変えられることなど何もないではありませんか。……せめて、立場が変わった時に思い出してくだされば嬉しいのですけれど、今日の剣幕《けんまく》では難しいかもしれませんね」

わたくしはそっと息を吐きました。この後はせめて想いを告げたことがヴィルフリート様の記憶に残るように、ローゼマイン様が糸を繋ぎ終わるまで無難に過ごすことを目的にしましょう。

目指す方向が決まったことで、少しだけ気持ちを落ち着けたわたくしは午後の講義に向かいました。ヴィルフリート様にはあからさまに避けられていて挨拶さえできません。オルトヴィーン様がこちらの様子を窺うように時折わたくしの方を向いています。わたくしは無理に近付くことを止めて、自席へ向かいます。

「ハンネローレ様、ヴィルフリートと何かあったのでしょうか?」

振り返ると、オルトヴィーン様がいらっしゃいました。午前中と様子が違うことに気付いたのでしょう。そして、わたくしに質問するということは、ヴィルフリート様はわたくしに求婚されたことを黙っているつもりのようです。こちらの様子を窺っているヴィルフリート様を見れば、すぐに視線を逸らされました。

……聞かなかったことにするとおっしゃったのですから、もう少し上手に取り繕ってほしいものです。周囲から不審に思われているではありませんか。それとも、あの言葉はわたくしの口から周囲に説明してほしいという意味だったのでしょうか。

わたくしとヴィルフリート様では「聞かなかったことにする」という言葉の意味も違うのかもしれません。領地の違い、常識の違いを嫌というほど実感して、わたくしは不意にエーレンフェストへ嫁ぐことが怖くなりました。毎日がこのような解釈の違いに満ちていて、一つ間違えるとこんなふうにヴィルフリート様の怒りを買ってしまうのでは終始緊張している必要があります。

……どのように対応するのがヴィルフリート様のご意思に沿っているのかしら？

ヴィルフリート様に想いを告げて断られたことなど、自分の口から説明したくありません。周囲の興味を引いている状況にそっと息を吐き、わたくしは答えを待っているオルトヴィーン様を見上げました。

……そういえば、オルトヴィーン様も一年間で状況がずいぶんと変わった方ですよね？

姉姫のアドルフィーネ様がジギスヴァルト様と離婚し、彼女を守るためにアウブの地位が欲しいとおっしゃっていたことを思い出しました。

「わたくしも質問があるのですが、オルトヴィーン様は次期アウブを目指しているのですか？」

「……そうですね。自分の実力を示すことに繋がりますし、領主候補生としては当然目指していますが……？」

わたくしの質問の意図がつかめないというようにオルトヴィーン様は薄い茶色の瞳を瞬かせます。その目にはわたくしに想いを告げてきたときのような熱もなければ、アドルフィーネ様のために地位が欲しいと切望していた真剣さもありません。一年という時間の長さと状況の変化は、心理状態にずいぶんと大きな影響を与えるようです。

「ハンネローレ様、本当にヴィルフリートと何があったのですか？　彼はずいぶんと頑なな態度になっていますし、ハンネローレ様も……」

「ドレヴァンヒェルにとって有益なことは何もございませんよ、オルトヴィーン様」

ローゼマイン様が早く糸を繋ぎ終えることを祈り、わたくしは午後の講義を終えました。

翌日の講義でもヴィルフリート様の様子は変わりませんでした。わたくしを見ると少し表情を変えて、挨拶を避けるように距離を取ります。「聞かなかったことにする」と真逆の態度に、わたくしはどうしたものかと途方に暮れました。周囲からの好奇の視線が増しているのです。

ヴィルフリート様の態度は上位の領主候補生に対するものではないと咎めなければなりません。これを許せばダンケルフェルガーがエーレンフェストに対してそれだけ重大な失態を犯したのだと周知することと同意なのです。

同じ教室にいる領主候補生が寮でこの様子を話せば、寮監や他の学生達も領地間で何があったのか探ろうとするでしょう。当然のことながらダンケルフェルガーの寮にもヴィルフリート様とわたくしの間で何かが起こった結果、ヴィルフリート様の態度が悪くなり、わたくしが蔑ろにされていると伝わります。わたくしが隠そうとしたところで時間の問題です。

……コルドゥラに伝わったら、どうなることか⁉

嫁盗りディッターの後、わたくしがエーレンフェストを庇うことに対して不満を持つ者は多いのです。わたくし達の確執を知れば嬉々《きき》として領地間の問題に発展させようとするでしょう。その時大変な目に遭うのは、ヴィルフリート様だけではございません。領地全体が巻き込まれるのです。

わたくしがエーレンフェストは悪くないから、と庇ってきた時間が全て無駄になります。

けれど、求婚した張本人のわたくしからヴィルフリート様へ「態度が良くないですよ」と指摘するのは、あまりにも烏滸《おこ》がましいことではないでしょうか。どうにも気が重く思えます。それに、ヴィルフリート様はわたくしと挨拶さえ交わさないように距離を取っているのです。そのような話し合いをする機会があるとは思えません。

……どうしましょう？

オルドナンツでは周囲の者に筒抜けですし、手紙でも文官や側仕えが先に内容を確認します。大領地の立場から命じて呼びつけ、盗聴防止の魔術具を使ってヴィルフリート様本人だけに注意するのが一番穏当なくらいです。

しかし、今ダンケルフェルガーの立場を使って呼びつけたら反発は必至でしょう。わたくし達の関係が完全に破滅するのは目に見えるようです。「聞かなかったことにする」とおっしゃったヴィルフリート様のお立場を尊重しつつ、上手く指摘する方法が思い浮かびません。

「ハンネローレ様、ヴィルフリート様。少々お話がございます。教室に残っていただいてよろしいかしら？　週末の奉納式のことで少し質問があるのです」

講義の終わりにニコリと微笑んだエグランティーヌ先生から声をかけられました。わたくしが驚きに目を見開いて見上げると、仕方のない子を見るような顔をした先生と目が合いました。「週末の奉納式」とおっしゃいましたが、それならばダンケルフェルガーの領主候補生であるわたくしを残す必要はありません。おそらくヴィルフリート様と話をできる時間を設けてくれるおつもりなのでしょう。ありがたいお心遣いですし、言わなければならないことはわかっているのですが、わたくしからヴィルフリート様に指摘することを考えると、どうにも陰鬱な気分になります。

……きっと嫌がられるでしょうね。

他の学生達はエグランティーヌ先生の理由に納得しているのでしょうか。こちらをちらちらと見ながらですが、退室していきます。

「何のお話でしょうか？」

昨日と同じように三人だけになった教室で、機嫌の悪さを顔に出したままのヴィルフリート様が、わたくしから距離を取った状態でエグランティーヌ先生に問いかけました。わたくしとは話をしたくないと主張するように、頑なにこちらを見ようとしません。その態度にわたくしは少なからず傷つきます。

「あら、まさかヴィルフリート様には本日残された理由がおわかりにならないのですか？」

エグランティーヌ先生がわざとらしく目を丸くして問い返すと、一度口元を引き結んだヴィルフリート様が俯きました。

「奉納式ではなく、昨日の一件のことでしょう。わかっています」

その答えに先生は今度こそ本当に驚いたようにヴィルフリート様を見つめました。

「……昨日の一件が原因といえば原因でしょうけれど、何事もなく終わったのでしたら、わたくしは二人を残しませんでした。……もしかして本当にわからないのでしょうか？」

「……え？」

ヴィルフリート様が虚を突かれたように顔を上げます。どうやら本当に今日の態度の危険性がわかっていなかったようです。困ったように微笑んだ後、エグランティーヌ先生はわたくしに視線を向けて、「ハンネローレ様はわかっていて？」と尋ねました。ヴィルフリート様の睨むような視線を感じながら、わたくしは頷きます。昨日の一件が原因であるだけに、どうしても小声になってしまうことは避けられません。

「……ヴィルフリート様に指摘する時間を取ってくださったのですよね？」

「えぇ。本来ならば、このような注意は貴族院の教師ではなく側近の役目でしょう。けれど、教室内で起こり、秘めておくと決めたことが原因です。詳細がわからない彼等に指摘は難しいかもしれません。ですから、わたくしが呼んだのです」

ほぅ、とゆっくり息を吐くと、エグランティーヌ先生は柔和《にゅうわ》な眼差しでヴィルフリート様を見つめました。

「昨日の求愛においてハンネローレ様の視野が非常に狭くなっていたことは間違いないでしょう。ダンケルフェルガー以外の領地ではまず見られない衝撃的な出来事でしたものね。あまりに驚いて、ハンネローレ様とどのように接してよいのかわからなくなったのかもしれません」

ヴィルフリート様の表情から険が取れていきました。自分の気持ちに添ってくれる共感者を見つけたような、憧れている方に話しかけられて面映《おもは》ゆいような表情で頷いています。

「けれど、教室という公の場で上位領地への振る舞いを蔑ろにしてはなりません。領地の順位に従い、公私を分け、感情を抑えることは貴族として基本中の基本です」

わたくしが指摘しなければならなかったことをエグランティーヌ先生が指摘してくださいました。

おそらく、想いを伝えたことを後ろめたく思うわたくしと、エーレンフェストへの気遣いに違いありません。今のヴィルフリート様では、わたくしから指摘しても反発心であまり重大に受け止めてくださらない可能性がありますし、少し伝え方を間違うと即座に領地間の問題に発展しかねませんから。

「昨日の一件は非常に個人的なことでした。わたくしはハンネローレ様が大領地の権威を振りかざした時は制止しようと思っていたのです。けれど、ハンネローレ様が行ったのはダンケルフェルガー式の求婚でした。まさか教室でいきなり求婚すると思わなかったので、わたくしも面食らいましたけれど、受け入れるか否かの選択はヴィルフリート様に委ねられていましたよね？　そして、聞かなかったことにするという貴方の答えをハンネローレ様は受け入れました」

エグランティーヌ先生はヴィルフリート様の驚きに共感しつつ、わたくしの行動の全てが間違っていたわけではないと賛助してくださっています。何をしても裏目に出ることが多いわたくしには、上手く間を取り持つことができる先生がとても眩しく感じられました。

「聞かなかったことにすると決めたのはヴィルフリート様ではございませんか。その場合、何もなかったはずの上位領地に対して挨拶もせず、不機嫌を顔に出していては領地間の問題に発展しかねません。一年生の宮廷作法の講義に合格したにもかかわらず、そのような言動を上位領地にしていたとアウブが知れば、卒倒するのではございませんか？」

一年生にも劣ると指摘されたヴィルフリート様は青ざめました。けれど、その場ですぐにわたくしに謝罪するわけではなく、唇を噛んで立ち尽くしています。感情を抑えられずに歯噛みしているようにも、指摘されたところでどのように対処すればよいのかわからなくて途方に暮れているようにも見えました。予想外に未熟な部分を見て、わたくしは目を瞬きます。

……ヴィルフリート様はこのような方だったかしら？

一年生の宮廷作法の講義も一度で合格し、常に成績優秀な領主候補生で、いつも優しくて穏やかで婚約者への気遣いも忘れない素敵な方だと思っていました。けれど、目の前にいるヴィルフリート様はそうではありません。わたくしが知っている彼の姿とずいぶん違います。

……ここにいる方がヴィルフリート様で間違いないはずなのに、どうして初めて見る相手のように思うのでしょうか……。それでは、まるでわたくしが恋していたのは、思い込みでできた虚像では……。

「ハンネローレ様も、ですよ」

「はい。大変申し訳ありません」

わたくしはお母様に叱られている最中に別の事を考えてしまった時のように、反射的に返事をして姿勢を正します。エグランティーヌ先生のオレンジ色の瞳が今度はわたくしに向けられていました。

「昨日の一件が原因でヴィルフリート様の言動が変わったのですから、後ろめたくて指摘し難いことはよくわかります。あのような避け方をされては、上位領地の権威で呼びつけるしか方法がありませんもの」

優しい口調でわたくしの気持ちに寄り添ってくださいますが、エグランティーヌ先生はキッパリと悪い点を指摘します。

「それでも、上位領地の領主候補生として指摘すべきことを放置してはなりません。本日のヴィルフリート様の言動を受け入れることは、悪い意味での甘やかしになります。仮に、ダンケルフェルガーの学生の前で同じことが行われたら、自領の領主候補生が下位の領地から貶《おとし》められたと感じる者もいたでしょう。線引きはきっちりとしてくださいませ。中途半端な優しさは誰にとっても良い結果にはなりませんよ」

「とても危険性は高かったので領地間の問題に発展せずに済んでよかったです。エグランティーヌ先生、本当にありがとう存じます」

わたくしが胸を撫で下ろして礼を述べると、エグランティーヌ先生が労《いたわ》るような表情でわたくしを見ながら微笑みました。

「わたくしも争いは好まないのです。それに、今のエーレンフェストをこれ以上危険に近付けたくございませんもの。ダンケルフェルガーとの間で断絶が起こらずに幸いでした。……では、ヴィルフリート様。謝罪を」

ニコリと穏やかに微笑んでいても、甘やかすことはしないらしいエグランティーヌ先生はヴィルフリート様に対して昨日の午後からの態度を謝罪するように命じました。

わたくし達二人の会話が理解できないような顔をしていましたが、ヴィルフリート様はゆっくりと深呼吸して表情から感情を消していきました。穏やかに微笑んだ領主候補生らしい態度で、わたくしの前にやってきて跪きます。表情は微笑んでいますが、深緑の目は笑っていません。

ズキリと胸が痛みました。わたくしがダンケルフェルガーとエーレンフェストの間に、これ以上の溝を作りたくないと考えたことは伝わらなかったのでしょうか。エグランティーヌ先生があれほど説明してくださったのに、自分の言動によるエーレンフェストの危険性を認識できていないのでしょうか。

「第二位のダンケルフェルガーに対して大変無礼な態度を取ってしまい、本当に申し訳ございませんでした。ゲドゥルリーヒのようなハンネローレ様の寛容《かんよう》さを以て、どうか私の謝罪を受け取ってください」

命じられて行うのは、謝罪の決まり文句で白々しい社交辞令です。そのような謝罪を受けても、今以上にヴィルフリート様との距離ができるように思えます。わたくしはこの場から逃げ出したくなりました。けれど、けじめとしてダンケルフェルガーの領主候補生はその謝罪を受け入れなければなりません。

「謝罪を受け入れます。これからもわたくし達が良き友人であれますように……」

わたくしにとっては本心ですが、ヴィルフリート様には決まり文句として響いていることでしょう。その証拠に「勿体ないお言葉です」と言う笑顔が以前と違います。

エグランティーヌ先生からこれから先の対処について教えられている間、ヴィルフリート様は笑顔で頷いていますが、こちらを見ようとはしません。これから先は普通の友人としてもお付き合いできなくなったことがよくわかります。わたくし達の関係は完全に壊れてしまいました。

「ハンネローレ様はもう退室されてもよろしくてよ。わたくし、ヴィルフリート様とはまだお話しすることがあるのです」

奉納式についてエーレンフェストと長くお話をすることは大事でしょう。わたくしは教室を出ました。青のマントをまとうわたくしの側近と、明るい黄土色のマントをまとうヴィルフリート様の側近が待合室にいます。わたくしの側近達が足早に近付いてきて、まるでエーレンフェストから守るようにぐるりと周囲を取り囲みました。

「ハンネローレ様、ヴィルフリート様との間に何かございましたか？」

二日連続で二人して教室から出てくるのが遅いのです。迎えにやってきて待機しているわたくしの側近達が目を険しくすることは仕方ありません。わたくしはエグランティーヌ先生から周囲へ使うように提案された言い訳を口にします。

「エグランティーヌ先生から奉納式のことを尋ねられただけです。ダンケルフェルガーは昨年エーレンフェストと協力して神事についての発表をしたでしょう？　その関係です。わたくしへの質問は終わりましたが、ヴィルフリート様はまだ時間がかかると思いますよ。……あまり疑問に思うのでしたら、エグランティーヌ先生に直接問い合わせてくださいませ」

王族に直接問い合わせろと言われて、言葉通りに問い合わせられるような側近はいません。精々寮監に問いかけるくらいですし、寮監から問い合わせがあってもエグランティーヌ先生が上手く取り繕ってくださるでしょう。

ヴィルフリート様との友情さえ維持できなくなったずっしりと重い気持ちを抑え込み、上位領地の領主候補生に相応しい笑みを浮かべて、わたくしはその場を辞しました。

虚勢はいつまでも続きませんでした。自室に戻って着替え始めると、重い溜息を隠せませんでした。その瞬間、コルドゥラと側仕え達が目配せし合います。

「ハンネローレ様、ずいぶんと落ち込んでいらっしゃるようですけれど、本当にエグランティーヌ先生のお話は奉納式のことだけだったのですか？」

問い詰めるような口調ですが、コルドゥラの目はひどく心配そうです。わたくしは少し目を伏せました。とても話せるような内容ではありません。

「先生からのお話自体は奉納式のことだけでしたよ。……ただ、エグランティーヌ先生が、とてもお幸せそうで……」

「……それがどうかなさいまして？」

「どうと言われても困りますけれど……。エグランティーヌ先生の幸せに満ちた、輝くような笑顔や如才《じょさい》ない会話がひどく羨ましく思えただけなのです」

「何故エグランティーヌ先生を羨ましいと感じたのですか？　もしかしてハンネローレ様も王族に嫁ぎたくなったのでしょうか？」

エグランティーヌ先生がツェントになり、王族が王族ではなくなる未来を知っているわたくしには、アンドレアの質問がとても不思議に感じられました。

「そうではありません。わたくしが一年生の時、当時最終学年だったエグランティーヌ先生は二人の王子から求婚されていました。けれど、次期王を決めるお立場なので安易には選べないという噂だったでしょう？」

　最終学年までエスコート相手を決められず、最終的には王座をジギスヴァルト様にお譲りすることで、アナスタージウス様は本気の愛を見せ、エグランティーヌ先生は次期王ではなく愛を受け入れたと語られています。ローゼマイン様が仲立ちしたのだとまことしやかに言われていますが、当時はまだ友人でなかったため、どの程度まで関わっているのかわかりません。

「愛を選んで行動して幸せになれる者と、幸せになれない者の差はどこにあるのかしら？」

　エグランティーヌ先生は、次期王を選んで王妃に収まるという皆が予想していた道ではなく、王座よりも愛を選ぶという行動を起こして幸せになりました。それに引き換え、わたくしは求婚して断られ、その際の「一年前ならば」という言葉を信じて神に願って行動したのに、今度は友情さえも失ってしまいました。何だか行動すればするほど悪い結果になっています。

「……ハンネローレ姫様は何事も中途半端なのですよ。ヴィルフリート様に嫁ぎたいと本気で思うのでしたらエーレンフェストの迷惑を知って身を引くのではなく、己で嫁ぎ先の改革をするくらいの気構えで根回しを行えばよかったのです。姫様がおっしゃる通りにレスティラウト様とエーレンフェストの口約束に巻き込まれただけで何とも思っていないのであれば、恥を掻《か》かされたとエーレンフェストを断罪すればよかったではありませんか。わたくしは協力を惜しみませんよ」

「さすがにそれはあまりにも両極端すぎませんか？」

　過激すぎる提案に苦笑すると、コルドゥラは少し目元を緩めました。

「ヴィルフリート様への淡い想いを抱いたままエーレンフェストにだけ都合の良い条件を呑んで、

お優しい姫様一人だけが大変な目に遭っている様子をこうしてお側で拝見していると、極端を選んでほしくなるものです」

コルドゥラの言葉に秘められた悔しさを感じて、わたくしは顔を上げました。着替えさせてくれる側仕え達は皆、わたくしを労るような、もどかしいような顔をしているのがわかります。

「……わたくしの選択で側近の皆にも苦労をかけている自覚はあります。本当に申し訳ないと思っているのです」

まだまだ領地内の厳しい状況は続きます。それを知っているわたくしが皆に謝罪すると、側近達が顔を見合わせた後、仕方がなさそうに微笑みました。

「わたくし達の苦労を心配するくらいでしたら、次はもう少し誠実かつ堅実で、姫様を大事にしてくださる殿方を選んでくださいませ」

「コルドゥラの言う通りですよ。そうでなければ、わたくし達の苦労も増えるばかりですからね」

側仕え達が少しでも雰囲気を明るくするようにクスクスと笑い合います。まだぎこちない感じですが、わたくしは何だか久し振りに自分の側近達を正面から見たような気分になりました。

「わたくしを大事にしてくださる殿方ですか？　ヴィルフリート様は……」

「ディッターの最中に姫様の心配をするのですもの。優しい方なのでしょう」

いつものわたくしの反論をコルドゥラに取られました。他の側仕え達も「ローゼマイン様がお茶会で倒れた時はいつもハンネローレ様を送ってくださるのですよね？」などと、わたくしが今まで口にしていた言葉を重ねてきます。自分の言葉を繰り返されているだけなのに、日常的にヴィルフリート様の良いところを連呼していたようで非常に恥ずかしくなってきました。

……ケントリプス達がわたくしの恋心を決めつけてくるわけです。

「普段はエーレンフェストという言葉が出ただけでヴィルフリート様の弁護を始めるくらいに頑なですけれど、今日の姫様は何だか聞く耳がおありのようですね」

わたくしはコルドゥラの指摘に頭を抱えたくなりました。この一年前の時期はそれが顕著《けんちょ》だったという自覚があります。皆がヴィルフリート様を悪し様に言うので、すぐさま弁護していた記憶があります。

「姫様の恋心はわかりますし、いつもディッターが始まった経緯を口にしてヴィルフリート様を庇いますが、あの方は姫様を大事にしてくださる殿方ではないと思いますよ」

いつもならば何か言われる度にわたくしがヴィルフリート様を弁護し、その弁護は「はいはい、そうですね」と側近達に聞き流されていました。次第にこちらの意見を聞く気がない側近達を説得しようという気も失《う》せて、「ダンケルフェルガーの者にわたくしの気持ちはわからない」と思い込んで背を向けてきました。

けれど、側近達も頑なにヴィルフリート様の弁護ばかりをするわたくしに同じことを思ってきたのかもしれません。そんな簡単なことに、嫁盗りディッターが終わって二年も経ってからようやく気付きました。

「コルドゥラ達はどうしてそう思うのかしら？　その、ヴィルフリート様がわたくしを大事にしないとか、誠実さに欠けるといつも言っていたでしょう？」

わたくしが尋ねると、コルドゥラと側仕え達が驚いたようにわたくしを見ました。それから、側仕え同士で視線を交わし合い、コルドゥラが口を開きます。

「領地を跨《また》ぐ時には特定の契約書でなければならないことに注意を払わなかったレスティラウト様のせいで、ディッターの条件はひっくり返されました。けれど、紙の種類が違ったとはいえ、条件が書かれた契約書に目を通し、レスティラウト様と確認し合った上で、サインしたのはヴィルフリート様です。エーレンフェストの次期アウブとしてディッターを率いると宣言したのは、ローゼマイン様でもアウブ・エーレンフェストでもありません」

ディッターをふっかけたのはお兄様で、お兄様を止めるためにローゼマイン様が無茶な条件を出しただけでヴィルフリート様は悪くないといつも主張していたわたくしは、コルドゥラの意見に「あ」と小さく声を上げました。

「最初から姫様を娶る気がないならば、ヴィルフリート様はローゼマイン様が何とおっしゃろうともサインする前に条件を変えるべきでしたし、合意してサインした以上は責任を取って姫様を娶るべきでした。最初から守る気がない条件の書かれた契約書にサインし、ディッターの勝敗にかかわらず紙の件を持ち出すおつもりだったのでしょう。わたくしには優しかったとしても不誠実、もしくは、次期アウブの立場やサインの重みを理解していない浅慮《せんりょ》な方にしか見えません」

昨日までのわたくしならば「それもまたエーレンフェストの保険で策略なのです」と反論したでしょう。けれど、今日のヴィルフリート様はまさにお優しいけれど浅慮な部分がよく出ていました。

……それに、わたくしの庇い方ではディッターを神聖視するダンケルフェルガーで反感を買うだけではありませんか。

自分の愚かさ加減に内心で頭を抱えてしまいます。

「何より、あのディッターはヴィルフリート様にとってローゼマイン様を守るために応じた戦いであって、姫様を娶るために行ったことではありません。あの方が姫様を大事にしてくれると思える要素がどこにありますか？」

ローゼマイン様がお茶会で倒れる度にわたくしを慰めながら寮まで送ってくださったり、ローゼマイン様の帰還中にお茶会をしたり、そういう些細なことの積み重ねからエーレンフェストへ嫁いでも大事にされるだろうとわたくしは漠然と考えていました。けれど、よく考えるとヴィルフリート様はローゼマイン様の穴埋めをしているだけです。わたくしへの想いから行われているのではありません。

……それに、わたくしがエーレンフェストへ嫁ぐことになっても必ず幸せにすると請け負ってくださったのはローゼマイン様だったような……？

むやみやたらに信じていたところに光が当たって、自分に都合良く考えていた部分が浮き彫りになってきます。自分の思い込みの強さに打ちのめされていると、コルドゥラがすっと真剣な眼差しになりました。

「そういうことを考え合わせた結果ですが……」

先を続けるかどうか、わたくしの様子を窺うようにコルドゥラがこちらを見ました。周囲の側仕え達の目も真剣で、わたくしとコルドゥラに注目しています。自分が戦う上で足場にするための基

礎が揺らがないかどうか見極めるような、ひどく大事なことが問われるのでしょう。わたくしは背筋を正し、身構えます。それから、軽く頷いてコルドゥラに続きを促しました。

「わたくしには姫様が自分の境遇に我慢して守るほどの価値がエーレンフェストにあるとは思えません」

コルドゥラの真っ直ぐな視線と側近達の注目を感じながら、わたくしはコクリと息を呑みます。その一瞬の間にわたくしの頭を巡ったのは、このまま我慢した状態で過ごした四年生の思い出、その後に起こった本物のディッター、祝勝会、ツェントの戴冠《たいかん》、ローゼマイン様のアウブ就任など、わたくしだけが知る記憶でした。

あれはわたくしが守ってきたものです。思い込みが激しくて、自分に都合の良いように周囲の言動を呑み込んでいたわたくしが、それでもエーレンフェストを庇って、ローゼマイン様やヴィルフリート様の友情と一緒に胸を張って手に入れた未来です。何があっても手放す気にはなれません。

「コルドゥラ、それから、皆。ローゼマイン様やヴィルフリート様と変わりなく接して、笑い合える関係が、わたくしにとっては何より大事なのです。わたくしも自分が浅慮で思い込みの強いことがよくわかりました。そんな今でも、自分の境遇よりよほど価値があると思っています」

ダンケルフェルガーの状況を知らずに陰りのない笑顔で変わりなく接してくださる時間を誇らしく思っていました。ヴィルフリート様との関係を壊してしまった今、できることならば取り返したいと望んで止まない関係なのです。

「わたくしの何より大事な時間と友人を貶めるようなことは言わないでくださいませ」

「かしこまりました。わたくし達も姫様の側近として、姫様にとって一番大事なものを共に守っていくことをここに誓います」

嫁盗りディッター以降、正確にはわたくしが頑なになりすぎてヴィルフリート様を庇い続けるからこそ深まり続けていた側近達との溝が埋まったような気がしました。

無理に婚約を推し進めるより、ローゼマイン様やヴィルフリート様と笑い合える時間や関係。それを大事にしたいのだと、わたくしはようやくわかりました。側近達に背を向けるのではなく、向き合って意見を交わすことで関係が大きく変わることも実感しました。一年前の世界にやってきてからずっと失敗続きでしたが、これは大きな前進です。

……何だか帰りたいですね。

何となくそう思いました。この一年前の世界ではなく、わたくしが自分でエーレンフェストとの関係を守った元の時間へ帰りたい、と。過去の世界ではなく、わたくしが悩んで我慢しながら、それでも、友好関係を大事にして生きてきた時間へ戻り、ヴィルフリート様にダンケルフェルガー式の求婚を行ったことをお詫びして、コルドゥラ達と向き合って関係を改善したいという思いがゆっくりと胸の中に広がります。

不意に「貴女が未来の情報を開示することは厳禁です」という時の女神ドレッファングーアの声が蘇りました。わたくしの存在が不審に思われた時は、女神によって回収されてわたくしの関わった部分の記憶が消されるとおっしゃいました。

……つまり、禁忌《きんき》を犯せば、ここで起こったことを全てなかったことにして戻れるのかしら？　ローゼマイン様と共に元の時代へ戻った時に今回の求婚が悪影響として残っているのは嫌です。それに、求婚の後の反応やお返事を思い返してみても、一年間でヴィルフリート様は大きく成長していると思います。

「コルドゥラ、あの、実は……」

自ら未来からやってきたことを述べようとした時、護衛騎士のハイルリーゼが急ぎ足でやってきました。

「姫様、少しよろしいでしょうか？　中級貴族からの訴えなのですが……」

わたくしが一旦自分の思考を置いて報告を促すと、ハイルリーゼはわたくしの前に跪いて報告を始めます。

「奉納式のために回復薬を作製しなければならないにもかかわらず、採集場所の薬草が上級貴族によって完全に採り尽くされているとのことです」

わたくしがこの一年前の世界で目覚めたのが火の日で、ケントリプスから中級貴族のリスト資料を受け取りました。ならば、上級貴族の奉納式は前の週の土の日にあったはずです。

上級貴族は全員が奉納式に参加を義務づけられています。式の後に回復しなければならない魔力量が多いため、大規模な採集が行われていました。記憶を探ると、四年生の時にも採集場所の回復を行ったことを思い出しました。

……確か、わたくしを良く思っていない騎士達がなかなか動いてくれなくて、非常に苦労したのですよね。

四年生時に行った採集場所の回復は、思い出すだけで億劫《おっくう》になるくらい疲弊《ひへい》しました。しかし、今週末の中級貴族の奉納式だけでなく、その翌週には下級貴族の奉納式も行われます。採集場所の回復は必須でしょうし、各々の負担を少しでも減らすためには、できるだけ多くの者に参加してもらわなければなりません。四年生の時に学年や階級の高い者が力に任せて採集することが多かったため、わたくしは五年生の最初で皆を動員して採集場所を癒したのです。

「採集場所の回復にはなるべく全員参加してほしいので、明朝の訓練の時間を充てれば大丈夫かしら？」

「皆が協力してくれれば、おそらく……。ですが、朝は講義の前ですから反対も多いのではないでしょうか」

ハイルリーゼの返事は切れが良くありません。側近達は皆が何とも言えない難しそうな顔をしています。側近達が懸念しているように、まだ本物のディッターに参加していない四年生のわたくしが命じたところで、記憶と同じように全員がすんなりと聞き入れてはくれないでしょう。お兄様が命じる時と違い、あまりにも反応の鈍い騎士達の言動に少なからず傷ついていました。

……前はどのようにして解決したのかしら？　確かラザンタルクが……。

ラザンタルクが皆を一喝《いっかつ》してくれたことを思い出しました。当時のわたくしは、領主候補生である自分よりも、お兄様の側近である上級貴族の方が上手く寮内を導くことを目の当たりにし、自分の価値がなくなったことを思い知らされて落ち込んでいたのです。ラザンタルクやケントリプスが目を配り、あまりにも周囲の態度がひどい時は助けてくれていたのだと、今ならばわかります。

……わたくし、なんて甘ったれだったのでしょう。

戻ったらラザンタルクやケントリプスにも感謝の気持ちを伝えなければなりません。けれど、先に採集場所の回復です。今のわたくしには何が起こるかわかっているのです。今回は上手く騎士達に話を聞いてもらわなければなりません。

……本物のディッターに参加したことで皆の態度が変わったのですもの。寮でディッターを行えば話を聞いてくれるようになるかしら？


「明朝の訓練時、三年生以上の学生全員で採集場所の回復を行います」

夕食のために全員が集まっている食堂で皆が食事を終える頃を見計らい、わたくしは寮内の三年生以上の学生全員に命じました。けれど、ハイルリーゼが予想していた通り、講義の前に魔力がなくなるのは困ると反対が起こります。

「夜の方が良いならば、今晩行うことになります。中級貴族達にも調合の時間が必要ですもの」

「……今晩？　つまり、この後に向かうということですか？」

「食後は自由時間ではありませんか。素材が必要な中級と下級貴族で回復できるだけすればよいでしょう」

記憶の通り、騎士達の反応は鈍いですし、文官や側仕え見習い達もその様子を見て返事をしません。騎士達が魔獣を警戒し、狩っている時に他の者が癒すのです。騎士達が動かなければ、どうしようもありません。

わたくしがギュッと唇を引き結んだところで、ケントリプスが顔を顰めました。ラザンタルクが眉を寄せてこちらを見ています。以前は不甲斐ない領主候補生を疎んじているように見えた表情も、今ならば心配しているだけだとわかります。

「こら、ハンネローレ様のご命令だぞ。食後に採集場所に集合だ」

「ラザンタルク様。そうは言っても、次はどのようにハンネローレ様に裏切られるのかわかりませんよ」

「騎士見習いは皆、苦い思いをしたではありませんか」

自分を軽んじて嘲笑する声に思わず俯きかけたところで、本日エグランティーヌ先生に叱られたことがわたくしの脳裏に蘇りました。ヴィルフリート様との間に領地の順位という差があったように、寮内でも明確な身分差があります。わたくしが原因だからといっても、指摘し難いという理由で下位の者への指摘や指導を放棄してはならないのです。

……反論せずに全て受け入れていたわたくしの態度が騎士達を増長させたということでしょう。

わたくしは彼等への注意や指摘をしなければなりません。騎士達が領主候補生を軽んじて命令を聞けないようでは、有事の際にも連携《れんけい》を取って動くことなどできないのです。本当の有事はあまりにも突然起こります。準備する時間さえ満足に得られません。本物のディッターを経験したわたくしはそのことをよく知っています。

大きく息を吸うと、わたくしは全身に魔力を行き渡らせました。少し俯いていた顔を上げ、睨むように強く学生達を見つめます。

「わたくし個人への不満と領主候補生の命令は分けて考えてくださいませ。採集場所の修復は寮全体で行うことです。採集できずに困るのはダンケルフェルガーの学生全員ではありませんか。それがわかりませんか？」

わたくしの言葉に目を丸くして息を呑んでいた騎士見習いが、我に返ったように目を瞬かせて何か反論したそうに口を開きます。

「ランツェ！」

わたくしは彼が何か言うより先に槍の柄を握ると、床に力一杯叩きつけました。

「三年生以上の学生は全員武装の上、集合です！　いかなる不満があろうとも、わたくしがダンケルフェルガーの領主候補生である間は、その命令に従いなさい！」

「はっ！」

蜘蛛《くも》の子を散らすように食堂から人の気配がなくなりました。残っているのはポカンとした顔をしているお兄様の側近と、わたくしの側近だけです。

「……ハンネローレ様？」

「わたくし達も準備しましょう。採集場所の回復を行わなければ。……ラザンタルク、わたくしを庇おうとしてくださってありがとう存じます」

わたくしはきちんとお礼を述べると自室に戻ります。自室で全身鎧に着替えて、魔獣を狩るための魔術具や回復薬の準備をコルドゥラに頼みました。

「姫様、これほどの魔術具が必要ですか？」

「えぇ。魔力が少なくなっている採集場所の回復を行うと、回復させた直後に魔力に飢えていた魔獣が飛び込んで来るのです」

それを知らなかったため、一年前は苦戦しました。正確には、わたくし自身は学生達を安全に寮へ誘導するようにケントリプスから言われたので、戦う現場は見ていません。けれど、帰ってきた騎士達の様子を見れば非常に苦戦したことが一目でわかりました。

「そのようなことがあるとは領主会議の後で回復させたアウブや騎士団長達もおっしゃいませんでしたが？」

「え？　えぇ、そうでしょうね。領主会議の時は多くの領地が同じように試したことで採集場所へやってくる魔獣の数が分散されたのかもしれませんし、お父様達が回復させたことで貴族院全体に魔力が満たされ、春から秋の間に魔獣が増えている可能性もありますから……」

寮監達が情報を持ち寄り、政変以前の貴族院の魔力量や魔獣の数などを比較分析した結果、そういう可能性が浮かび上がったわけです。けれど、当然のことながらそのようなことを皆が知るはずはありません。疑惑の目を向けてくる側近達に、わたくしはニコリと微笑みます。

「ローゼマイン様が注意を促してくださいました。採集場所の回復に最も詳しい方ですから」

採集場所を回復するための祝詞《のりと》を広めたのはローゼマイン様ですから、皆は不思議そうな顔をしつつも納得してくれました。

……わたくしの記憶通りの魔獣が出てくるならば、ヘルヴォルのはずです。

ヘルヴォルは赤い毛並みを持つ犬に似た姿の魔獣で、額に小さな角がついています。常に多数で行動し、統率《とうそつ》の取れた動きをします。一頭ならば下級騎士でも何とか倒せますが、群れの討伐は厄介です。けれど、それは何の準備もない時の話です。強力な範囲攻撃用の魔術具が一つあれば、難易度は格段に下がります。

「……魔獣相手ならば、これが使えるのではないかしら？」

嫁盗りディッターの時にケントリプスから渡されていたけれど、ヴィルフリート様相手には使えなかった攻撃用魔術具を手にしました。人相手には恐ろしくて使えないけれど、魔獣相手に皆を守るためならばわたくしでも使えます。

「ハイルリーゼ達は採集場所の回復を終えたら、周囲を警戒しつつ皆を寮へ導いてくださいませ。留守を頼みます、コルドゥラ」

コルドゥラはわたくしを見つめ、少しだけ目を細めた後、胸の前で両手を交差させて丁寧に跪きました。

「ご武運を」

寮の外に出ると、雪景色が広がっています。幸いなことに、今は雪が降っていません。全身鎧を着ているので寒さは関係ありませんが、吹雪《ふぶき》で視界を奪われると魔獣との戦いにおいて非常に不利になります。この様子ならばヘルヴォルが現れたとしても赤い毛並みがよく目立つので発見することは容易でしょう。

わたくしは右手を高く上げて武装した学生達に合図し、騎獣で採集場所へ移動しました。淡く光る円柱状の採集場所に到着すると、途端に雪の景色ではなくなります。草や木々が茂っているのが本来の光景ですが、今は採集し尽くされて荒れた野原のようになっていました。

「わたくしの護衛騎士は魔獣の監視を、ラザンタルク達お兄様の護衛騎士達は魔獣狩りを、残りの学生達はわたくしと共に祝詞を唱えて魔力を注いでいくことになります」

わたくしが皆に指示を出していくと、騎士見習い達が何か言いたそうにこちらを見ました。けれど、こちらの様子を窺っているだけで声が上がるわけではありません。敢えて見なかったことにします。

「採集場所の円周上に広がってくださいませ。上級貴族の間隔は広く、下級貴族は狭くなるようにしてくださいい。これは下級貴族の負担を減らすためだそうです」

領主会議で祝詞を知らされたお父様達が言っていたことを伝えながら学生達の配置を決めます。

「皆、祈りを捧げましょう」

わたくしは地面に手を付けると、ゆっくりと魔力を流し込んでいきました。緑に光る魔力が地面を流れるように広がっていき、魔法陣を形作ります。とても神秘的で美しい光景ですけれど、同時に、魔力がどんどん流れていく感覚に少しばかり寒くなるような気がするので、ぼんやりと見とれていることはできません。

皆の魔力で魔法陣が完成したことを確認し、暗記させられた祝詞を唱えます。

「癒しと変化をもたらす水の女神フリュートレーネよ　側に仕える眷属たる十二の女神よ　我の祈

りを聞き届け　聖なる力を与え給え　魔に属するものの手により　傷つけられし御身《おんみ》が妹　土の女神ゲドゥルリーヒを　癒す力を我が手に　御身に捧ぐは聖なる調べ　至上の波紋を投げかけて　清らかなる御加護を賜らん　我が望むところまで　御身が貴色で満たし給え」

採集場所に緑の魔法陣が浮かび上がり、草や木がゆっくりと伸びていきます。

「ここまでです」

本当は魔法陣が一番上に行くまで魔力を注ぎ込む必要があるのでしょうけれど、八割くらいのところで止めるように声を上げました。

「このくらいまで回復すれば回復薬の調合には十分ですし、あまり魔力を使いすぎては明日の講義に差し支えます」

何より、この後で襲いかかってくる魔獣に備えなければなりません。わたくしは持参した回復薬を一気に飲み干すと、「皆、速《すみ》やかに寮へ戻ってください」と採集を始めようとする学生達に声をかけました。

「まだ採集が終わっていませんが？」

「明朝の訓練の時間を採集の時間にします。急いで寮へ戻らなければ、魔力に飢えた魔獣が多く飛び込んでくるのです」

わたくしがそう言うと、自分の側近を除く皆が半信半疑の顔をしています。けれど、ぼんやりしている余裕はありません。

「祝福に慣れていらっしゃるローゼマイン様からそのような注意がございました。わたくしの護衛騎士が先導しますから、急いで……」

「ならば、ハンネローレ様が皆を率いて寮へ戻ってください。我々、護衛騎士が対処します」

ラザンタルクが周囲への警戒を強めながら武器を握ります。お兄様の護衛騎士見習いを始め、上級騎士見習い達が武器を出しました。疲弊しきって戻ってくる彼等の姿が脳裏に蘇り、わたくしはすぐさま首を横に振って却下します。

「いいえ！　寮へ戻るのは、わたくし以外の全員です」

「何をおっしゃるのですか⁉」

「失礼ですが、ハンネローレ様の護衛騎士達より我々の方が……」

「皆が退いてくださらなければ、ケントリプスの攻撃用魔術具を使用できません。全員速やかに退いてくださいませ！」

皆の文句を一蹴し、わたくしはケントリプスが作った範囲攻撃用の魔術具を取り出して見せつけました。その威力を知っているのか、ラザンタルクが栗色の目を瞬かせ「なるほど」と納得の声を出しました。けれど、作製者であるケントリプスは灰色の目を大きく見開き、信じられないというような顔で魔術具を凝視します。

「……ハンネローレ様、何故それを……？」

「人を相手に使うには威力が強すぎますけれど、魔獣相手ならば容赦はいらないでしょう？」

「そういうことですか」

苦い顔になったケントリプスが仕方なさそうに息を吐きました。

「ケントリプス、できるだけ早く皆を寮まで誘導してくださいませ。ダンケルフェルガーの学生は、わたくしが守ります。領主候補生ですから」

「心意気は買いますが、本当に魔獣が現れるかどうかわかりません。寮への先導はハイルリーゼ達に任せ、ハンネローレ様に殿《しんがり》をお願いしましょう。我々がハンネローレ様をお守りします」

ケントリプスは怪訝そうな顔をわたくしに向けていましたが、すぐに思考を切り替えたようです。

「仮に、ローゼマイン様のご注意通りに魔獣が現れたとしても種類も強さも今の時点ではわかりません。魔術具による攻撃が終了した時に残っている魔獣がいたら大変です。魔獣が現れた場合も、魔術具の範囲外にラザンタルク達を待機させます。有効範囲を一番よく知っているのは私です」

ケントリプスはどの辺りまでが魔術具の攻撃範囲なのか説明し、ラザンタルク達へ指示を出し始めました。その時、オルドナンツが飛んできました。

「ハンネローレ様、ハイルリーゼです。遠くにヘルヴォルの群れが見えます！　真っ直ぐにそちらへ向かっています」

学生達を促し、寮へ先導しているハイルリーゼからのオルドナンツに、残っている者達の表情が一斉に変わりました。

「本当に来ただと⁉」

「ハンネローレ様が魔術具を使えるように距離を取って待機！」

「全員が安全圏に入ったらゲルプで合図します！」

危険や救援を求める赤の光がロート、作戦準備完了を示す黄色の光がゲルプです。わたくしはケントリプスの声を聞きながら、自分から皆と距離を取るようにヘルヴォルの群れに向かって騎獣で突っ込んでいきました。自分の魔力量の方が多くて相手の攻撃が届かないと確信できる乗り込み型の騎獣だからできる体当たりです。

魔力に任せて速さを出し、赤い毛並みを数頭、撥《は》ね飛ばしました。仲間を襲われた怒りで目を青く光らせたヘルヴォルがわたくしを敵だと認定し、一斉に襲いかかってきます。単騎で飛び込んだわたくしの騎獣に敵意を剥き出しにし、唸《うな》り声を上げて噛みついてきました。いくら襲いかかってきても、わたくしの騎獣を破ることはできないでしょう。わたくしは自分の騎獣に食らいつくヘルヴォルの鋭い牙や爪《つめ》を見ながら、いつでも魔術具を投げられるように手にし、魔力を注ぎ込んでいきました。

ゲルプの黄色の光が、わたくしの目の前のヘルヴォルに当たりました。ケントリプスの合図です。見知らぬ光を警戒して攻撃を弱めたヘルヴォルに向かって、わたくしは魔力を込めた魔術具を騎獣の外へ放り出しました。

「デトナス！」

起動の呪文を唱えると、魔術具を中心に青と黄色に光る魔法陣がぶわっと広がっていきます。自分の周りだけにあるのは、魔力登録者を守るための黄色の魔法陣。その周囲には攻撃範囲を定める青色の魔法陣が大きく広く展開しました。

直後、けたたましい爆発音が起こり、ヘルヴォルが甲高《かんだか》い悲鳴を上げたかと思うと、その悲鳴がすぐに途切れます。悲鳴の代わりに聞こえる音は、ボトボトとヘルヴォルの魔石が落ちる音です。

魔法陣の範囲外だったヘルヴォルもいたようですが、大半が魔術具で討伐されると、すぐさま尻尾《しっぽ》を巻いて逃げ出していきました。

「ハンネローレ様！」

範囲外で待機していたラザンタルクやケントリプス達が騎獣で駆けてきます。一番に到着したのはラザンタルクでした。

「お怪我はございませんか？」

オロオロしていることが全身鎧を着ていてもわかります。その慌てようが何とも可愛らしくて面白く思えました。

「あら、ラザンタルクはケントリプスの魔術具を信じていないのですか？」

「あれだけの数のヘルヴォルに食らいつかれる姿を見て心配しない者はいません！」

「ふふっ。心配をかけましたね。でも、乗り込み型の騎獣ですから、わたくしには傷一つありませんよ」

怒鳴るように言われたことで、わたくしは他の者からどのように見えたのかわかって納得しました。領主候補生を守るべき護衛騎士としては心臓が縮み上がったことでしょう。

「ラザンタルク達には悪いのですが、ハイルリーゼ達がその様子を見ていなくてよかったと思いました。何となく魔法陣の範囲内に飛び込んできそうな気がしますもの」

「ラザンタルクも飛び込んで行きそうでしたよ。押さえるのが大変でした」

ケントリプスがラザンタルクをジロリと睨みながらそう言いました。他の騎士達も「ラザンタルクが魔法陣に巻き込まれなくてよかった」と頷いています。

「ケントリプス、貴方の魔術具のおかげで、わたくしを含めて誰にも傷一つなくヘルヴォルを倒せました。お手柄ですね」

わたくしがお礼を言うと、ケントリプスは何故か困惑した顔でわたくしを見つめました。どう見ても、お礼を言われた者の表情とは思えません。疑わしい者を見るように、灰色の目でじっとわたくしを見つめてきます。

「貴女は本当にハンネローレ様ですか？」

「え？」

「何を言い出すのだ、ケントリプス？　ハンネローレ様以外の誰に見えるのだ？」

「姿はハンネローレ様に違いありません。言動にも私の知るハンネローレ様が多少見え隠れしています。ですが、決定的なところが違います。まるで成長した……」

ケントリプスに指摘された瞬間、わたくしは何者かに引っ張られたような感覚がしました。頭がくらりとして皆の顔がぶれて見えなくなり、視界が白くなったかと思うと、次の瞬間には女神様達がわたくしを覗き込んでいました。

リーベスクヒルフェの握る糸

倒れた状態のわたくしを神々が覗き込んでいます。わたくしがハッとして体を起こすと、神々は安堵したように表情を緩めました。けれど、縁結びの女神リーベスクヒルフェだけは何だか不満そうに眉尻を下げています。

「ハァ、無念この上ありませんわ。せっかく過去へ行ったのに何もできずに終わっちゃったでしょう?」

「何もできなかったというわけではないのですけれど……」

ヴィルフリート様に想いを伝えるために少々やり過ぎてしまいましたが、わたくしは大事な気付きをいくつも得られたのです。わたくし自身は何もできなかったとは思っていません。

「何もできなかったではありませんか。ヴィルフリートに想いを伝えたいと言ったのに、わたくし、二人の糸を絡ませることができなかったのですよ。いつも祈りを捧げてくれるハンネローレのために張り切っていたというのに……」

縁結びの女神は悔しそうですが、わたくしは何だかとても嬉しくなってきました。

「リーベスクヒルフェ様にわたくしのお祈りが届いていたことも嬉しいですし、力を尽くそうとしてくださったことは身に余る光栄です。ありがとう存じます」

「もう少し時間があれば上手くいったのですよ。どうして禁忌を犯したのです？」

縁結びの女神として立つ瀬がないと唇を尖らせる彼女の肩を、時の女神ドレッファングーアが「貴女のせいではないわ」と宥めるように軽く叩きます。

「ハンネローレ、先に言った通り、禁忌を犯した貴女に関連する記憶は全て抜き取りました。貴女が過去で行ったことは皆の記憶に残りません」

ヴィルフリート様に想いを伝えたことも、コルドゥラ達とわかり合えたことも、わたくしが先導して採集場所を癒したことも、ヘルヴォルを退けたことも、全て皆の記憶から消え去り、わたくしが記憶している通りの過去に戻ったと時の女神がおっしゃいました。

「わかっています。ですが、ドレッファングーア様。わたくしの記憶を残すことはできますか？わたくし、過去の世界で大事なことがわかったのです。その気付きを失いたくありません」

「わかりました。ヴィルフリートへ想いを伝えることではなく、その気付きを貴女へのお礼としましょう」

時の女神のお言葉にわたくしは頷きました。この得がたい経験の記憶は、わたくしにとって何より大事になるに違いありません。

「それにしてもビックリしましたわ。まさかヴィルフリートに想いを伝えたいなんて……」

「え？」

縁結びの女神の意外そうな声にわたくしは目を瞬かせました。

「だって、自分で繋がりを切ったのに、過去に戻ってやり直したい相手がヴィルフリートだなんて思わないでしょう？　人間って本当に不可解ですこと」

「……あの、それは一体どういう意味でしょう？　わたくしがヴィルフリート様との繋がりを自分で切ったのですか？」

全く意味がわからなくて首を傾げると、縁結びの女神も意味がわからないというように首を傾げました。

「祈ったでしょう？」

「……ヴィルフリート様との繋がりを切りたいと祈るなど全く記憶にございませんけれど……」

「わたくしに祈りが届いたのですもの。相当強く祈ったはずです」

縁結びの女神がふわりと手を動かすと、目の前に鏡のような金属板が浮かび上がりました。その中にわたくしの姿が映っています。家具などを見たところ、寮の自室のようです。

「一度にたくさんの祈りが来ても全てを同時に確認できないから、こうして強い祈りは見直せるようにしているのです」

……自分の姿をこのような形で見られるなんて……。

まるで連絡用の水鏡のようです。目の前の金属板には過去のわたくしの様子が浮かんでいます。過去のわたくしは何やら焦っている様子で、コルドゥラと話し合っています。その後、必死の表情で縁結びの女神に感謝を捧げ始めました。

「縁結びの女神リーベスクヒルフェよ。たくさんの御加護をありがとう存じます。もう十分です！　わたくし、十分な選択肢をいただきました。神に感謝を！」

……あぁ！　次々と求婚されて困った時に、わたくし、確かに「これ以上の選択肢はいらない」と強く願いました！

「その顔は思い出したようですね。わたくし、この祈りが聞こえたから、この時に他とは繋がらないようにしたのです」

……なんということでしょう⁉　まさか自分のお祈りのせいでヴィルフリート様とのご縁が切れていたなんて……。

祈りが本当に女神に届いていて、この時までに求婚したり求愛していた者以外はご縁が繋がらないようになっていたとは思いませんでした。わたくしがヴィルフリート様への想いに気付いたのも、求婚したのも祈りの後です。

「わたくし、どれだけ間が悪かったのでしょうか」

くらりとして目の前が揺れるのを感じていると、時の女神が頬に手を添えて息を吐きました。

「わたくしは別に間が悪いとは思いませんけれどね。リーベスクヒルフェは縁を結びますけれど、それが良縁とは限りません。悪縁だって中にはあるのです。貴女は一度自ら手を引いたでしょう？　一度切った関係を無理に絡めると碌な結果になりませんから」

「……え？」

まるでヴィルフリート様とのご縁が悪縁となるように言われて面食らいました。わたくしは時の女神のお言葉を否定してほしくて、自分に協力的だった縁結びの女神に視線を向けます。

「あら、本人が望んだことなら、どれだけ災難が降りかかっても構わないでしょう？　自分の望みによって泥沼にはまっていく者達を見ていると、なかなか面白いのですもの。お仕事の中に楽しみを見出すことは大事だと思わなくて？」

完全に予想外の物言いに、わたくしは親しみやすそうな笑みを浮かべている縁結びの女神に対して底の知れない薄気味悪さを感じました。神々にとってわたくし達の生き様を見つめ、祈りを叶えることはお仕事であり、同時に娯楽であるようです。

「お仕事はお仕事でしょう。真面目にするべきですよ。……貴女が真面目にできないのは構いませんけれど、わたくしの糸を触らないでくださいませ」

「そのくらい構わないじゃない。色々と絡めた方が楽しいもの」

わたくしの脳裏に「神々とわたくし達では常識も理も違います。一見、似たような姿をしていますが、神々と自分達を同じように考えてはなりません」というローゼマイン様のお言葉が蘇りました。ローゼマイン様は英知の女神からグルトリスハイトを授かる時に、きっとこのような理不尽さや力の違いを実感したのでしょう。

……過去に戻った時にリーベスクヒルフェ様の御力が及ばなくて安心しました。

時の女神と縁結びの女神のやり取りを見ていると、わたくしはそう思わずにいられません。

「あの、ローゼマイン様はまだ戻られませんか？」

わたくしはおずおずと声をかけました。仕事に対する姿勢について言い合い、段々白熱し始める時の女神に冷静になっていただきたかっただけで、ローゼマイン様がまだ戻られないことはわかっています。禁忌を犯して強制送還されましたし、機織りの女神ヴェントゥヒーテは織機から真剣な目を片時も離そうとしませんから。

けれど、思惑通り時の女神は我に返ったようです。一つ息を吐くと、縁結びの女神から機織りの女神の手元へ視線を向けました。

「……切られた箇所が一つではないので、すぐには戻らないでしょう。あぁ、一つは無事に修復できたようですね」

ローゼマイン様の頑張りを耳にして、わたくしは安堵しました。一年前の世界で様々な失敗をしたわたくしと違って、ローゼマイン様はきちんと修復を成功させているようです。

「ハンネローレ、貴女は精神だけの形でここにいます。あまり長くなると、貴女の体がもたないでしょう。ローゼマインを待つのではなく、先に戻りなさい」

時の女神のお言葉に、わたくしは頷きました。神々の理や常識を理解できない以上、長居しては何が起こるかわかりません。わたくしを元の世界に戻そうと、ふわりと手を上げる時の女神にお礼を述べます。

「ドレッファングーア様、わたくしの記憶を残してくださってありがとう存じます」

「わたくしこそ、体を借りられて助かりました。ローゼマインにも協力し、ヴェントゥヒーテと共に貴女達が織りなしてきた歴史を尊重します。安心してくださいな」

ニコリと微笑む口元が見えます。二十年ほどの歴史が崩れることなく、修復されるだろうと信じられる笑みでした。

視界がゆっくりと白くなっていく中で、縁結びの女神が時の女神を押しのけるようにして視界に入ってきました。

「いっぱいお祈りしてくれたのにお礼をできてないから、今度は好きなのを選べるようにしてあげました」

……え？　あの、ちょっと待ってくださいませ。

縁結びの女神の声が好意的な響きであることは理解できますが、何だか非常に不安になってきました。今度は何が起こるのでしょうか。

「これからも感謝の祈りをたくさん送ってちょうだい。待っているわ」

明るく見送る声まで小さくなっていきます。縁結びの女神にこれ以上お祈りするのは怖いのですが、待たれているのに祈らないのも怖いです。わたくしはどうすればよいのでしょうか。


気が付くと、わたくしは青い液体の中にいました。体を起こそうとすると、コルドゥラが手を差し入れて助けてくれます。

「ハンネローレ姫様でよろしいのですよね？」

コルドゥラが不安そうにわたくしに尋ねました。その問いかけに時の女神が降臨していた影響を感じながら、わたくしは頷きます。

「えぇ。戻りました。……ここはお風呂ですよね？　これはユレーヴェでしょうか？」

体を起こすと、わたくしは自室の浴槽にいることがわかりました。コルドゥラが頷きます。

「はい。姫様が戻るまでお体をユレーヴェに浸けておくように、とローゼマイン様がおっしゃったのです。精神が戻らなければ死に近付いていくから魔力が固まらないように、と。ご無事に戻られて安心いたしました。浴槽がこの有様ですから、姫様に対して失礼であることは承知の上でございますが、ヴァッシェンを行いますよ」

コルドゥラは主であるわたくしにシュタープを向ける非礼を詫び、ヴァッシェンで薬液を洗い流しました。

「着替えたら不在期間のお話をいたしましょう。姫様が眠っている間に少々大変なことになっておりますから」

早口でコルドゥラが言います。わたくしを心配している様子を全く隠さない姿に、わたくしは何だか怖くなりました。いつも冷静なコルドゥラとは思えません。

浴室から出ても他の側近の姿が見当たらず、わたくしは少し戸惑いながらコルドゥラ一人に着替えさせてもらいます。

「……コルドゥラ、何が起こっているのですか？」

「わたくしが知る範囲でお話しいたしますから、姫様はどうかお気を確かに」

……お気を確かに、ですか？

とてもコルドゥラが発した言葉とは思えません。わたくしは深呼吸しながら心の状態を整え、それからゆっくりと頷きました。着替えが終わり、脱衣所から出ても自室には他の側近達の姿が見えません。

「まだ姫様が目覚めたことを誰にも知らせていません。姫様に今の状況をお伝えし、よく考える時間が必要だと思ったからです」

そう言いながらコルドゥラはわたくしにお茶を淹れてくれます。温かいお茶を飲むと、体に熱が広がっていくことが実感できます。あまり自覚はありませんでしたが、ユレーヴェの中で体が完全に冷えていたようです。

「コルドゥラも座ってちょうだい。意識のないわたくしに付いていたのですから疲れているでしょうし、短い話ではないのでしょう？」

わたくしが真っ直ぐに見つめてそう言うと、コルドゥラはしばらくわたくしの目を見返して「姫様は何だか少し雰囲気が変わられましたね」と言いながら椅子に腰を下ろしました。

「どこからお話をしましょうか？　わたくし、東屋で起こったことには詳しくないので、後でケントリプスを呼びますからその時に聞いてくださいませ」

コルドゥラはそう前置きして、時の女神ドレッファングーアがわたくしの体を借りたこと、その際に派手な光の柱が立ったこと、時の女神がローゼマイン様を連れていくと同時にわたくしの体が臨死状態に陥ったことを述べます。時の女神から先に注意があってローゼマイン様からユレーヴェに浸けるように助言があったそうです。

「ダンケルフェルガーに連絡し、レスティラウト様が婚姻前に作製していたユレーヴェを送っていただくと、お体を浸けて神々の世界から姫様が戻るのを待つしかございませんでした。姫様のお体に関してはそれで終わりです。けれど、周囲の状況は……」

コルドゥラは一度そこで言葉を切り、少し考えるように目を伏せました。

「わたくしが覚えている限り、今の騒動の始まりはコリンツダウムですね。時の女神と繋がる聖女を上級貴族に降嫁させるなどひどい話だという抗議と共に、王族の血を引くアウブ・コリンツダウムから求婚を受けました」

「意味がわかりません。娘の嫁ぎ先を決めるのは父親ですし、父親の決めた縁談に対して抗議するならば嫁盗りディッターを行うべきでしょう？」

ジギスヴァルト様は王族の血を引くというところを強調して求婚してきたようですが、それでは正式な手順を踏んでいるとは思えません。

「まだ姫様が正式な婚約者を決めていないので、父親が決めたとは言っても婚約は成立していないと主張しています」

「確かに正式な婚約は済んでいませんね。元王族が相手では、お父様も即座にお断りすることは難しいでしょう」

まさかジギスヴァルト様から元王族という立場を笠に着た求婚が寄せられるとは、あまりにも予想外な展開です。けれど、お父様はジギスヴァルト様に良い評価をしていませんでした。わたくしが拒否すれば、どのように断ればよいのか一緒に考えてくださるでしょう。

「アウブは他領からの横槍を防ぐためにハンネローレ姫様に婿取りさせて領主一族に据え置くからとコリンツダウムの求婚を退けようとしたところ、ドレヴァンヒェルのオルトヴィーン様からも求婚があったのです」

「え？　オルトヴィーン様ですか!?　何故です!?」

こちらもまた完全に想定外です。わたくしの記憶が確かならば、わたくしはオルトヴィーン様の目の前でヴィルフリート様に想いを告げたはずです。それなのに、何故目覚めたら求婚されているのでしょう。

……もしかすると、東屋でオルトヴィーン様が余裕のある態度に見えたのは、わたくしとヴィルフリート様が上手くいかないと思っていたからでしょうか？

わたくしを観察するようなオルトヴィーン様の目を思い出しました。

「オルトヴィーン様はダンケルフェルガーのことにも通じているようですね。正式に嫁盗りディッターを申し込んで参りました」

「……アウブ・ドレヴァンヒェルはその申し込みをご存じなのですか？　以前のように、また何か不備や両者に齟齬《そご》があるということは？」

オルトヴィーン様はヴィルフリート様と違ってダンケルフェルガーの求婚を知っていたのですから、何も知らずに嫁盗りディッターを申し込んできたわけではないでしょう。それがわかっていても、わたくしは警戒してしまいます。

「ないと思われますよ。今回は領地対領地の正式な取り決めですから。横入りのようなコリンツダウムの求婚より、よほど好感が持てるとアウブはオルトヴィーン様のディッターの申し込みを受け、ラザンタルクとケントリプスに姫様を守るように命じました」

ダンケルフェルガーとドレヴァンヒェルのディッターで勝負を付けようというところに、コリンツダウムも嫁盗りディッターへの参戦表明を出してきたそうです。何だかわけがわからない感じの混戦状態になってきました。

「そのうえ……」

「まだあるのですか？」

「第二夫人のご子息ラオフェレーグ様が参戦を表明したのです」

「なんですって⁉」

ディッターを目当てに求婚してきた異母弟の姿を思い出して目を見開いていると、コルドゥラも頭痛を堪えるように額に指を当てます。

「アウブの決定に異議を唱える権利が自分にはあること。異母弟の自分であれば姫様に婿入りして姫様をアウブ・ダンケルフェルガーにできると言い出したのです。完全にレスティラウト様に対する敵対宣言ですね」

「待ってください。ラオフェレーグが何と言おうと、わたくしにお兄様と敵対する気はありませんよ。自分にアウブが務まるとも思っていませんし……」

ラオフェレーグの参戦表明は、ダンケルフェルガーの貴族達に大きな衝撃を与えたそうです。

「アウブが他の求婚者の申し込みを受けるのにラオフェレーグ様の参戦だけを断ることはできません。ラオフェレーグ様はご自分の側近を中心に、レスティラウト様に反感を持つ者や姫様をアウブに押し上げようとする者達を味方に付けようと躍起《やっき》になっています」

アウブの選んだ二人の婚約者候補を中心にまとまるのではなく、ラオフェレーグが参戦することになり、ダンケルフェルガーは二つに割れました。そこに勝機を見出した領地からもディッターの申し入れが次々と来ているそうです。

「……そういうわけで、姫様の嫁ぎ先を決めるための大規模な嫁盗りディッターが行われようとしています。第二の女神の化身と騒がれるようになった姫様が今後どのような立場を望まれ、どのように立ち回るのか……。それが今までより重要になると思います。目が覚めたと連絡すれば、一気に事態は動き出すでしょう」

疲れ切ったようにコルドゥラが深い溜息を吐きました。

「わたくし、別れの挨拶のつもりだったのです。本当に偶然あの東屋で祈りを捧げたことになっただけで……ローゼマイン様を呼び出したいドレッファングーア様に体を貸してほしいとお願いされただけです。わたくし自身には何の力もないのですよ。どうしてこのようなことに……」

そう呟いた瞬間、「今度は好きなのを選べるようにしてあげました」という縁結びの女神の言葉が脳裏に蘇ります。神話にあった「リーベスクヒルフェの悪戯」の話を思い出し、その影響力の広さと強さを目の当たりにしたわたくしは、頭を抱えざるを得ません。

……違いますっ！　わたくし、このような事態は望んでおりませんっ！　今回は祈ってもいないのですよ！　止めてくださいませ、本当に！

縁結びの女神に抗議の祈りを捧げるべきかどうか一瞬思案し、わたくしは不満と魔力が飛び出すのを必死に抑えました。

エピローグ

ハンネローレに時の女神ドレッファングーアが降臨したこと、それに伴って嫁盗りディッターの申し込みが相次いだことでダンケルフェルガーの寮内が沸いている。喧騒の収まる気配は全くない。

「本日、講義の終わりにリンデンタールからアウブへのお手紙を預かりました。ダンケルフェルガーに送る書簡と一緒に送ってくださいませ」

「またか……。わかった。こちらで預かって領地へ届けよう」

他領から預かった手紙をげんなりとした顔で持っているアンドレアにケントリプスは苦笑するしかない。次から次へと嫁盗りディッターの申し込みがあり、現在貴族院の学生達はアウブからアウブへの手紙を届けるオルドナンツのように扱われている。他領の者が「アウブから預かりました」と誇らしげに持ってくるのと違い、ダンケルフェルガーでは「いい加減にしろ」と怒鳴りたくなるのを堪えているのが現状だ。

「ケントリプス、今から訓練……何だ、また来たのか?」

会議室の一つで手紙の内容を確認し、ダンケルフェルガーに送るための文箱に放り込んでいると、ラザンタルクがやって来た。彼はレスティラウトの護衛騎士でハンネローレの婚約者候補でもあるため、申し込まれるディッターの準備や訓練に明け暮れている。

「あぁ、まただ。いくら何でも多すぎる。リンデンタールのような下位の小領地までダンケルフェルガーに嫁盗りディッターを申し込んでくるなど、普通ならばあり得ない。誰が糸を引いているのか裏を調べたいところだが……」

「片っ端から全部潰せばよいだけではないか。私がハンネローレ様をお守りするのだ」

あっけらかんと言われると、ケントリプスは「まぁ、そうだな」と曖昧に笑うしかできなかった。それができる武力があると自信を持てるラザンタルクが羨ましくもあり、妬ましくもある。同時に、力で押すことしか考えていない騎士らしい性分が心配にもなる。

「ハンネローレ様はまだ目覚めないのか？」

「おそらく。この手紙を持ってきたのはアンドレアだ。側近が何も言わないのだから、まだハンネローレ様は目覚めていないと思う」

ケントリプスは文箱の蓋を丁寧に閉めた後、ハンネローレの部屋がある上へ視線を向ける。ラザンタルクも同じように視線を向けた。

あれから十日が過ぎようとしているというのにハンネローレはまだ目覚めない。

◆

「ハンネローレ様、大変申し訳ありません。私はエーレンフェストの領主候補生です。領地に不和や騒動の種を持ち込むつもりはありません」

ヴィルフリートに拒絶されたハンネローレは、悲しそうに微笑んで自分の手首を自分で強く握る。

それが強い感情を抑える仕草だとケントリプスは知っていた。人前で想いを告げて拒絶されたのだ。内心はどれだけ感情が荒れていてもおかしくない。

……ハンネローレ様には酷だったが……。

ヴィルフリートに想いを伝えるように追い詰めたケントリプスは、ハンネローレの恋が実らないと知っていた。それでも、自分で行動して自分の想いに決着をつけなければ、頑固なところがあるハンネローレは納得しない。自覚の薄い恋情を胸に、父親の決めた婚約者候補に不満を抱えたまま婚姻すれば、後々どこで恋情が大きくなって爆発するかわからない。

領地のためにも、本人のためにも今の内に自分の手で決着をつけるべきだと思ったからこそ、ケントリプスは歯噛みしたいような苦い自分の恋情を抱えながらハンネローレの後押しをしたのだ。この後、きっとハンネローレは幼い頃のようにしばらくの間泣くことになるだろう。けれど、ケントリプスの知る泣き虫姫は泣きながらゆっくりと自分の想いに決着をつけ、そのうち顔を上げて立ち上がる強さを持っている。

……いずれ立ち上がる強さはあるが、今傷ついた心が痛くないわけではない。

必死に感情を抑えようとしている泣き虫姫の様子を見つめ、ケントリプスは声をかけた。

「……ハンネローレ様、大丈夫ですか？」

ケントリプスがハンネローレを心配するように、オルトヴィーンも心配したらしい。「今日は終わりにしましょう」と盗聴防止の魔術具を置いて立ち上がる。

「時の女神ドレッファングーアの本日の糸紡ぎに祈りと感謝を捧げましょう」

そんな定例の挨拶と同時に、ハンネローレの手首のお守りが光り始めた。ケントリプスはそれがコルドゥラの作ったドレッファングーアのお守りだと知っている。ドレッファングーアの記号が刻まれた魔石が光り、呆然と天井を見上げている内に、細い黄色の光が東屋の天井に魔法陣を描き出していく。

……何だ、これは⁉

その場にいる全員が完成されていく魔法陣を呆然と見ているしかできなかった。何が起こっているのか、何をすべきか全く頭に思い浮かばないのだ。

カッと強く魔法陣が光を放った後、魔法陣から降り注ぐ光がハンネローレを捕らえた。その光に導かれるように、彼女の体が空中へゆっくりと上がっていく。

「ハンネローレ様！」

ケントリプスは即座に妖しい光からハンネローレを取り戻そうと手を伸ばした。だが、その手は拒絶するような痺《しび》れる痛みと共に弾かれた。

「下がりなさい。無礼な……」

明らかな拒絶を示す声を発しながらハンネローレが目を開ける。ケントリプスを始め、ハンネローレの様子を窺っていた者達から安堵の息が漏れた。

だが、その安堵はほんの一瞬だった。

……ハンネローレ様ではない⁉

本人が光を帯びているように黄色の光に包まれたままのハンネローレは、不自然に空中に浮いたままだった。その目は、見慣れた赤色から濃い黄色に変化していて、ほわほわとした彼女特有の雰囲気は消え去り、その場に跪かざるを得ない威厳《いげん》のある表情と気配を放っている。ハンネローレに知られたら「失礼ですよ」と叱られるだろうが、ケントリプスはハンネローレにそのような表情ができるのかと驚いたほどだ。

「下がれと言っているのです」

何もない空中に座り、不快そうに私達を見下ろす彼女が少し手を振る。次の瞬間、東屋の中にいた者は全員外へ出された。黄色の光に満ちた東屋の中にいるのは、空中に座るハンネローレだけ。東屋に近付ける者さえ多くはない。領主候補生や領主一族に近い傍系の上級貴族くらいで、それも、低学年には難しいようだ。ハンネローレの側近達も散らされている。

「魔力が高くなければ、東屋に近付くこともできぬようだな」

ヴィルフリートの声を耳にして振り返れば、文官棟からたくさんの人が駆け出してきているのが、ケントリプスの目に映った。彼等は物珍しい現象を見学しようとしているが、東屋に近付けず途中で足を止めていく。その距離感で個人の魔力感知より明確に魔力量の差を認識できた。ケントリプスより二歩分くらいヴィルフリートが下がっているが、魔力量はそれほど変わらないようだ。

……予想外にヴィルフリート様の魔力量が多いな。最近まで順位の低かった領主候補生なのに、大領地の領主候補生と同じくらいか。

オルトヴィーンとはほぼ横並びだ。ケントリプスは上級貴族とはいえ、アウブ・ダンケルフェルガーの甥《おい》に当たる。上位領地の領主候補生であるオルトヴィーンはともかく、魔力量でヴィルフリートがこれほど近いと思わなかった。

「わたくしはドレッファングーア、時を司《つかさど》る者」

ハンネローレの手首で光ったお守りからケントリプスが予想していた通りだったが、時の女神ドレッファングーアが降臨したようだ。教科書の中でしか見られない神話時代が目の前に出現したような心地になり、周囲が高揚感に包まれていくのがケントリプスには肌でわかった。その高揚とは逆に、彼の頭は冷えていく。女神を降臨させているハンネローレが心配でならない。

「火急の用がございます。神と人を仲介する者を呼びなさい」

「ツェントだ！　ツェントを呼べ！」

オルトヴィーンが即座にそう叫んだ。神学の講義で神々と人を仲介するのがツェントの役目だと習ったからだろう。周囲が「オルドナンツを」「いや、中央にいらっしゃるならば魔術具の手紙の方が」「先生方に緊急用の通信を使用していただくのだ」と騒ぎ始める。

「もしやローゼマインをお召しではございませんか？」

皆がツェントへの連絡方法を探す中、ヴィルフリートだけがそう言って首を傾げた。いきなり何という失礼なことを言い出したのかとケントリプスは思わず目を剥いた。だが、時の女神は「そう、ローゼマインです。その者を疾《と》く」と正解した彼を褒めるように頷いたのである。

「アレの片割れが大変なことになっています。このままではグルトリスハイトが消滅し、約二十年の歴史が崩壊するでしょう」

ゆったりとした口調で言われたことに、その場にいた全員が息を呑んだ。何が起こっているのか

わからない。ただ、時の女神がハンネローレに降臨しなければならないほど大変な事態になっていることだけはわかった。

その場を驚きと恐怖が支配し始める。どういうことだとざわつく中、一羽の白い鳥が喧騒から飛び立つ。ヴィルフリートのオルドナンツだった。

「ローゼマイン、緊急事態だ。すぐに文官棟の奥にある東屋へ来い！」

妹とはいえ他領のアウブとなった者に不敬な、と普段ならば考えただろう。だが、今は違った。皆が驚き戸惑う中で的確な動きをしているのは彼だけだ。ハンネローレに女神が降臨していて、婚約者候補だというのにケントリプス自身は何もできない。今すべきことがわからない。どうすれば正解なのかわからない。

……一体どうすれば女神の降臨を終わらせられるのだ？

ケントリプスはグッと息を呑んだ。彼の脳裏には嫌な未来の予想が広がっていく。女神を降臨させたハンネローレは、ローゼマインと同じように女神の化身と呼ばれるようになるだろう。第二の女神の化身を得ようと他領が動き出すに違いない。また、ローゼマインと同じように今後も神々を降臨させたり、突然神々から呼び出される可能性もある。その時に的確に対処できるのだろうか。どうしようもない恐れと不安が足元から這《は》い上がってくるのをケントリプスは感じていた。

「オルドナンツが戻ってきた!?」

そんな声にケントリプスはハッとした。一度飛び立ったはずの白い鳥がヴィルフリートの手に戻り、黄色の魔石に戻っていく。誰かが「もしやローゼマイン様が亡くなられたのでは？」と口にした途端、その場は阿鼻叫喚《あびきょうかん》となった。女神に呼ばれた者がいないのだから。

「この近くにおらぬだけです。疾く探しなさい」

静かだが、厳しい声音と共にハンネローレの体から発される光が強まり、胸が押さえつけられているように感じるほど重くて圧倒的な神力が放たれた。女神の叱責と放たれた神力に皆が騒ぐこともできずに蹲《うずくま》る。

……これほどの神力を浴びているハンネローレ様のお体は大丈夫なのか？

さすがに不敬だと思ったのでケントリプスは質問できなかった。ハンネローレの体を心配するならば尚更、女神をこれ以上怒らせるわけにはいかない。グッと顔を上げてケントリプスはその場にいた全員に指示を出す。

「ローゼマイン様の側近達やアレキサンドリアの学生達へ次々とオルドナンツを飛ばせ。事情を説明し、すぐにこちらへ来ていただくのだ」

いくつものオルドナンツが飛んだ結果、アレキサンドリアで異常事態が発生したため、アウブであるローゼマインは一旦領地に帰還していることがわかった。

「……時の女神ドレッファングーア、ローゼマイン様はどうやら領地に戻っていらっしゃったようで、東屋へ到着するまで時間がかかるそうです。日が暮れて参りました。ローゼマイン様を待つならば、どこか暖かい場所へ移動しませんか？」

講義の後、東屋で話し込んだのだ。外は暗くなりつつあるし、気温は急激に下がってきている。ケントリプスは暖かい部屋への移動を提案したが、時の女神は拒否した。

「わたくしはこの魔法陣の外へ出られません。其方等に用はないので、寒いならば立ち去ればよいでしょうに……」

「いえ、私はハンネローレ様のお側にいます」

「そうですか。それもよいのではございませんか」

その頃には時の女神を見るためにやって来た教師達や他領の領主候補生達が魔力の多さに任せてじりじりと近付こうとする。そんな物見高い不審者達から自分の主を守ろうと、コルドゥラがオルドナンツをダンケルフェルガーの寮へ飛ばし、ハンネローレの側近やダンケルフェルガーの上級騎士見習い達が出動する。そんな状態になっていた。

……ローゼマイン様、お早く……！


この場にいる誰もがじりじりとした気持ちで待って、どのくらいの時間が経っただろうか。遠くからざわめきが聞こえ始めた。「ローゼマイン様です。道を空けてくださいませ」「通してくださいませ」という声が段々と近付いてくる。自然と道が左右に分かれ、その間を通ってローゼマインが歩いてきた。

彼女は珍しい形の衣装を着ていて、魔石や魔術具をたくさん準備しているように見えた。普段の髪型と違って後ろで一つにまとめられている。ダンケルフェルガーの国境門に現れた時を彷彿《ほうふつ》とさせる出で立ちだった。その表情は厳しく、まるで戦いを前に武装しているように感じられた。とても女神の呼び出しに応じる者の恰好《かっこう》ではない。

「ローゼマイン様、女神に呼び出されたというのに少々物騒ではございませんか？」

その場にいる皆を代表したようなオルトヴィーンの言葉に、ローゼマインは「これでも足りないくらいですよ」と平然とした顔で返した。それに対して時の女神は何も言わない。

……この武装が当然なのか？

時の女神ドレッファングーアからもたらされた情報は同じなのに、心構えの違いを目の当たりにしてケントリプスは息を呑んだ。ローゼマインが神々からグルトリスハイトを預かってくる時も、実は非常に危険で大変だったのではないかと思わされたのだ。

「ローゼマイン」

ヴィルフリートが駆け寄って呼びかける。

「其方に巻き込まれてハンネローレ様が大変なことになっている。早く何とかせよ」

「そもそも神々が原因で、わたくしが何かしたわけではないのですよ、ヴィルフリート兄様。それに、早急な解決をわたくしも望んでいます」

ローゼマインは顔を顰めてそう言った後、ケントリプスを見た。彼女は普段のニコリと微笑んでいる淑女然《しゅくじょぜん》とした微笑みではなく、戦いに赴くような緊張感をまとっている。

「ケントリプス様、女神が去った後のハンネローレ様について、わたくしの側仕えに助言するように申しつけています。後で尋ねてください」

「恐れ入ります」

このような状況で後々のハンネローレについて助言する余裕がローゼマインにあることに驚きつ

つ、ケントリプスは礼を述べる。わからない時に頼る先ができたことに安堵した。

「すでに二人目の女神の化身として騒がれ始めていますが、アウブ・ダンケルフェルガーと協力し、ハンネローレ様を守ってくださいませ」

そう言いながらローゼマインはケントリプス達の前を悠然とした足取りで通り過ぎ、東屋に入る直前で跪いた。

「お待たせいたしました、時の女神ドレッファングーア。わたくしがアウブ・アレキサンドリアのローゼマインでございます」

挨拶をしようとするローゼマインに向かって、時の女神が「急ぎなのです。疾く参りますよ」と手を差し伸べる。女神に慣れているのか、ローゼマインは躊躇うことなくすぐさま立ち上がった。

ケントリプスやオルトヴィーン達は弾かれて外へ追い出されたのに、ローゼマインは易々と光る東屋の中に入っていく。

「詳細は移動先でお願いいたしますね。一刻も早くハンネローレ様を解放してくださいませ」

「意識が戻るまでは仮死状態ですものね。急ぎましょう」

時の女神ドレッファングーアが光を増した直後、ローゼマインは光に溶けるように消えていった。

「ハンネローレ様！」

女神が去った瞬間にハンネローレの体が落ちて硬い石の床や椅子に叩きつけられるのではないかと焦りつつ、ケントリプスはまだ光に満ちたままの東屋の中へ駆け込んだ。自分の手元に引き寄せるようにしてハンネローレの体を確保する。東屋に満ちていた光が弱まると同時にハンネローレの体が重みを増してくる。彼にとってその重みこそが女神の去った実感だった。人として当然の重みが戻ってきたことに、張り詰めていたケントリプスの心が解れていく。

だが、腕の中にいるハンネローレはピクリとも動かず、息をしていなかった。この寒くなってきた時間に防寒具を渡すこともできなかったので、体温が下がっている。

「ケントリプス様、ハンネローレ様をこちらへ。護衛騎士がお運びします」

婚約者候補とはいえ、ケントリプスがハンネローレをいつまでも抱えているのは外聞も良くない。護衛騎士見習いの声に頷きつつ、ケントリプスはハンネローレを差し出した。

「意識が戻るまで仮死状態になるらしい。時の女神のお言葉だ」

「なっ⁉」

「安心しろ。必ず取り戻すとローゼマイン様が請け負ってくださった」

女神が去った後に残るのは現実だ。ケントリプスはハンネローレの身柄を彼女の護衛騎士に渡し、青ざめた顔で一緒に去って行こうとするコルドゥラに声をかける。

「コルドゥラ様は少々お待ちください。ローゼマイン様の側仕えから今後のハンネローレ様について助言してくださるそうです」

「わたくしです。ローゼマイン様の筆頭側仕えリーゼレータと申します」

魔力量によって足止めを食らっていたらしい筆頭側仕えが歩み出てくる。とても領主の筆頭側仕えとは思えないほど若いが、ローゼマインに女神が降臨した直後もずっとお世話をしていたエーレンフェストからの側仕えらしい。コルドゥラもよく見知っているようで、顔に生気が戻った。

「このような事態は初めてですから助かります。わたくしがお話を聞かせていただくので、他の者を先に帰寮させてもよろしいかしら？」

「えぇ。こちらのヴェールをお使いくださいませ。わたくしの主によく使用する物ですけれど、よろしければ」

リーゼレータは微笑んでヴェールを差し出した。意識を失った主を見世物にしないための配慮のようだが、当たり前のように準備されていることからローゼマインの体調が心配になる。

「お借りいたしましょう。重ね重ねありがとう存じます」

コルドゥラがハンネローレの顔が見えないようにヴェールで隠すと、彼女以外の側近達は意識のない主を抱えて急ぎ足で寮へ帰っていく。

それを確認すると、リーゼレータはすぐに説明を始めた。

「まず、女神が去った後すぐに意識が戻らなかった場合は、魔力が固まらないようにお体をユレーヴェに浸けてくださいませ。ハンネローレ様ご自身のユレーヴェがない場合は、お兄様かお母様のユレーヴェが最適だと思います」

貴族院五年生の調合で習うが、ハンネローレはまだ自分のユレーヴェを作っていない。コルドゥラは即座に転移の間の騎士に向けてオルドナンツを飛ばす。

「早急に領地と連絡を取らなければ、転移陣の使用時間を過ぎますね。失礼」

レスティラウトが婚姻前に作ったユレーヴェが残っているか、ジークリンデのユレーヴェがあるか確認し、早急に寮へ送ってほしいと吹き込んでいる。

「目覚めた後に女神の御力が残ると、近付いたり触れたりすることが難しいため、日常生活に支障がございます。その際にはツェントに相談してくださいませ。……銀色の布をお借りする必要がございます」

最後の部分でリーゼレータが声を潜めたのは、ランツェナーヴェの一件が絡んでいるからだ。関わった領地の中でも銀色の布については一部の者しか知らない。

リーゼレータの助言は、直接触れてお世話をする者に対するものが多い。銀色の布を使いながらのお風呂の世話について話題が出ると、ケントリプスはどうにも居た堪れない気分になった。平静を装っていられず、リーゼレータとコルドゥラの傍《そば》を離れて周囲を見回す。物見高い教師達が光の消えた東屋に入り込もうとしているせいか、薄暗くなってきたのにまだ東屋の周辺や文官棟は騒がしい。

……ヴィルフリート様とオルトヴィーン様もまだ残っていたのか。

もう東屋に用はないはずだが、二人が話をしている姿が見える。

「ヴィルフリート、せっかくハンネローレ様が女神の化身となったのだ。其方から求婚してみてはどうだ？」

「いや、先程も言った通り、ハンネローレ様個人ならばともかく、私に女神の化身は不要だ。大領地の第一夫人の娘でさえ肩書きが重いのに、女神の化身など手に余る」

二人の会話にケントリプスは耳を澄ませた。女神が降臨してもヴィルフリートの気持ちに変化はないらしい。それがわかって胸を撫で下ろす。

「私はローゼマインを支えられるとはとても思えなかった。だから、これから先のハンネローレ様の支えになれると自惚《うぬぼ》れることもできぬ。だが、ローゼマインを叔父上が支えているように、重い肩書きを支えられる男がハンネローレ様の側にあってほしいとは思う」

真摯に心配をしているヴィルフリートの言葉に、「お優しい方なのです」と何度も言っていたハンネローレの声がケントリプスの脳裏に蘇った。次期領主として合意した事前の約束を違《たが》える男に惚れて自領を裏切り、厳しい立場に置かれながら庇い続けるなど男を見る目がないと思っていたが、そうではなかったらしい。ケントリプス達が知らないヴィルフリートの一面をハンネローレが見ていたということだ。

「……ならば、私が求婚してもよいのか？」

突然オルトヴィーンが名乗りを上げたことが信じられず、ケントリプスは目を見開いた。オルトヴィーンに想いを告げられたけれど断ったとコルドゥラが言っていたはずだ。ハンネローレの気持ちが誰のところにあるのか、実際に求婚している現場を見ていたはずだ。それでも諦める気がないのだろうか。それはハンネローレの想いも、婚約者候補である自分達も、婚約者候補を決めたアウブ・ダンケルフェルガーも蔑ろにする行為だ。

……冗談ではないぞ。

オルトヴィーンはドレヴァンヒェルの領主候補生だ。エーレンフェストより扱いが難しい。コリンツダウムを警戒しなければならない時に、オルトヴィーンが諦めずにドレヴァンヒェルが出てくれば非常に面倒臭いことになる。

……ドレヴァンヒェルとコリンツダウム以外も出てくるのでは？

ハンネローレを伴侶として求める領地が次々と出てくる可能性に気付いたケントリプスは、ローゼマインが女神に呼び出されて急いで駆けつけた状況にもかかわらず、「すでに二人目の女神の化身として騒がれ始めているハンネローレ様を守ってほしい」と口にした意図を正確に理解した。

「オルトヴィーンならば安心して任せられる。私は賛成するぞ」

……適当なことを言うな！

中位領地のエーレンフェストにとってドレヴァンヒェルは上位の大領地で強大に見えるかもしれないが、順位はダンケルフェルガーより下位だ。ドレヴァンヒェルに守れるならば、ダンケルフェルガーに留まる方がよほど守りやすい。

特に今のドレヴァンヒェルはアドルフィーネの離婚でコリンツダウムと確執があり、新ツェントとの関係も不透明だ。アウブ・ドレヴァンヒェルはオルトヴィーンをアウブ・アレキサンドリアやツェント・エグランティーヌの第二配偶者に望んだこともあるらしい。

ハンネローレが恋情を抱いていて嫁入りを望んでいるならばまだしも、ヴィルフリートへの想いをまだ断ち切れていない彼女にとっては政略結婚になる。第二の女神の化身という立場は、ツェントやコリンツダウムなどの元王族に対してドレヴァンヒェルが強く出るための駒とされるだろう。そのための政略結婚だから当然だ。

ドレヴァンヒェルは色々と考えすぎて自分の意見がなかなか出せず、決意するまでに時間のかかるハンネローレを待ってくれる環境ではないだろう。ケントリプスから見ると、泣き虫姫の嫁ぎ先として良好とは思えない。そもそも武を貴ぶダンケルフェルガーと、知を貴ぶドレヴァンヒェルでは領主一族に求められる資質が違いすぎるのだ。

「お待ちください。勝手に盛り上がられても困ります。ハンネローレ様の婚約者候補は私とラザンタルクです」

ケントリプスが止めると、ヴィルフリートがこちらを見つめて口を開いた。

「其方はハンネローレ様の婚約者候補だと名乗っているが、本当に守り切れるのか？　大領地とはいえ、上級貴族に女神の化身は肩書きが重すぎる。叔父上のように何手も先を読んで敵を排除できなければ、味方を御すことすらできずに奪われるぞ」

そんなことにはならない。ケントリプスは心の中だけで反論する。領主候補生と上級貴族という立場の差を考えれば、これ以上の反論は問題になる可能性もある。

「しっかり守ればよい。そうでなければ、領地の宝はそれに相応しいところへ自ずと向かうことになる。ドレヴァンヒェルとか、な」

◆

ケントリプスはヴィルフリートの言葉を腹立たしく思っていたが、今ダンケルフェルガーはハンネローレに対する嫁盗りディッターの申し込みが立て続いててんやわんやだ。おまけに寮内は婚約者候補であるラザンタルクと、ハンネローレに求婚した領主候補生のラオフェレーグが対立していてディッターを前に二つに割れている。

ハンネローレが目覚めなければ寮内の最上位はラオフェレーグだ。腹立たしいが、上級貴族のケントリプスやラザンタルクでは領主候補生を完全に押さえ込めないのが現状である。主であるレスティラウトかハンネローレがいなければ、婚約者候補である彼等は強く出られない。他領との嫁盗りディッターでダンケルフェルガーが敗北するとは全く思わないが、今のように領地内がまとまらない状況はまずい。

何より、女神の降臨から十日ほど経つというのにハンネローレが目覚めない。一体いつ目覚めるのか。ハンネローレに何が起こっているのか。神力に晒《さら》されていた体は大丈夫なのか。アレキサンドリアの側仕えの回答は「神々に招かれた際に戻られるまでの期間はまちまちですし、わたくしに教えられるのは神力に満ちた主への接し方だけです」だった。こちらの疑問については解決しないのでハンネローレの状態が心配でならない。

……それでも、今の内にできるだけのことをしなければ……。

「ケントリプス、どこへ行くのだ?」

会議室を出る彼をラザンタルクが追いかけてくる。

「私は一度自室へ戻る。ディッターのために新しい魔術具を開発したい」

「ディッターの魔王が怯むような凶悪なのを頼む。私は訓練場へ行くからな」

機嫌の良いラザンタルクと別れて、ケントリプスは自室へ向かう。階段に近付いたところで、どこからか「ケントリプス、少しよろしいかしら?」という声が聞こえた。一瞬、誰の姿も見えなくて、彼は注意深く周囲を見回した。

物陰にひっそりとコルドゥラがいた。隠れているわけではない。よく見なければ気付きにくいが、そこにいるという状態だ。ケントリプスも目立たないように気配を消しながら彼女に近付いていく。

「コルドゥラ様、もしやハンネローレ様が？」

「えぇ、先程目覚めました。東屋で起こった詳細を知りたいそうです。お時間はございまして？」

それだけでハンネローレやコルドゥラがまだ他の者には目覚めを知らせたくないと考えていること、早急な状況把握を望んでいることが伝わってくる。ケントリプスは小さく頷いた。

「では、こちらへいらしてください」

どこかの会議室へ行くのかと思えば、コルドゥラは下働きが使う通路へケントリプスを誘った。どうやらハンネローレの部屋へそのまま行くらしい。婚約者候補とはいえ、男子の立ち入りが禁じられている貴族院の女性の部屋へ行くのだ。どうにも抵抗が大きい。

「しかし、それは……」

「姫様を会議室へ移動させれば目覚めたことが皆に伝わるではありませんか。……この通路を悪用するのではありませんよ」

「するわけがないでしょう」

ケントリプスは反射的に返したが、コルドゥラは「存じています」とクスッと笑う。完全にからかわれているようだ。少しだけムッとしたものの、コルドゥラに他者をからかう余裕ができたのは主が目覚めたからだ。それがわかれば、ケントリプスの胸にも喜びと安堵が満ちてくる。

……ハンネローレ様が目覚めてくださってよかった。

コルドゥラの後に続き、ケントリプスは狭くて複雑に枝分かれしている通路を通り、ギシギシと耳障《みみざわ》りな音を立てて軋《きし》む階段を上がった。

閑話　アウブの定時報告

「ローゼマイン様、七の鐘が鳴り始めましたよ」

アレキサンドリア寮にある自室の長椅子で、わたしは水色の大きいシュミル型魔術具であるディナンを膝に抱えて向き合っていた。七の鐘は魔術具による定時報告の時間である。

わたしがアウブになり、エーレンフェストから離れて初めての貴族院だ。これまでの経験からわたしが些細なことだと思っていた事柄が大事になる可能性が高いと考えられる。そのため、「君が関わる問題を未然に防ぐために、毎日七の鐘が鳴ったら魔術具の通信でその日一日の報告をするように」とフェルディナンドに言われてしまった。

……報告とお説教がセットになるんだから、木札に報告書を書く方が気は楽なんだけど。

悔しいことにフェルディナンドはわたしの報告書を信用していない。今まで一緒に講義を受けていたヴィルフリートから入っていた報告と、わたしが領地に送った報告書の内容を見れば誰が信用するのだと言われた。わたしにとっては事実を述べただけの報告書であっても、フェルディナンドにとっては誤魔化しや簡略化が多いそうだ。口頭での報告ならば、詳細を問いやすいし、回答までに時間がかかりすぎないし、声や口調で多少の誤魔化しならば見破れるそうだ。おかげでわたしは毎日お叱りを受けている状態である。

「ローゼマイン、今日は音楽の実技で髪飾りの一件を終わらせたという報告を受けるだけだと私は考えていたが、何故ダンケルフェルガーと緊急のお茶会が入ってくるのだ?」

水色シュミルの魔術具ディナンから聞こえてくるのはフェルディナンドの声だ。この時間は可愛い魔術具がとてもお説教臭くなって、あまり可愛く思えなくなる。声が変わるだけでここまで可愛さが変わるなんて、何とも不思議だ。

……ちょっとカラフルでファンシーな電話？　う ーん、電話には一歩届かないんだよね。ディナンは手を繋ぐようにして魔石に触れている間しか声を送れないし、自分が送っている間は相手の声が聞こえない一方通行なので、電話と呼ぶにはちょっと機能が足りない。

貴族院へ行く準備期間、「また不測の事態が起こるのではないか」とフェルディナンドがあまりにも気を揉んでいたので、わたしは「いざとなったらツェントにお願いして、領地間の緊急連絡用の魔術具を貸してもらって連絡いたしますよ」と胸を張ったのだ。少しでも安心させるために言ったつもりだった。すると、数日後には何故か貴族院に連れて行けるように作製中だった魔術具に自前の通信機能が付いた。わけがわからない。

……旧アーレンスバッハをアレキサンドリアに変えていかなきゃならなくて、めちゃくちゃ忙しいっていうのに、魔術具の改造に何日もかけるなんてフェルディナンド様ったら一体何をしてるんだろうね？

「君はこの大変な時期に一体何を考えてダンケルフェルガーからの突然のお茶会を受けたのだ？　勝手な許諾をするのではない。マイン」

フェルディナンドが「マイン」と言っているが、これは別にわたしの以前の名前を呼んでいるわけではない。魔術具に付属している特殊な機能を使用する時に使う呪文のようなものである。起動する時にも使うが、今回は通話機能を終了させると同時に、わたしの返事を要求する合図になっている。ちなみに、わたしがディナンの機能を使用する時は「ディーノ」と言う。

「だ、だって……。ハンネローレ様が急ぎの相談があるとおっしゃったのですよ。お友達の相談はできる限り乗ってあげたいではありませんか。ディーノ」

ハンネローレはフェルディナンドの救出を願ったわたしを助けてくれたのだ。だから、ハンネローレが困っているならば、今度はわたしが助ける番である。何より、大事なお友達に頼られているのだから断るという選択肢はない。

「彼女が君に助けを求めるということは、ダンケルフェルガーで手に負えないことが発生しているかもしれないのだ。そこに君が首を突っ込むと、領地間の関係が面倒なことになる可能性が非常に高いと言わざるを得ない。マイン」

「お友達の相談を無視するなんてできません！　面倒でも何でもハンネローレ様のためでしたら、わたくし、できる限りは助力しますよ。ディーノ」

わたしが鼻息荒くそう言うと、フェルディナンドはわざわざ通話状態にした上で、周囲にも聞こえそうなくらいに大きな溜息を吐いた。

「できる限りの範囲は、君にできる限り何でも、ではなく、アウブ・アレキサンドリアとして可能な範囲だ。今のアレキサンドリアが不利益を被るような事態にアウブである君が首を突っ込むのは非常に困る。友人だからと君が個人的に引き受けたことでも、周囲からは異なって見える可能性が高い。元王族の領地などが、自分達の方が上位だから問題あるまいとダンケルフェルガーを真似て面倒事を押しつけてくる可能性もあるのだ。君の言動がアレキサンドリアの領民全ての生活を左右することになるという自覚は持つように。マイン」

ぎゅうっと水色のシュミルを抱きしめながら、わたしは唇を尖らせた。フェルディナンドの言い分は正論すぎて反論できない。フェルディナンドの言う通りだと思う。アウブになったわたしは気軽にハンネローレに協力してはならないのだろう。それでも、わかっていても、友人を助けることさえできないというのは納得できない。

「それは……。わかっていますよ。領地間で色々と問題が起こるかもって……。でも、やっぱり、できる限りは……」

ただの我儘だということも、この後でお説教がずらずらと出てくることもわかり切っている。だからこそ、わたしの声は段々と小さくなっていくし、通話の主導権をフェルディナンドに渡せないまま、しばらくの沈黙が続いた。

「……領地には関係のない部分でハンネローレ様のために何かできることがあると思います！　わたくし、それを諦めることはできません！　ディーノ」

これ以上引き延ばせないと判断したところで、わたしは自分の気持ちをバーンと主張して通話機能の主導権をフェルディナンドに渡す。

「君が貴族院で問題を起こした場合、誰が一番負担を負うと思っている？　マイン」

予想通りに呆れと苛立ちの混じったような冷ややかな声がディナンから響いてきた。お小言が続くことに確信を持ちながら、わたしは「……フェルディナンド様です。ディーノ」と答える。けれど、そこに続いたのはお小言ではなかった。

「私の健康を最優先にしろ、と言ったのは？　マイン」

「わたくしです。ディーノ」

「ならば、君が最も優先すべきは？　マイン」

「……フェルディナンド様……ですよね？　ディーノ」

質問の意図がつかめなくて首を傾げつつ、会話の流れに合わせてわたしが答えていると、フェルディナンドは満足そうに「わかっているならばよろしい」と言った。

……何が「よろしい」んだろうね？　ちっとも意味がわからないよ。ハンネローレ様を助ける許可が出るわけじゃないんだから全くよろしくないのに。

わけがわからないまま心の中で不満を述べていると、フェルディナンドは「ハァ」とそれはそれは面倒臭そうに息を吐いた。

「……とりあえず、お茶会では助力に関して明確な返答を絶対に避けて、何に関しても持ち帰って話し合うという姿勢を崩さぬようにしなさい。それから、リーゼレータかグレーティアに協力を要請し、お茶会の挨拶から終わりまでディナンの録音機能を起動しておくように。以上の条件を満たした上で、アレキサンドリアに影響がないと判断できれば、私にできる限り協力しよう。マイン」

「よろしいのですか!?　ありがとう存じます！　ディーノ。……リーゼレータ、フェルディナンド様から許可が出ました！」

まさかお説教なしに許可が出るとは思わなかった。お茶会の内容をディナンに全て録音しろと言われてしまったが、このくらいの条件ならば問題ない。却下されるよりマシだ。わたしは満面の笑みで長椅子に座ってディナンを抱き締めたまま、側に控えていたリーゼレータを見上げる。リーゼレータは柔らかく微笑んでわたしを見た。

「きっと目の届かないところで、こっそりとローゼマイン様の思うままに行動されるよりは、少しでも行動を把握しておきたいとお考えなのだと思いますよ。いくら周囲から反対されたところでローゼマイン様がご自分にとって大切な方を諦めないことは、フェルディナンド様が一番よくご存知でしょうから」

リーゼレータがクスクス笑っているところに、ディナンから不機嫌そうなフェルディナンドの声が追い打ちをかけてくる。

「君に勝手な行動をされるより、できる限り把握しておける方が少しは後始末が楽になるからな。マイン」

……リーゼレータが言った通りのこと、言ってる！　ふんぬぅ！

こんなに誠実に毎日報告をしているのに、相変わらず信用がないようだ。わたしはむぅっと唇を尖らせてディナンを睨む。けれど、水色のシュミルはクリクリとした金色の目でただわたしを見ているだけだ。通話中なのでディナンは何の反応もしない。

「……わたくし、別に後始末が必要なことをするつもりなんて全くございませんよ。ディーノ」

「それが真実であってほしいと切実に願っている」

絶対にそうはならないだろうと確信を抱いているようなフェルディナンドの声に、わたしの方がやや不安を感じてしまう。でも、忙しいフェルディナンドを巻き込むつもりはないのだ。わたしもやればできるというところを見せなければならないだろう。

わたしが決意してグッと拳を握っていると、フェルディナンドからおやすみの挨拶が聴こえた。

「……もう遅い。今夜はそろそろ休みなさい。シュラートラウムの祝福と共に良き眠りが訪れるように。マイン」

その声が予想外に優しくて、わたしは通話終了の声だとわかっていても、自分が呼ばれているように感じてしまった。まるで下町の家族といるような安心感と気安さをフェルディナンドから感じて、こそばゆいような恥ずかしいような気分になる。

「フェルディナンド様もできるだけ早く休んでくださいませ。シュラートラウムの祝福と共に良き眠りが訪れますように……。また明日、七の鐘が鳴ったら、お話をいたしましょうね。ディーノ」

次にお忍びで下町へ行った時はフェルディナンドのことを「ディーノ」と呼んでみるのはどうだろうか。少しはわたしの気恥ずかしさが伝わるかもしれない。そんなことを企みながら、わたしは今日の報告を終えた。

休憩中の対立

本日は土の日だが、側近の訓練日である。この訓練には貴族院に在籍している領主一族の側近の参加が義務づけられている。武寄りであろうとなかろうと参加しなければならない。レスティラウト様、アインリーベ様、ハンネローレ様、ラオフェレーグ様、ルングターゼ様の側近がその対象だ。

しかし、本日はアウブ・アレキサンドリアであるローゼマイン様とのお茶会の予定が急遽《きゅうきょ》入ったため、ハンネローレ様の側近の姿はない。

「ルングターゼ様の側近は休憩を終了し、ラオフェレーグ様の側近との連携訓練開始！　代わりにレスティラウト様の側近が休憩に入る！」

訓練場の端で腰を下ろすと、まず訓練の反省から始まる。護衛騎士見習いは指導役になっていて、文官見習いや側仕え見習いへの攻撃役でもある。今日はいかに主を守るかに重点が置かれた訓練を行った。

「ラザンタルク、攻撃する際にもう少し頭を使え。いくら訓練とはいえ攻撃が単調すぎる」

我々の指導役は最上級生の護衛騎士見習いであるフェシュテルトだ。頭を使った多彩な攻撃が得意なフェシュテルトに、私はよく叱られる。魔力量は私の方が多いのに、一対一で戦うと大体負けるのだ。

「コードネストはもっと反撃しろ。様子見をするのも大事だが、慎重すぎるぞ」

コードネストは武寄りではない二年生の側仕え見習いである。アウブの弟の息子で、私やケントリプスと同様にレスティラウト様にとって従弟《いとこ》に当たるため、側近に召し上げられた。本人にとっては少々不本意らしい。側仕えの仕事はともかく、戦闘訓練が嫌だと言っている。領主一族の傍系としての魔力量を自分の防御に使いすぎる傾向がある。

　私としては自分の身と一緒に主であるレスティラウト様を守ってくれればそれでよいと思うのだが、フェシュテルトはそれで満足しない。そういえば、「コードネストの魔力量が羨ましい。あの魔力量が私にあれば……」と不満を零しているのを聞いたことがある。

「今日はハンネローレ様の側近との連携訓練はなしか。訓練がある日に何故わざわざお茶会の予定を入れたのだろうか？　ローゼマイン様と一体何を話しているのか気になって仕方がない」

　五年生の側仕え見習いであるグーラヘルトが訓練場の出入り口へ視線を向けた。普段のハンネローレ様ならば側近達の訓練の時間帯にお茶会を入れるなどしないため、突発的なお茶会がどうにも心配でならないようだ。

「急に決まったお茶会ですよね？」

「お誘いしたのがハンネローレ様だから、アレキサンドリアから何か要望があるわけではないようだが……」

　領主会議で第一位となったダンケルフェルガーが新ツェントからクラッセンブルクより重用されることになった。それだけではなく、新しくできた領地が三つもある。そのため、何とか上位領地と繋ぎを得ようとする領地、少しでも多くの情報を得ようとする領地、ツェントへの進言を願い出る者など、今年の貴族院では例年とは違う要望が多い。

　領主会議でもマグダレーナ様経由でブルーメフェルトへの援助要請があったらしいし、コリンツダウムもハンネローレ様を狙っているようで要警戒だとレスティラウト様に言われている。

同様に、新しくアウブとなったローゼマイン様から親友のハンネローレ様を通じてダンケルフェルガーに何かしらの要求があっても不思議ではない。アレキサンドリアはアウブが未成年の女性で、成人済みの領主一族はフェルディナンド様しかいない。血族に当たるエーレンフェストは中領地で、大領地を治める際の助言は難しいと思われる。何かあればダンケルフェルガーに相談されるのではないかと考えている貴族はいる。

「お茶会にこちらの側近を誰も入れられなかったのが痛いな」

グーラヘルトはそう言って大きな溜息を吐いた。ローゼマイン様とハンネローレ様が揃うと何かしら意味がわからないことが起こる可能性は高い。そのため、彼は「お茶会に一人はレスティラウト様かアインリーベ様の側近を補佐に入れたい」とコルドゥラに申し出たが、素っ気なく拒否されたのである。アレキサンドリアとエーレンフェストの動向に注意するようにアウブに言われているので何があったのか報告はするけれど、他者の側近を入れる気はないらしい。

「ハンネローレ様が落ち着きませんから……と言われては仕方がないだろう」

ケントリプスがグーラヘルトを宥める。そう、仕方がないのだ。私が貴族院三年生の時に行った嫁盗りディッター以降、レスティラウト様とハンネローレ様の側近には少し距離がある。ハンネローレ様が本物のディッターに参加され、レスティラウト様が礎の魔術を継承して次期領主が確定したことで多少は改善されたが、まだしこりが残っている。

「ケントリプス、婚約者候補としてもっと頑張れよ。ハンネローレ様から情報を得られるかどうかは其方次第だ」

フェシュテルトがケントリプスの肩を軽く叩きながらハンネローレ様との関係を激励《げきれい》する。それを見て、私は眉を吊《つ》り上げた。私も婚約者候補なのにケントリプスだけ応援されるのは納得できない。

「私のことも応援してくれ、フェシュテルト！」

「応援してもラザンタルクに情報収集は期待できないからな」

「ぐっ……」

情報収集に関して文官見習いのケントリプスに勝てるわけがない。それがわかっていても、自分が婚約者候補として期待されていないようで悔しくなってしまう。

「ケントリプスより私の方が絶対にハンネローレ様を好きなのに、何故誰も応援してくれないのだ⁉」

「僻《ひが》むな、僻むな。どうせハンネローレ様が今のままならば、婚約者はラザンタルクになるだろうからな」

……ハンネローレ様が今のままならば？

グーラヘルトに言われ、周囲を見回してみればケントリプスと私を見比べている側近仲間は全員理解しているようだ。ケントリプスもわかっているようなのに、当事者である私だけがよくわかっていない。

「グーラヘルト、どういうことだ？」

「ハンネローレ様が今のままならば自分の気持ちをエーレンフェストに伝えられない、ということだ。自分の想いだけで動いた結果、領地にどれだけ不利益だったのか、周囲の目が変わったのか実感している上に、先方が自分の嫁入りを望んでいないことを知っているのだから」

だから、それで何故ハンネローレ様の婚約者がケントリプスではなく私になるのかわからないのだ。私は焦りを覚えて側近仲間達を見回したが、誰も彼も仕方なさそうな顔で頭を軽く振るだけだ。

「ハンネローレ様をよく見て、よく考えればわかることだ。……まぁ、わからなくてもラザンタルクは待っていればよい」

フェシュテルトは軽く私の肩を叩くと、苦笑気味に話を終わらせようとした。

「待っているだけなんて嫌だ！　私は自力でハンネローレ様を口説く！」

「頑張るのは構わないが、口説き方が下手で想いに気付かれてもいなかったではないか。訓練以外でも其方はもう少し頭を使え」

「うぐぐっ……」

いつも通りの注意なのに、今は私の心にグサグサと突き刺さってくる。髪飾りの一件まで私は自分の想いが通じていないとは思っていなかった。むしろ、私の想いが伝わっているからこそ、ヴィルフリート様に心を寄せているハンネローレ様は距離を取ろうとしているのだろうと思っていたくらいだ。

「ラザンタルクは初対面で一目惚れだったよな？　そういうところを主張していけ」

からかうようにそう言ったフェシュテルトに、私は小さく笑いながらパタパタと手を振って否定する。

「せっかくの忠告だが、それは私ではない。ケントリプスだ」

「は？　ケントリプスが？」

「ラザンタルク⁉」

珍しく取り乱したケントリプスに、周囲の側近達が顔を見合わせる。

「意外だな。ラザンタルクがハンネローレ様について語っているところはよく見るが、ケントリプスが語るところは見たことがないから」

「婚約者候補に選ばれても別に嬉しそうでもなかっただろう？」

「いや、ケントリプスは外で顔や口に出さないだけだ。家だと……」

「ラザンタルク、いい加減にしろ。これ以上余計なことを言うな！」

さすがにこれ以上ケントリプスを怒らせると面倒なことになりそうなので、私は口を噤んだ。だが、ニヤニヤ笑ってしまう顔は抑えられず、ケントリプスが側近仲間から質問攻めにされている様子を窺ってしまう。

「ケントリプスとハンネローレ様の初対面はいつだ？　ハンネローレ様の洗礼式か？」

「レスティラウト様の側近になった頃……ケントリプスの洗礼式直後ではないか？　血族の側近だから、ケントリプスは領主の居住区域への同行を最初から許されていたはずだ」

フェシュテルトとグーラヘルトが色々と推測している。貴族の子は洗礼式まで基本的に館を出ることはなく、親族以外に会うことなく育つ。洗礼式が終わるまで城への出入りは許されないから、洗礼式後を想像している。

……残念ながら、アウブの血族である私達は洗礼式前だ。

ケントリプスに怒られないように口には出さず心の中で反論していると、コードネストが少しだけ首を傾げた。

「ケントリプスもラザンタルクも私と同じように洗礼式前から城へ行っていましたよね？　交流会に参加していたはずです」

コードネストの父親は現在のアウブの弟で、私とケントリプスの父親はアウブの兄。どちらの祖父も当時のアウブである。母親が他領出身で帰省が容易ではなかったこともあり、私達にとって洗礼式前に会える親族はダンケルフェルガーの領主一族だった。当然、血族の子を集めて行われる交流会にも参加している。

「交流会があることは知っているが、内容はあまり知らないな」

「城から出られない領主の子に同世代と交流する経験を積ませるために城へ呼ばれるのです。だから、私はラオフェレーグ様やルングターゼ様とは洗礼式前から面識がありました。私にとって初めての交流会はハンネローレ様の洗礼式直前でしたね」

コードネストが自分の記憶を探りながら交流会について話をする。交流会の日は血族以外の側近に休暇が与えられる。遊ぶだけでよかった幼い頃と違い、今は親族の小言が必ずついてくるのであまり楽しみではない行事だ。

「ある程度の不敬は親族として見逃していただけるのだろうが、洗礼式前の子供を城に連れていって大丈夫なのか？　貴族院に入る年齢であっても、注意が聞けない者はいるのだぞ」

側仕え見習いのグーラヘルトは幼い子供が領主一族に何か不敬なことをしないか心配でならないらしい。自分より年上の側仕え見習いがレスティラウト様と同学年だったため、主が卒業した翌年から新入生の指導をすることになって苦労している。グーラヘルトは領主一族の前に幼い子供が集まると考えるだけで、とても落ち着いていられないのだろう。

「さすがに見苦しくない挨拶ができるようになってからと決められている。それほど心配しなくても、親の許可が出ないと参加できない。だから、七歳の洗礼式と違って、交流会の初参加には個人差があるのだ。三歳から五歳くらいかな？」

ちなみに私の初参加は四歳の時で、ケントリプスは三歳の終わり頃だ。私はグーラヘルトを安心させるために説明したのに、何故かグーラヘルトは逆に不安そうな顔になってケントリプスを見た。

「三歳から五歳……？　ケントリプス、本当にその年齢で一目惚れだったのか？」

「……さすがに一目惚れではない」

苦い顔で否定するケントリプスを見ながら、私はフンと鼻を鳴らす。

「あんな顔で可愛いと言っていたではないか」

「全く覚えがないな」

ケントリプスは否定しているが、私は明確に覚えている。ケントリプスが初めて交流会に参加した後、城で初めて会ったハンネローレ様について話してくれた時のことを。

「ハンネローレ様はとても可愛らしい泣き虫姫だよ」

見たことがないような優しい笑みを浮かべてケントリプスが語った言葉が、私にとってハンネローレ様に関する一番古い記憶だ。

父上の館の敷地内から出られなかった幼い私にとって、当時のケントリプスは唯一交流のある友人だった。それを横から奪われたような喪失《そうしつ》感、自分以外の友人を得たケントリプスに対する腹立ち、家から出られない私と違って城に行けるケントリプスに対する羨望《せんぼう》……。

様々だったが、どれもこれも不愉快なことばかり。それが一瞬で自分の中に広がった。それまでの人生で感じたことがないくらいイラッとして嫌だったせいでよく覚えている。

色々な感情が混ざりに混ざった結果、幼い私は何故か「城に行ってケントリプスと同じ経験をすれば嫌な気持ちにならないはずだ」と思いついた。すぐさま父上に「私も城に行きたい」と泣いてわめいて全力で訴えたのである。

今思うと、あれは完全に悪手だった。父上は泣きわめく私を冷ややかに見下ろし、軽く手を振ってすげなく私の望みを却下した。

「城は貴族が集まる場だ。感情の制御も、碌に挨拶もできない貴族未満を連れていくことはできぬ。まずは貴族らしい振る舞いを覚えろ」

それからは家での教育が急に厳しくなった。「ラザンタルクもお城へ行きたいのでしょう?」「ケントリプスは二度目の交流会に呼ばれたそうよ。わたくしも行ってきますね」と母上に煽《あお》られながら挨拶の練習を必死にして貴族の振る舞いを叩き込まれる。参加の許可が出たのは四歳の時だった。

「ラザンタルクもケントリプスも睨み合うのはそこまでにしろ。三歳から五歳くらいの幼い頃のことなど明確には覚えていないだろうし、主観と客観では違うだろう？」

グーラヘルトが見かねたように仲裁に入ると、フェシュテルトも何度か頷いた。

「一目惚れでなくとも、ケントリプスが最初からハンネローレ様を可愛いと思っていたのは間違いないだろうし、どうせラザンタルクも最初からハンネローレ様を可愛いと言っていたのではないか？」

フェシュテルトの言葉に、私は「いや、全然」と首を横に振った。

「なんだ、別に普通ではないか。……それが初めて会ったハンネローレ様に対する私の感想だったな」

「え？　嘘だろう⁉」

「嘘ではない。特に可愛いとは思わなかった」

ケントリプスがめちゃくちゃに笑み崩れた優しい顔で語るからどんなお姫様がいるのかと身構えていたけれど、会ってみれば別に普通の女の子だったのだ。

今ならばケントリプスに対する反抗心が大きくて斜《しゃ》に構えていたせいだとわかる。だが、当時は特に可愛いと思えず、ケントリプスがどうしてハンネローレ様を可愛がるのか本気で理解できなかった。

交流会で子供達が城の北側の庭で遊ぶ時もレスティラウト様に置いて行かれてハンネローレ様はべそべそと泣くだけ。ケントリプスは当然の顔と慣れたやり取りで彼女を慰めている。

……遊びに交じれないお姫様なんて放っておいて、ケントリプスも一緒に遊べばいいのに。

私は慰めるケントリプスを横目でチラリと見ただけで、必死にレスティラウト様を追いかけた。幼い頃の三歳の年の差は大きい。追いかけるのは大変だったが、ケントリプス以外の男の子と遊ぶのが初めてで、私は体を使って全力で遊ぶのが楽しかったのだ。

「私が初めての交流会で好きになったのは、泣いているだけのハンネローレ様ではなく一緒に遊んでくれたレスティラウト様だ。ハンネローレ様はヒラヒラした服を着ていて動きにくそうだと思ったのを覚えている」

当時の私が思ったことを正直に述べると、側近仲間達が「ラザンタルクらしい」と笑い出す。どういう意味だと問いつめてもよいだろうか。

「ラザンタルクはいつからハンネローレ様が可愛くなったのだ?」

「洗礼式よりは前だったが、五歳の終わりか六歳の初めか……その辺りだ」

「やはり洗礼式前なのか。何が切っ掛けだ?」

わくわくした目で見てくるフェシュテルトに促されて、私は思い出す。

交流会はレスティラウト様の側近を選ぶ場でもある。主従の相性を見たり、側近にするにしても騎士、側仕え、文官のどれが我が子に合うかを親と領主夫妻が話し合ったりするのだ。

洗礼式が近付いてそれぞれのコースを決める頃になると、交流会では領主候補生の訓練に参加させてもらえるようになる。私は騎士の選抜を目指して訓練をしていたため、領主候補生の訓練に参加させてもらえるのが楽しみでならなかった。

領主候補生の訓練なので、レスティラウト様だけではなくハンネローレ様も一緒だ。ハンネローレ様は私と同い年とは思えないほど体が小さくて、遊ぶ時もレスティラウト様に置いて行かれてべそべそと泣いていたのだ。どうせ訓練でも泣いて「できない」と言い出すに違いないと私は思っていた。

「ぐすっ、うぅ～……」

「ハンネローレ様、ここで止めますか？」

……やはりこうなったか。

座り込んで泣いている様子を見て私はそう思った。

だが、その直後。

私の予想に反してハンネローレ様は自分の袖口で涙を拭って立ち上がった。

「わたくし、まだできていません」

ハンネローレ様は決して途中で止めようとせず、指導役の手本通りにできるようになるまで泣きながら何度も何度も繰り返す。最後まで諦めようとしなかった。

「次が最後です」

「はい！」

自分より体の小さなハンネローレ様が姿勢を一度正した後、ゆっくりと腰を落とした。手にしている棒をくるりと素早く回して前で止めたかと思うと、反対の足で踏み出して勢いよく突き出す。

足を引いて腰を落とし、棒を回して打ち下ろす。

「とても良いですね」

一連の動作が終わると、指導役は褒め言葉と共に訓練終了を伝えた。それを聞いたハンネローレ様が嬉しそうに誇らしそうに笑う。

……あぁ、とても綺麗だ。

訓練場で見たハンネローレ様は今まで自分が思い込んでいたお姫様と全然違う姿をしていた。私より武器の扱いが上手い。力任せに剣を振り回す自分とは違う、技巧の美しさが一瞬で頭に焼き付いた。


ハンネローレ様の体の小ささを補う戦い方や、敵を見据えるようにグッと上げられた横顔の美しさから目を離すことができず、自分の指導役に叱られたことを私は今でも覚えている。けれど、それをここで口にしたくない。

「詳細は秘密だ。ハンネローレ様本人に直接言う。ここで言うと、ハンネローレ様に変な形で伝わりそうで嫌だ」

私が回答を拒否すると、フェシュテルトは片方の眉を軽く上げて「直接か。言えたらよいな」と意味深に笑う。やはり意味がわからない私の肩をグーラヘルトがポンポンと叩いた。

「つまり、ハンネローレ様の側近達に見張られながら告げるということだろう？　頑張れよ」

私の頭の中にコルドゥラを始めとしたハンネローレ様の側近達に取り囲まれて、警戒した表情で見張られながら話をしなければならない状況が思い浮かぶ。どう考えても恋を語るような甘い雰囲気に持ち込むなど不可能だ。

「くっ……。ハンネローレ様と二人だけで話したい！　アウブが決めた婚約者候補なのに、側近達が警戒しすぎではないか⁉　邪魔されているとしか思えないのだが！」

「領主候補生に近付きたければ、側近の協力は必須だ。味方に付けられていない時点で其方の力不足だろう」

フェシュテルトに反論しきれず「ぐぬぬ」と私が唸っていると、仲裁するようにコードネストが間に入ってきた。

「ハンネローレ様の側近達が非協力的なのは、嫁盗りディッターのいざこざがあったからで、ラザンタルクの力不足ではありませんよ」

「私だってわかっている。ハンネローレ様の側近達の守りが堅いのは職務に忠実なだけだし、主への忠誠心だ。それでも、婚約者候補なのに簡単に近付けない現状を何とかしたいではないか。なぁ、ケントリプス」

私は自分の味方が欲しくて、同じ婚約者候補として警戒されているケントリプスを振り向いた。だが、ケントリプスは曖昧な笑みを浮かべた。

「現状を何とかするには、ハンネローレ様がご自身の恋心に決着をつけなければどうにもならないと思う。ハンネローレ様が自分の想いを守り、我々に踏み入られたくないと警戒しているので側近達の守りが堅くなっているのだから」

淡々とした口調でハンネローレ様のことならばよくわかっているように言われ、私はムッとした。

「其方はハンネローレ様に決着をつけさせるつもりなのか？　自ら恋心に決着をつけさせるということは、あのヴィルフリート様に接触させるということだ。せっかく落ち着いているハンネローレ様がエーレンフェストへ嫁ぐために再び暴走したらどうするつもりだ、この馬鹿！」

余計なことをさせようとするな、と私はケントリプスを睨んだ。ハンネローレ様が恋心に決着をつけるより、我々が口説けるように側近達から協力してもらう方がよいに決まっている。

「だが、我々のどちらかと婚姻してダンケルフェルガーに残るならば、自ら恋心に決着をつけさせるべきだと私は思っている。ハンネローレ様は一度決めた自分の決断を翻さない頑固なところがあるだろう？　自ら恋心を手放してもらわなければ、いつ再び裏切るかわからない。それならば、他領へ嫁いでもらった方が安心できる」

私はその言葉が信じられなくてケントリプスを凝視した。私も領地内では本物のディッターに参加し、女神の化身の親友として周知されたハンネローレ様を次期領主に推す声があることは知っている。ハンネローレ様が勝負の土壇場でヴィルフリート様の手を取って自領とレスティラウト様を裏切った。未だにヴィルフリート様に恋心を抱いているのだろうとも思っている。それでも、今のハンネローレ様を見ていれば、再び裏切るなんて思えない。

……其方だって本当はわかっているくせに！

「ハンネローレ様は領主候補生として、最終的にはアウブが決めたことに従う方だ。頑固であっても、己の立場と責任を忘れる方ではないぞ」

「だからこそ、ハンネローレ様は不満をずっと心の内に隠し持つことになる。どこで爆発するかわからないのは危険だ。自分の立場と責任から恋心を自ら諦める状況に持ち込められればよいが、ラザンタルクにできるのか？」

真顔で冷静に言われ、私は頭を抱えたくなった。確かにどこで不満が爆発するかわからないのは危険だろう。だからといって、その方法はない。

「どうして頭が良いくせにケントリプスはそんなに馬鹿なことを言うのだ⁉　其方は馬鹿か！」

「馬鹿以外の悪態を思いつけないラザンタルクに言われたくないな」

ケントリプスの呆れた声に反論したくて私は必死に他の悪口を考える。しかし、いつも訓練などで自分が言われるのが「馬鹿」ばかりなので咄嗟に思い浮かばない。

「……う、うう、うるさい！　そういうことを言っているのではない！　ハンネローレ様に変な根回しなど必要ないと言っているのだ。正面突破すべきだ」

「私も変な根回しをするつもりはない。私はハンネローレ様の想いを大事にしたい。無理に押し込めたり捻《ね》じ曲げたりせず、真っ直ぐに想いを貫けばよいと思っている」

「はぁ⁉　それはハンネローレ様をエーレンフェストへやりたいということか⁉　ふざけるな！　この馬鹿！」

……自分達ではなくハンネローレ様に正面突破させてどうする⁉

アウブ・ダンケルフェルガーが決めた婚約者候補ではなく、自分の恋心のままハンネローレ様が突っ走ることになれば、領地の貴族達にとっては二度目の裏切りになる。何より一度ハンネローレ様の嫁入りを必要ないと拒否したエーレンフェストに嫁いで幸せになれると思えない。

「ケントリプスもハンネローレ様のことが好きなくせに、ごちゃごちゃと余計なことを考えて他領にやろうとする必要があるか？　正面からハンネローレ様に自分の想いを伝えて、自分に惚れてもらえば良いだけではないか。私はハンネローレ様を大事にしたいから自分で守るのだ！」

娶る気もないくせに第二夫人にするという条件をつけてディッターを行ったヴィルフリート様より、私の方がよほどハンネローレ様を大事にできる自信がある。

「……其方の真っ直ぐさが羨ましいよ」

一度灰色の目が伏せられ、フッとケントリプスが笑った。諦観の籠もったその笑顔には見覚えがある。

泣き虫姫が「ケントリプスはお兄様からわたくしを守る騎士ね」と言ったから彼女の護衛騎士になって一番近くで泣き虫姫を守りたかったのに、親同士の話し合いでレスティラウト様の側近になることが決まっていたと知った時。

せめて護衛騎士になりたいと望んでいたのに、「其方は騎士でも文官でも側仕えでもなれるから文官になれ」と父上から命じられて騎士の選別から落とされた時。

エーレンフェストから泣き虫姫を守るために攻撃用の魔術具を渡していたのに、使われることなくハンネローレ様がヴィルフリート様の手を取った時。

周囲に波風を立てたくないケントリプスが自分の望みを諦めて、悔しいとか悲しいとか負の感情の一切を押し込める時に浮かべる笑みだ。

……何を諦めた？

今ケントリプスが諦めるとすれば、ハンネローレ様の婚約者しか思い浮かばない。それに思い至った瞬間、どうしようもない苛立《いらだ》ちが私の胸の内に湧き上がってくる。

「逃げるな、ケントリプス！」

何でもわかっているような顔で自分の望みをさっさと諦めようとするケントリプスに腹が立つ。自分の心のままに動かないところが気に入らない。

「逃げてなどいない。私は私のやり方でしか守れないだけだ」

全力でハンネローレ様に愛を請い、捕まえて、離さなければよい。それだけの話なのに何故ヴィルフリート様に嫁がせようとするのか全く理解できない。

「戦って勝敗が決まるならば納得できるが、中途半端な逃げ腰が一番腹立たしい。一発殴って目を覚まさせてやる！」

「其方等、暴れるならば真ん中へ行け！」

私がケントリプスにつかみかかろうとしたところで、私はフェシュテルトに捕らえられた。力任せに振り払おうとしたが、私の動きなどお見通しだったようだ。身体強化したフェシュテルトに次々と投げ飛ばされて、私とケントリプスは訓練場の真ん中を目がけて放り出される。

空中で体を捻り、私はケントリプスの位置を確認しながら着地する。私より遠くに飛ばされているケントリプスに向かってすぐさま駆け出した。

ケントリプスも着地すると即座に訓練中の者達のところへ走り出す。駆け込んでくるケントリプスに場所を譲るため、巻き込まれるのを避けるため、訓練していた者達が訓練場の端に寄ったり、騎獣で観覧席へ上がったりする。そんな混乱の中、私は全力でケントリプスを追いかけた。

「逃がすか！」

「逃げるに決まっているだろう。騎士が文官相手に本気になるな」

「うるさい！　引かずに立ち向かえ！」

正々堂々と戦えばよい。自分の想いのままに。

ハンネローレ様が大事ならば、周囲に遠慮などするな。

他領へ嫁がせることでハンネローレ様の心を守ったような気になるな。

自分の想いに背を向けて、諦めて逃げ出すな。

「ルーフェン先生はいないのか⁉」

「ハンネローレ様に連絡を」

外野の声が耳に届くが、後の叱責など今は考えていられない。わかったような振りをして拗《す》ねているケントリプスの目を覚まさせたくて仕方ない。

私は拳を握ってケントリプスに飛びかかった。

コリンツダウムの執務室にて

「ジギスヴァルト様、そろそろ貴族院からの情報が届く頃なので取りに行って参ります」

北方のギーベ達が集まる懇親会《こんしんかい》の中、文官の一人が私に耳打ちして転移陣の間へ向かいました。懇親会から退出が可能な絶好の機会に、私は妻であるナーエラッヒェの手を取ります。

「時の女神ドレッファングーアの本日の糸紡ぎはとても円滑に行われたようです」

「おや、もうそのような時間で？」

「文官に呼ばれてしまったので……。皆様はもうしばらくご歓談をお楽しみください」

側近の側仕えと文官を一人ずつ部屋に残し、笑顔で挨拶をしながら私達夫婦は退出して領主執務室へ移動しました。重要な話は終わりましたし、雑談ばかりになっています。どのような会話が行われたか書き留める文官と、客人に配慮して指示を出せる側仕えがいれば、私達はいなくてもよいでしょう。そういう時機を見計らうのは王族の頃から変わりません。

「ジギスヴァルト様、ナーエラッヒェ様。貴族院からの書簡が届くまで、こちらでお休みください」

領主執務室では王宮からコリンツダウムへ一緒に移動してきた筆頭側仕えがお茶の準備をしてくれていました。他者の好みに合わせたお茶ではなく、自分達の好みに合わせたお茶が淹れられ、見慣れた面々に囲まれることで、私もナーエラッヒェもようやく体から力を抜くことができました。

「ふぅ、話には聞いていましたが、思ったより疲れますね。学生達を貴族院へ送り出したかと思えば、貴族達が集まって情報交換を行う冬の社交界を開催しなければならないのですから……」

春の終わりの領主会議で私はアウブ・コリンツダウムに就任しました。それから半年ほどが経ち、今は冬の初めになっています。次期王から領主になった私は、やるべきことの違いに戸惑いつつ業務をこなしています。

地方のギーベを集めて話を聞くことも、領主夫妻の重要な仕事のようです。私は王族として様々な貴族から陳情《ちんじょう》があったので、話を聞くことには慣れているつもりですが、冬の社交界は来客や懇親会が途切れることなく続くので少々閉口してしまいます。

「ジギスヴァルト様にとっては初めての冬の社交界ですから慣れないでしょう。王族の冬は貴族達が交代で各領地へ戻るので王宮の中は閑散としますし、領地対抗戦や卒業式に参列する以外に大きな行事はありませんもの」

……中央にいても二年ほどはローゼマインの起こすことで目まぐるしかったですが……。

ナーエラッヒェの言葉に、心の中で反論しつつ「そうですね」と頷きました。

「王宮での生活と領主の生活が大きく違うのは事実です。ハウフレッツェの領主一族出身のナーエラッヒェが助言してくれなければ、非常に大変だったと思いますよ」

コリンツダウムは中央管轄の廃領地からできた領地なので、父上が治めることになった旧ベルケシュトックを含むブルーメフェルトに比べると土地の魔力は豊富だと言われています。しかし、妻が三人いる父上と違い、アドルフィーネが離婚を強行したせいで私には妻がナーエラッヒェ一人しかいません。

「わたくしの助言など、大してお役に立っているとは言えませんわ。領地を治めるに当たって、成人した領主一族が二人しかいないのは致命的ですもの。……アドルフィーネ様が離婚などと言い出さなければ……。いいえ、エグランティーヌ様やアウブ・ドレヴァンヒェルが彼女の我儘を認めなければ、ジギスヴァルト様のご負担をもう少し減らせたと思います」

「今後の魔力供給や他領との関係構築を考えると、私が早急に上位領地の領主一族から妻を二人迎える必要があるということですか」

ナーエラッヒェが「えぇ」と疲れたように息を吐きました。コリンツダウムへ移動し、第一夫人として動かなければならなくなった彼女は、急に環境が変わって不安定になっている幼い息子と過ごす時間が取れないことを悲しみ、心配しています。

「ハウフレッツェ出身のわたくしだけでは、とてもジギスヴァルト様を支え切れませんもの。自分の無力さが嘆かわしくてなりません」

確かにコリンツダウムと隣り合っている大領地ドレヴァンヒェルの領主一族出身だったアドルフィーネの助力があれば、もっと一人一人の負担は軽かったでしょう。

……離婚以前にフェルディナンドが「新しいツェントはローゼマインに名を捧げなければならない」などと余計な口出しをしなければ、私がツェントになっていましたね。いや、そもそもローゼマインがフェルディナンドの意見ではなく、次期王である私の立場を尊重してグルトリスハイトを差し出すべきだったのでは……？

遡《さかのぼ》って考えると、誰も彼も次期王であった私をあまりにも軽視しすぎに思えてなりません。非常に嘆かわしいことですが、グルトリスハイトがエグランティーヌの手に渡ってしまった以上、私はアウブ・コリンツダウムとして生きていかなければならないのです。

「アドルフィーネ様と離婚したことで、今わたくしはコリンツダウムの第一夫人とされています。けれど、わたくしは元々ジギスヴァルト様の第二夫人になることを前提に結婚しました。第一夫人の役割は荷が重すぎます」

ナーエラッヒェの実家であるハウフレッツェは、これまで次期王である私と縁ができたことで領地順位を上げていました。私が王族から離れた以上、今後は少し順位を下げるでしょう。それに、私の第一夫人は上位領地との交流が必須になりますが、正直なところナーエラッヒェでは力不足だと思っています。

「……やはり第一位になったダンケルフェルガーのハンネローレ様が、新しい第一夫人に最適だと思います。彼女はアウブの第一夫人の娘ですから、魔力量にも領地としての助力にも期待できます。貴族院の五年生ならば、婚姻まで比較的時間はかかりません」

ナーエラッヒェの言葉に、私は頷きました。実際、私は春の終わりの領主会議でダンケルフェルガーに婚約打診をするつもりでした。ところが、領主会議ではドレヴァンヒェルに先制を取られ、「不誠実な行いから離婚したばかりだから、せめて一年くらいは間を空けた方が……」と邪魔をされてしまい、他領へ大っぴらに婚約打診をできない状況にされたのです。

ダンケルフェルガーの第一夫人には遠回しに伝えたつもりですが、残念ながら理解が及ばなかったのか何の反応もありませんでした。彼女はどうやら意外と察しが悪いようです。あれで本当に第一位の領地の第一夫人として世間を渡っていけるのでしょうか。他人事《ひとごと》ながら心配でなりません。

現在、貴族院の学生達にはハンネローレの情報を集めるように命じています。それによると、ダンケルフェルガーの上級貴族がハンネローレの婚約者候補になったようですが、どうせ領主会議でツェントの承認を得られるまで正式な婚約者にはなれません。貴族院の領地対抗戦でアウブ・ダンケルフェルガーと私が直接交渉すれば婚約に至ることはないでしょう。アウブならば自分の立場も、私の立場もよく理解しているはずですから。

「ハンネローレ様の他に上位領地で新しい第一夫人になれる候補はクラッセンブルクのジャンシアーヌ様か、アドルフィーネ様の異母妹に当たるドレヴァンヒェルの領主候補生でしょうか」

「上位領地から選ぶ場合はそうなりますが、ジャンシアーヌは幼すぎますし、ドレヴァンヒェルの領主一族を望んでもアドルフィーネが邪魔をするでしょう。彼女は驚くほど情が薄い上に、権力欲が強いのですよ。自分がギーベで、異母妹が上位領地の第一夫人になれば妬むと予想できます」

あまり現実的ではないと、私がナーエラッヒェの提案を却下すると、彼女は少し首を傾げました。

「ジャンシアーヌ様はまだ幼いので、先に第三夫人になる者をお迎えして成長を待てばいかがでしょう?」

「第三夫人になる者、ですか?」

「えぇ。将来的に第三夫人になることを前提に、先に上位領地の領主一族の傍系や中位領地の領主一族を娶るのです。第三夫人であれば候補は増えます」

コリンツダウムの領主一族を増やすことが差し迫った課題ですから、先に第三夫人を娶るのは非常に良い考えだと思います。

「それに、ドレヴァンヒェルは他に比べて養子縁組が多く、優秀な者を次期領主にするため、次代を巡る争いが激しいと言われています。同母の兄弟姉妹でまとまりがちになるため、異母兄妹との仲がとても険悪です」

「なるほど。アドルフィーネの同母弟であるオルトヴィーンを出し抜くために……と声をかけて次期領主として後押しを約束すれば、姉か妹を私に差し出す領主候補生はいるでしょう」

現在ではなく将来のドレヴァンヒェルとの協力体制を築く婚姻ならば、私の王族の立場が大いに役に立つでしょう。アドルフィーネがいかに王族の苦境に非協力的で、権力欲が強くて、夫の苦境では一目散に逃げ出す薄情この上ない女性だったか周知すれば、私が世間の同情を集めるのは容易いことです。

同時に、アドルフィーネ個人には問題があるけれど、ドレヴァンヒェルとは協力関係を築いていきたいと彼女の異母兄弟と手を組むことは可能です。領地に不利益が出ない形にできれば、アウブ・ドレヴァンヒェルの協力も得られるでしょう。

「考慮の余地はありますね」

私が頷くと、ナーエラッヒェは嬉しそうに微笑みました。

「ジギスヴァルト様、貴族院で大変なことが起こりました」

転移陣の間に向かっていた文官が急ぎ足で執務室に入ってきて、私に木札を差し出します。私は王宮で過ごしていた頃にも、似たような表情で報告や相談がもたらされたことを思い出しました。

……人手が減る冬に持ち込まれる騒動は大抵の場合、ローゼマインが中心でしたね。

ローゼマインは神殿長という役職から神事や祈りへの造詣《ぞうけい》が深く、図書館の魔術具や地下書庫など、図書館に強い関心を持つことでグルトリスハイトへの道を開きました。図書館からグルトリスハイトにたどり着く可能性が高いことを理由に王の養女になることが決まったところで、私が次期王の第三夫人になるように伝えれば条件を付けてきました。

去年の貴族院では突然姿を消し、神々によって急成長させられたかと思えば、フェルディナンドを救出に向かうと言い出したり、求愛の魔術具を贈ったのに「許可証」として扱ったり、人前で金粉化させたりするなど、配慮が足りず、無神経で非常識なところが目立ちます。

グルトリスハイトを次期王である自分ではなく、エグランティーヌに与えた英知の女神の化身で、現在のアウブ・アレキサンドリアです。

……おそらく今年もローゼマインが何かしたに違いありません。

軽く溜息を吐きながら私は文官から木札を受け取り、覚悟を決めて目を通します。そこに書かれていたのは予想通りではあるけれど、想定外の出来事でした。

……時の女神ドレッファングーアがハンネローレに降臨し、ローゼマインを呼び出して連れ去った……ですか。

待機している文官に木札を渡し、私はゆっくりと息を吐き出します。どう対応すべきかと考え始めましたが、すぐに自分がアウブ・コリンツダウムで貴族院の出来事に対応しなくてよい立場であることを思い出しました。女神の像の前で忽然《こつぜん》と姿を消したり、神々の御力で成長したりする理解不能の塊と距離を取っても許されるのは喜ばしいことです。

「あの、この文面はどういうことでしょう？」

「貴族院からの報告書にしては遠回し過ぎませんか？」

文官達やナーエラッヒェが不可解そうに木札を読んでは首を傾げています。

「おそらく文面のままです。いくら疑っても書かれていることが事実で、他に表現のしようがないに違いありません。疑う時間が無駄なのですよ」

王族として数年間ローゼマインの数々の行動に振り回されてきた私にはわかります。本当に時の女神が降臨し、ローゼマインを呼びつけたのでしょう。

「報告の中で私にとって重要なのは、ハンネローレに時の女神が降臨したことと、それによって彼女が第二の女神の化身と認識されるようになったことです。あのローゼマイン以外に女神が降臨するのは非常に喜ばしいことではありませんか」

……神々は私を見放してはいなかったのですね。私のために新たな女神の化身を与えてくださったのですから。

時の女神ドレッファングーアを降臨させることができたのですから、いずれ英知の女神を降臨させることもハンネローレにはできるでしょう。そして、その可能性がある以上、第二の女神の化身は次期王である私以外に嫁ぐことなど許されません。

「早急に学生達へ連絡を。貴族院で噂を流すように命じてください」

「……どのような？」

「そうですね。……領主一族ではない上級貴族の婚約者候補に嫁がせることが本当に女神の化身に相応しいと思うのか、と婚約者候補が周囲の目を気にして婚約を辞退したくなる形がよいでしょう。領地内の婚姻であれば領主一族と傍系の上級貴族の婚姻は珍しくありませんが、第二の女神の化身に傍系の上級貴族はあり得ません。ハンネローレは王族に嫁ぐべきです」

王族の男は父上、私、アナスタージウス、ヒルデブラントの四人だけです。父上には第三夫人までいますし、アナスタージウスはエグランティーヌの王配です。エグランティーヌが婿を取るならばともかく、アナスタージウスは第二の女神の化身を娶れる立場ではありません。ヒルデブラントはレティーツィアという王命の婚約者がいますし、ハンネローレとは年齢が離れすぎています。元々ハンネローレとの縁組を考えていた私以上の適任はいないでしょう。

「現在の婚約者候補との身分差に加えて、第二の女神の化身が王族以外に嫁ぐことになれば、ユルゲンシュミットが再び争乱の渦に巻き込まれてしまうのでは……と心配するなど、ダンケルフェルガーの判断に対する疑問と非難を織り交ぜてください」

「わかりました」

「あからさまにコリンツダウムから噂が出るのではなく、皆がそう思っているように見せるためにもハウフレッツェ、ギレッセンマイアー、ブルーメフェルトにも協力を要請してください。私が第二の女神の化身を得た際の利益を考えれば、協力を得ることは容易だと思われます」

「かしこまりました」

現在の婚約者候補では相応しくないと貴族院の期間中に世間に浸透《しんとう》させることができれば、ダンケルフェルガーも現在の婚約者候補との婚約を強行しにくいでしょう。それに加えて次期王である私からの求婚があれば、他領は申し出を躊躇うはずです。

「噂が回る頃にダンケルフェルガーへ正式な申し込みが必要ですね」

ダンケルフェルガーの領主候補生であれば、非常識なエーレンフェストと違って道理を弁えているはずです。これを機に正式に求婚し、領地対抗戦でアウブと直接顔合わせをして詳細を詰めれば、次の領主会議でツェントの承認を得られるでしょう。領主会議には離婚から一年以上経過するので、他領から「早すぎる」と非難を受けることもありません。

文官が貴族院へ連絡するために退出すると、私は筆頭側仕えに視線を向けました。

「ハンネローレとの婚約を滞《とどこお》りなく進めるためには根回しが必要です。アナスタージウスに連絡を入れてください。第二の女神の化身の嫁ぎ先は私が相応しいと新しいツェントからの一声があれば心強いですから」

「かしこまりました」

「できれば、父上からの後押しも欲しいものです」

父上はランツェナーヴェに関連する罪の多くが隠されているため、グルトリスハイトを与えられた新ツェントに王座を譲っただけだと貴族達に思われています。

それに、エグランティーヌがそれまでの領地関係より英知の女神の化身であるローゼマインやダンケルフェルガーに信頼を寄せるため、今までとの違いに戸惑う中小領地の中にはエグランティーヌより父上を慕う勢力があるのです。

「父上からダンケルフェルガーに声をかけてもらいます。マグダレーナ様が第一夫人になったのですから、ダンケルフェルガーへのお願いは通りやすいでしょう」

ところが、私の申し出は二人から拒否されました。

アナスタージウスからの返答には「アドルフィーネに対する対応を知られている中、アウブ・ダンケルフェルガーがコリンツダウムへ娘を嫁がせるとは思えません。また、それに関してツェントからダンケルフェルガーに何も命じるつもりはないそうです」とありました。

優しくおとなしかったアナスタージウスの返答とは思えません。ツェントの夫という立場になり、王族に残れたことで気が大きくなっているのかもしれません。本来ならば、次期王や王の配偶者という立場は私のものでした。立場を譲ると約束して愛を取ったにもかかわらず、両方を手にした弟に苛立たしさを感じずにいられません。

……やはり私がエグランティーヌを、アナスタージウスがアドルフィーネを娶るべきでしたね。

今更後悔しても遅いことはわかっていますが、あの時、私は弟への情を優先して譲るべきではありませんでした。エグランティーヌと婚姻していれば私が王の配偶者でしたし、気が強くて権力欲が強いアドルフィーネと違って離婚には至らなかったでしょう。

父上からは「次期王でなくなったのは、英知の女神の化身に対する敬意と献身を差し出せなかった其方自身の問題だ。また、離婚することになったのはアドルフィーネと良好な関係を築くことを怠った其方の行動の結果だ。ツェントからアウブになり、其方と領地を違えた以上、ダンケルフェルガーの機嫌を損ねたいとは思えぬ。其方の新しい婚姻に口を出す気はない」と突っぱねられました。

父上は婚姻時代の私とアドルフィーネの関係を非難しますが、私は当時の自分の選択が悪かったとは思っていません。魔力が足りない王族にはアドルフィーネとの婚姻も、ナーエラッヒェの出産も必要でした。

何より、アドルフィーネの魔力や執務の恩恵に与《あずか》ったのは王族全体です。私だけではありません。ツェントとして私の婚姻の恩恵を受けておきながら、突然手のひらを返す父上が信じられませんし、私だけが今になって不利益を被るのは納得できません。

「そのご様子だと色よいお返事はいただけなかったのですね」

「えぇ。アナスタージウスも父上も、我々が困っているというのに見て見ぬ振りをするようです。家族として協力しようとは思わないのでしょうか？　正直なことを言えば、血の繋がっているはずの自分の家族がこれほど薄情だとは思いませんでしたよ」

私が「ふぅ……」とゆっくり息を吐くと、ナーエラッヒェは仕方なさそうに微笑みました。

「おそらくトラオクヴァール様も余裕がないのでしょう。ブルーメフェルトは旧ベルケシュトックの土地の荒れ具合がひどいそうですし、元王族への反発が強い土地のようですから。……それに、もしかするとブルーメフェルトも第二の女神の化身をお望みで、コリンツダウムに協力できないのかもしれません」

私はナーエラッヒェの言葉にヒヤリとしました。私は年齢差から婚姻の対象外としましたが、ハンネローレがヒルデブラントの成人を待つならば不可能ではありません。

父上の第一夫人はダンケルフェルガー出身のマグダレーナ様です。ブルーメフェルトが第二の女神の化身を望むならば、これ以上に強い後押しはないでしょう。

ハンネローレとマグダレーナ様の息子であるヒルデブラントは、従姉弟《いとこ》同士で洗礼式前から顔を合わせたことがあるようでした。そのうえ、貴族院の図書委員で行動を共にしていたことがあり、他の学生に比べると交流が深いと言えます。

年齢差を考えるならば私の方が婚姻相手として有利ですが、血統を考えるとギレッセンマイアー出身の母を持つ私より、ダンケルフェルガー出身の母を持つヒルデブラントの方が有利になります。

私が第二の女神の化身にグルトリスハイトを望むように、ヒルデブラントが劣ったシュタープを改善できる手段を得たりグルトリスハイトを望んだりするならば、ブルーメフェルトは何が何でもハンネローレを娶ろうとするでしょう。

その場合、次期ツェントである私のいるコリンツダウムより、元ツェントの父上とマグダレーナ様のいるブルーメフェルトの方が発言権は強くなります。

「……できれば貴族院に噂が広がるのを待ちたかったのですが、後《おく》れを取るわけにはいきません。早急にダンケルフェルガーに正式な求婚をしましょう」

「かしこまりました」

第二の女神の化身を他領に奪われないように私は早々に求婚しました。しかし、まだ求婚に対するダンケルフェルガーからの返答が届きません。

「少し遅いのではないでしょうか？」

「返答はハンネローレ様が目覚めた後にしたいそうです」

私は意味がわからない理屈を捏《こ》ねるアウブ・ダンケルフェルガーの姿勢に呆れてしまいました。元王族である私の申し出に対する返事を遅らせるなど、少々不敬ではないでしょうか。

「娘の婚姻を決めるのは父親です。意識の有無など関係ないでしょうに……」

「領地内の貴族とはいえ、婚約者候補の父親との協議もあります。即日の返答は難しいかもしれません」

文官の言葉に私は少し考えます。正式な求婚より元王族として命令した方がよかったかもしれません。そうすればアウブ・ダンケルフェルガーは親族を黙らせることが容易になったでしょう。自分の配慮不足を反省しつつ、私は文官に貴族院の様子を尋ねます。

「ふむ。貴族院の噂はどうです？　アウブ・ダンケルフェルガーが婚約者候補をそのまま押し通すのを難しく感じる空気になりましたか？」

「はい。今のところ順調に噂が貴族院に広がっているようです」

学生達の報告によると、貴族院では順調に「第二の女神の化身が嫁ぐのに上級貴族の婚約者候補では……」という空気が形成されているようです。

「ジギスヴァルト様、ダンケルフェルガーからのお返事が届きました」

次に打てる手を考えていると、文官が急ぎ足で執務室に求婚の返答を持ってきました。私はそれを受け取り、目を通します。

「ドレヴァンヒェルからハンネローレを求め、嫁盗りディッターの申し込みがございました。そのため、現在ダンケルフェルガーでは求婚を受け付けられなくなっています。ハンネローレを求める場合は嫁盗りディッターを申し込んでいただくことになります。どうぞご了承ください」

……嫁盗りディッター⁉

とても了承できない返答が来ました。全く予想もしなかった返答に、私は何度も読み直しました。しかし、文面は変わりません。

「ジギスヴァルト様、一体どのようなお返事が……？」

「どうやらドレヴァンヒェルはどこまでも私の邪魔をするつもりのようです」

私は文官に文面を見せます。文官も「嫁盗りディッターとは……？」と理解不能に陥った顔になりました。

……それにしても、他領からの求婚を武力で解決しようとは野蛮《やばん》な……！

本来ならば、話し合いで解決するべき事柄でしょう。とても上位領地が行うことだとは思えません。このように武力に訴える大領地が第一位では、下位領地の者達は自分の意見を述べられないではありませんか。

「……アウブ・コリンツダウム、どうされるのですか？」

「第二の女神の化身を他者に渡すことはできません。彼女は私が次期王になるために必要なのです」

「では、ダンケルフェルガーにディッターを申し込む、と？」

ゴクリと息を呑んだ文官や護衛騎士に、私は一つ頷きました。

「ツェントの剣を名乗る、武に長けたダンケルフェルガーに戦いを挑むなど無謀だと普通は考えるでしょう。しかし、上手く立ち回れば勝機はあります」

「そうなのですか？」

「嫁盗りディッターは宝盗りディッターに似ていますが、大きく違うところがあります。ダンケルフェルガーは花嫁という宝を守り切らなければなりませんが、こちらに宝はありません」

守りを考えず、ひたすら攻めればよいのです。こちらがダンケルフェルガーに宝を奪われることを心配する必要はありません。

「ドレヴァンヒェルとコリンツダウムだけならば勝算はありません。しかし、花嫁になれるハンネローレは一人です。求婚する領地がユルゲンシュミットの半数を超えればどうなるでしょう？　全ての領地の攻撃からダンケルフェルガーは花嫁を守り切れるでしょうか？」

護衛騎士が勝機を見つけた目で力強く頷きました。私はフッと笑みを浮かべます。嫁盗りディッターを申し込む前にできるだけ根回しをしなければなりません。

「噂を」

「はい。どのような形にしましょう？」

打てば響く文官の受け答えに私は一つ頷きました。

「まずは事実ですね。ドレヴァンヒェルが動いたことで誰でも嫁盗りディッターを申し込める状況になったと知らせます。今こそ第二の女神の化身に求婚する絶好の機会である。この好機を逃さず運良く嫁盗りディッターに勝利できれば、第二の女神の化身を娶れる……と」

これに関してはダンケルフェルガーもドレヴァンヒェルも否定できません。ハンネローレを娶りたければ、嫁盗りディッターに参加するしかないのですから。

「同時に、勝者はダンケルフェルガーと縁を繫げると少し大袈裟《おおげさ》に盛り上げていきましょう」

領主会議で新しくツェントになったエグランティーヌがクラッセンブルクより第一位になったダンケルフェルガーを優先していた様子を、どの領地のアウブも目にしています。今後を考えると、ダンケルフェルガーとの縁が欲しい領地は多いでしょう。

「あとは……ディッターの好きなダンケルフェルガーに嫁盗りディッターを申し込むことは喜ばれることかもしれない、と。その際は貴族院で行われた二年前のダンケルフェルガーとエーレンフェストの嫁盗りディッターを例に示してください」

二年前の嫁盗りディッターに関して「次期領主間で行われた」「貴族院で行われた」「ディッター後の領地関係も良好」などを強調すれば、実技の講義や訓練の延長のような意識で嫁盗りディッターに参加しようとする領地が出てくるはずです。

「事実以外は断言ではなく推測で語ることを忘れないでください。言質《げんち》を取られないように。以前に周囲を誤魔化しながら貴族院で嫁盗りディッターを行ったのはダンケルフェルガーです。少々誇張したところで咎められることはないでしょうが、用心するに越したことはありません」

私の言葉を文官が次々と書き留めていきます。攻撃する領地を増やす以外に勝利に繫がることが何かできないでしょうか。

……できればダンケルフェルガーの戦力を削りたいのですが……。

「あぁ、例の一年生の動向はどうですか？　領地の分断に使えそうですか？」

ディッターのことしか頭にない領主候補生の存在を思い出しました。彼に貴族院で問題を起こさせて、ダンケルフェルガーの領地順位を下げる方向で何かできないか考えていましたが、今ならば使い勝手が良さそうです。

「寮内で不和の種が芽吹いているようなので、もう少し煽るように言っておきましょう」

「では、そのように。明日の午後にはコリンツダウムからもダンケルフェルガーに嫁盗りディッターを申し込みます。書類の準備を」

「かしこまりました」

文官の返事に満足し、私は筆頭側仕えにお茶の準備を命じました。ここ数日は穏やかならない日が続いていましたが、ようやくゆっくりとお茶を楽しめそうです。

あとがき

お久しぶりですね、香月美夜です。

この度は『本好きの下剋上　ハンネローレの貴族院五年生Ⅰ』をお手に取っていただき、ありがとうございます。

ローゼマインの親友であるハンネローレを主役とした番外編です。「小説家になろう」で本編が完結した直後、活動報告で「書いてほしい短編リクエスト」を募ってアンケートを採りました。その結果、『ハンネローレの貴族院五年生』になりました。


プロローグはコルドゥラ視点です。本編でのハンネローレの行動、ローゼマインとの関係などがどのような影響を及ぼすのか、婚約者候補の決定の過程などをハンネローレの筆頭側仕えとハンネローレの母親であるジークリンデの会話で書いてみました。

本編は婚約者候補を決められたハンネローレが自分の結婚相手を決めるために奮闘する貴族院生活になります。父親であるアウブ・ダンケルフェルガーが決めた婚約者候補は、レスティラウトの側近であるケントリプスとラザンタルクです。それに加えて、求婚してきた異母弟のラオフェレーグ、ドレヴァンヒェルの領主候補生オルトヴィーン、ダンケルフェルガーとの縁が欲しいコリンツダウムの領主ジギスヴァルト。最後にハンネローレが自分の相手を選ぶ上で外せないのがヴィルフリート。第五部Ⅲで「エーレンフェストの利を考えたい」とハンネローレが宣言したわけですが、その決着をどうするのか。ローゼマインを呼ぶ女神に巻き込まれ、更に複雑な立場になったハンネローレがどう動くのか。

ダンケルフェルガーの領主候補生として答えを出せるまで、ハンネローレはぐるぐると悩むことになります。彼女の成長と彼女を取り巻く恋模様を興味深く見守ってくださると嬉しいです。まるで珍獣みたいな言い方になってしまいましたが、ダンケルフェルガーは特殊な土地柄で、現代日本とは基準にする考え方などもかなり違うので、ちょっと離れたところから見守るくらいの距離感がちょうどいいかなと思っています。

個人的にはエーレンフェストとはまた違う意味で少々特殊なダンケルフェルガーの寮内や生活を書くのは結構楽しかったです。寮監がいるのも新鮮で、気を付けなければ食事中にルーフェンの存在を忘れそうになります。（笑）

エピローグはケントリプス視点です。これは「なろう」で書いた閑話の前編を少し膨らませた形になっています。ハンネローレの意識にはない、時の女神ドレッファングーアが降臨していた時に何が起こっていたのかその場にいたケントリプスに語ってもらいました。

今回の書き下ろし短編はラザンタルク視点とジギスヴァルト視点です。

ラザンタルク視点では婚約者候補なのにまだ出番が少なくて印象の弱い彼の為人を伝えられたらいいな、と。婚約者候補達の幼馴染みならではの思い出を入れてみました。彼の目から見たハンネローレやケントリプスの幼い頃のエピソードを楽しんでいただけると嬉しいです。

ジギスヴァルト視点ではアウブ・コリンツダウムとなって初めての冬を過ごす様子を書いてみました。領地の現状、第一夫人の必要性、元王族の威光など、ジギスヴァルトの動きを少し覗く感じに仕上がったと思います。


TOブックスオンラインストアのお知らせです。
・【八月十日発売】
まずはドラマCDですね。なんと新シリーズの1巻に！　新しいキャストさんがたくさんいらっしゃいます。ハンネローレを取り巻く皆のやり取りを声でもお楽しみください。

他にはミニアクリルスタンド、スカーフ（ダンケルフェルガー）、シュミルマスコットキーホルダー、レターセット（アレキサンドリア）が発売されました。
・舞台
『本好きの下剋上』が舞台化（https://www.tobooks.jp/booklove-musical2024/）され、第一部の内容がミュージカルになります。
二〇二四年十月四日～十月十四日　品川プリンスホテル ステラボール
二〇二四年十一月二日～十一月三日　COOL JAPAN PARK OSAKA TTホール
ただいまチケット発売中。興味のある方はぜひぜひ。
・【十一月十日】

1　ふぁんぶっく9
書籍が完結したことで質問がとても多かった印象。
2　ファンイラスト集
本編完結記念で開催した香月美夜杯イラストコンテストで募集したイラストから私が選んでファンイラスト集を作りました。素敵なイラストの数々です。

今回の表紙はハンネローレを中心に婚約者候補や求婚者。糸を繋ぎに行ったローゼマインです。乙女ゲームのイラストみたいですね。恥じらい戸惑うハンネローレが可愛いです。

カラー口絵は神様達＋ハンネローレとローゼマイン。神々による星結びのイメージです。神様達をこうしてカラーイラストで見られて、私は非常に満足です。

椎名優様、ありがとうございます。

最後に、この本をお手に取ってくださった皆様に最上級の感謝を捧げます。

二〇二四年五月　香月美夜

毎度おなじみ
巻末おまけ
ゆるっとふわっと日常家族
作：いなゆう
恋する乙女の図
ええとまず相手との距離をすばやく詰めるためには少し腰を落として膝のあたりからこう腕を回して全体重を……
また思い込み過ぎて心ここにあらずですわね
ハンネローレ様 大領地の権力で無理強いをしないようにわたくしが同席させていただきます
……わかりました エグランティーヌ先生
時すでに遅し
とおっ！
同席を了承してくれて安心しました わたくしの監視下で何か事が起こってからでは取り返しがつかなくな……
じり じり
ヴィルフリート様 わたくしに求婚の条件をくださいませ!!!
ええええええ
はぁああああああ 何か事が起こってしまっています!!

それ誰？

ヴィルフリート様はとても素晴らしいお方ですよね
一年生の宮廷作法の講義も一度で合格し常に成績優秀な領主候補生でいらしたでしょう
勉強など好きではない！
その上いつも優しくて穏やかで婚約者への気遣いも忘れない素敵な方ですよね
ローゼマインは楽をしていてずるいぞ!!
ハンネローレ様それはヴィルフリート兄様の事…ですよね？
ヴィルフリート様の事ですよ？
？
？

出血大サービス

女神リーベスクヒルフェわたくしの婚約にもう少し他の選択肢を
ふふ面白いわじゃあこの糸とこの糸を絡ませましょう
たくさんの御加護をありがとう存じますもう十分ですこれ以上は結構です
えーんーーーじゃこの糸は切っちゃう？
ハンネローレいっぱいお祈りしてくれたお礼に今度は好きなのを選べるようにしてあげました♡
……このまま無限に婚約者候補があらわれ続けたらどうしましょう
無限はさすがにないです
ひとまず落ち着きましょうハンネローレ様
ぞぞぞ
ぞぞぞ

あの時、あの人たちの
短編集
Ⅰ
好評発売中!
単行本に未収録の短編を集めた一冊！待望の第3弾！
「第五部 女神の化身Ⅴ～Ⅻ」の特典SSほか
様々なキャラクターたちの視点で紡がれる
発売予定!
詳しくは原作公式HPへ
tobooks.jp/booklove

知られざる物語。
「短編集Ⅲ」収録予定
ベンノ視点　暴走娘の共通点
オティーリエ視点　側仕えの初仕事
レオノーレ視点　ブリュンヒルデの事情
フラン視点　神官長室の雑談
フェルディナンド視点「問題だらけの領主会議」
ハルトムート視点「踏み込みすぎた代償」
カルラ視点　息子の成長
ジルヴェスター視点　葬儀前の挨拶
レティーツィア視点　余所のお菓子と玩具
エックハルト視点　ローゼマインが不在の冬
トゥーリ視点　成長と変化
ジルヴェスター視点「諦めない存在」
ハイスヒッツェ視点「ダンケルフェルガーの会議室」
ルッツ視点「相変わらずの騒動の原因」
第五部Ⅹ余話　夜空の星
コルネリウス視点「消えて、戻った妹」
ジルヴェスター視点　頭の痛い面会依頼
アドルフィーネ視点「別れの女神に祈りを」
トラオクヴァール視点「ツェントからアウブへ」ほか
書き下ろしなど多数を収録！
短編集Ⅱ好評発売中！
本好きの下剋上
司書になるためには手段を選んでいられません
短編集Ⅲ
待望の短編集第3弾!!
香月美夜
miya kazuki
イラスト：椎名 優
you shiina
2024年冬

本好きの下剋上
ハンネローレの貴族院五年生 I

2024年9月1日　第1刷発行

著　者　香月美夜

発行者　本田武市

発行所　TOブックス
〒150-0002
東京都渋谷区渋谷三丁目1番1号　PMO渋谷Ⅱ　11階
TEL 0120-933-772（営業フリーダイヤル）
FAX 050-3156-0508

印刷・製本　中央精版印刷株式会社

ISBN978-4-86794-274-1

Printed in Japan